ベリーズ文庫

ただ今、政略結婚中！

若菜モモ

STARTS
スターツ出版株式会社

目次

第一章
政略結婚で夢は見られる？

私、中条亜希の小さい頃の夢は、愛する人との平凡な結婚だった。その夢は、二十四歳になった今でも変わらない。社会に出て数年働き、その間に付き合った人と相思相愛で結婚する。そういう人生を送るつもりだった。ところが父の会社の都合により、私の人生は思わぬ方向に……。

父は東京を中心に全国展開している居酒屋チェーンの経営者。不況の煽りを受けて傾き、銀行から運転資金の融資を断られた父は、幼馴染みである紫藤のおじ様を頼った。彼は、世界各国に支店を置く、日本でも五本の指に入る不動産会社のＣＥＯ。高額納税者としても有名なお金持ちだ。そんなおじ様に融資を頼んだところ、次男の隼人さんとの結婚が条件だと提案された。父が融資を頼みに行ったときに昔話になり、おじ様が私のことを思い出したらしい。それまでの間はお互い仕事に忙殺され、年に一度会うくらいになっており、そのときも仕事の話ばかりだったようだけど。

紫藤不動産――商業施設やホテル建設、海外リゾート開発を請け負う企業で、日本の不動産業界では中心的存在。海外でもその名を轟かせている。

その紫藤不動産の社長、紫藤のおじ様には、息子がふたり。長男は、CEOである父親の右腕として実力を認められている誠也さん。三十五歳の彼は、五年ほど前に結婚している。一方、紫藤不動産のニューヨーク支社に勤務している次男の隼人さんは、三十歳になるのに落ち着く気配がないそうで、業を煮やしたおじ様が私に白羽の矢を立てたのだ。

「お父さん！　今、何て言ったの⁉」

父の言葉に私は耳を疑い、二重の大きな目をパチクリさせる。会社が傾いて以降、にこにこと嬉しそうな顔の父を見るのは久しぶりだった。

「結婚相手が決まった。相手は紫藤不動産の紫藤隼人くんだ。小さい頃、何度か会っただろう?」

「そんなこと急に言われても困るよ！」

頭を左右に振ると、肩より十センチほど長いブラウンの髪が頬にかかる。

「お前が隼人くんと結婚してくれれば、我が社は紫藤不動産の後ろ盾を得ることができて安泰。わかってくれないか？　融資を受けられなければ、五百人もの社員が路頭に迷うことになるんだ」

「お父さんの会社のために、私が犠牲になればいいって言うの？」

ここ数年、会社のことで父がずっと悩んでいたのはわかっているけれど、政略結婚だなんて、いくら何でも横暴すぎる……。

隼人さんに出会ったのは十年以上前のこと。私が小学生の頃までは、よく父に連れられて紫藤家に遊びに行っていた。つまらない大人の集まりには行きたくなかったけど、当時の私は高校生だった隼人さんに憧れていて、彼の顔が見たい一心で父についていっていた。子どもの私から見たら隼人さんは芸能人みたいにカッコいいお兄さんで、会うのが楽しみだった。

ただ、公私共に忙しい高校生が家にいるのは稀で、会えることは滅多になかった。それでもついていったのは、今日こそ隼人さんに会えるかも……という、微かな望みを抱いていたから。昔のことを、ふと思い出した。

彼が今、どんな人になっているのかは、まったくわからない。ルックスはカッコよかったから、今でもそうだろうとは思う。

でも、彼の性格や人間性までは、さすがに予想できない……。そんな人と結婚なんてできるの⁉

「『犠牲』と言われたら何も言えないな……。だが一年ほど前、紫藤不動産のパーティーで隼人くんに会ったが、素敵な男性になっていたよ。彼と結婚すれば幸せになれると思うんだ」

　私の考えを読んだかのような、父の言葉。

「素敵な男性が、どうして自分で結婚相手を見つけられないの?」

「仕事が忙しすぎるせいらしい。ニューヨーク支社を発展させた功労者でもある」

「いくら仕事が忙しいからって、いい大人なら彼女くらい自分で見つけられるでしょ。それに、私なんかと結婚したくないって、きっと思う」

「そんなことないわよ。亜希ちゃんは可愛いし。ほら、芸能プロダクションからスカウトされたこともあったじゃない。隼人さんも好きになってくれるわよ」

　隣に座る母が必死でフォローする。

　政略結婚って、こんなものなのだろうか……。相手が気に入る、気に入らないにかかわらず結婚する。双方の利点のために。

　でも紫藤家は、私を家族に迎えても何の得にもならないのでは……。紫藤不動産にとってプラスになる相手――取引先の娘や孫娘なんて、たくさんいそうなのに……。

　このあとの父の話によると、紫藤のおじ様と隼人さんは、結婚に関することであらかじめ取り決めをしていたらしい。三十歳までに隼人さんが結婚しなかった場合や、結婚を考えるような相手がいない場合は、おじ様が決めた相手と結婚して子どもを作る、と。だけど隼人さんは、三十歳になってもフリーのまま。

　そこで私との政略結婚の話が浮上した。


　数日後、私は紫藤家の夕食に招かれた父に同行することになった。とはいえ、まだ結婚話を承諾したわけではなかったので、無理やり連れていかれた形だ。

　ところが、お会いした紫藤のおじ様とおば様は、幼い頃の記憶どおり素敵な人たちで、理想のお舅さんとお姑さんになりそうだった。このふたりが義理の両親なら、幸せな結婚生活が送れるのかも、と思えるほどだった。

　食事前、四人で和やかな会話を楽しみながら、隼人さんの活躍が書かれたウェブサイトを見せてもらった。フロリダのリゾート開発を手がけた隼人さんが、フロリダ市長から表彰されたときのもの。自然の地形をうまく利用したその施設は、セレブたちを中心に人気が高く、なかなか予約が取れないらしい。

　パソコン画面の中の隼人さんに目がいく。すらりとした長身で、端整な顔立ちは記憶していた以上だ。やっぱり、誰もがカッコいいと思うような人だった。

　性格によほどの問題がなければ、モテて困るはずなのに……。本当に付き合っている人はいないの……？

男の色気とでもいうのだろうか。女性が放っておかないような雰囲気が、画面の中の彼からは漂っていた。

子どもの頃の憧れがよみがえる。嫌じゃない……。

隼人さんと結婚してもいい気持ちになってきていた。何より私が結婚すれば、父の会社は助かる。

「隼人にはもう話をしてあるんだよ。電話で喋ってみるといい」

食事の準備が整うのを待っていると、おじ様が言った。

「は、はい……」

返事をしたものの、こちらの時間は十八時過ぎ。ニューヨークは何時なんだろう。

まったく見当がつかないまま、おじ様が電話をかけるのを見ていると、数回のコールで隼人さんは出たようだ。

「あぁ、隼人。今、亜希さんに代わるからな」

おじ様はそう言うと、私にスマホを差しだした。

「も、もしもし……」

緊張で声が上ずってしまう。

『いったい何時だと思っているんだ？　こっちはまだ五時過ぎだ。二時間前に寝たばかりでね。早く用件を言ってくれ』

結婚相手なのに、まるで会社の部下を説教するかのような口調に、私は一瞬絶句してしまった。

「あ、あの、すみませんでした。隼人さんは、私との結婚をどう思っていますか？」

『親父（おやじ）が決めたことに従うまでだ。親父のことだから、完璧な人を選んでいるだろう』

か、完璧な人……⁉　私は完璧じゃない。

今度は事務的な淡々とした口調。そこには自分の意思や私に対する感情は一切なく、むしろ不機嫌そうにも思えた。

「……わかりました」

『今後は、時差を考えて電話するよう親父に言っておいてくれ』

隼人さんはそれだけ言うと、電話を切った。

これが政略結婚というものなんだ……。

隼人さんがこの結婚をどう考えているのかを知って、愕然（がくぜん）とする。彼が結婚を承諾したのは、おじ様との取り決めだから。

多くの花嫁候補がいる中で、私でもいいと思ってくれたのは、昔、何度か会ったことを覚えていてくれたから……と淡い期待を抱いていた。でも彼は、私に対して何の感情も持っていないようだった。

そのあと、結婚話は着々と進み、戸惑う私をよそに、結婚式の準備や新居の手配など、すべてが紫藤家の主導で進められていた。

当然、二年間勤めていた会社も退職。突然の結婚に、会社の人や親友の麗香（れいか）、友人たちは驚いた。麗香には事情を話すと、彼女は私の初恋の人、隼人さんを覚えていたようで『よかったじゃない』と喜んでいた。

結婚式は二ヵ月後の六月。こんな急なスケジュールになったのはおじ様の意向で、隼人さんの気が変わらないうちに結婚させたかったようだ。本来なら憧れていたはずのジューンブライドにも、私の心が晴れることはなかった……。そればかりか、結婚をやめたいとすら考えるようになっていた。

紫藤家で初めて電話で話した日以降、隼人さんとは結婚式の用件を伝えるために二、三回電話したくらい。時差のせいもあったけど、かなり忙しいと聞いていたせいで、仕事中にかけるのもためらわれた。かけたらかけたで事務的に答える隼人さんに、私は苛立（いらだ）つ。自分の結婚式なのに、あまりに無関心すぎるから。

それに、どんなに仕事が忙しくても、結婚式の数日前にはニューヨークから帰国してくれるものだとばかり思っていたけれど、彼が戻ってくるのは、結婚式前日の夜遅い時間だという。しかもそれを知ったのは結婚式の一週間前。

この日の夜、私はスマホを片手に、自分の部屋をうろうろと歩き回っていた。

心の中の葛藤（かっとう）がずっと続いている。結婚式当日が大人になってからの初対面だなんておかしすぎるし、今日までの隼人さんとのやり取りにも、この先が不安だった。

隼人さんと結婚しても幸せになれない……。結婚をやめるなら、今、電話するべきだよね……。

そう思い立って隼人さんの電話番号を探す。だけど番号が画面に出たところで、指が不意に止まった――。

やめるなんて、やっぱりできない……。この結婚がなくなれば、父や社員たちが困ることになる。

スマホをぎゅっと握りしめて、胸に当てた。

もう迷っちゃだめ。私が頑張らないと。そう思うことで迷いを消そうと決心した。

結婚式当日の朝、目が覚めると雨音が聞こえてきた。

「雨……」

できれば晴れ、もしくは曇りでもよかったけれど、天気予報どおり雨だった。雲に覆われた灰色の空は、見ているだけで気分が滅入りそうになる。雨の中、来てくれる人たちにも申し訳ない……。

一度大きく伸びをしてベッドから抜けだすと、支度を始めた。

結婚式場は、全国的に有名な朝倉ホテル。国賓や外国のセレブなどがよく滞在する最高級ホテルとして知られている。紫藤不動産は全国にホテルをいくつか持っているけれど、唯一都内にあるホテルは、予約がどうしても取れなかったのだ。

私はどこで挙げてもよかった。気になっているのは、隼人さんとうまくやっていけるか、そればかり。結婚式当日に十年以上ぶりに会う相手と結婚なんて、ありえない。私を見た瞬間、隼人さんが嫌だと言って、今日の結婚式は中止になる――そんな考えが脳裏をよぎった。

朝倉ホテルに着くと、待ち構えていたウエディングプランナーの女性にメイクルームへ連れていかれる。向かう途中、その女性に尋ねてみた。

「あの、新郎と話をしたいのですが」

「ご新郎様はまだお見えになっていません。いらっしゃいましたらお伝えいたします」

まだ来ていない……。本当に来るのだろうか。私は不安だった。

一時間以上かけて、念入りにメイクとヘアセットが施された。そして数人のスタッフの手によって、ウエディングドレスの着付けが始まる。

ウエディングドレスは貸し衣装ではなく、オーダーメイドの高価なもの。紫藤のおば様に、一度しか着ないのに無駄だと訴えたものの、一生に一度の記念だからと押しきられ、レースがふんだんに使われた優雅なドレスが短期間で作られた。

着付けの様子を鏡で見ていると、もうすぐ結婚式が始まるんだと実感してくる。そう思うと心臓が暴れ、クラクラしてきた。

結婚式の前に会いたい、と託けたのに、隼人さんは姿を現さない。スタッフから、彼も準備をしていることは聞いているけれど。

そして支度が終わり、メイクルームからスタッフが出ていくと、バッグからスマホを取りだして、隼人さんへ電話をかけた。

むなしく呼びだし音が聞こえるだけで、彼は出ない……。まだ支度をしているのかと思って電話を切ろうとしたとき——。

『もしもし?』

少し低めの声が聞こえてきた。

「あ、あの」

『あぁ。何か用か？』

何か用か、って……。彼の言葉に絶句してしまう。

「……一度も会わないまま、神様に誓うんですか？」

『どっちにしろ、結婚式を挙げるだろう？』

隼人さんの飄々(ひょうひょう)とした様子に私は苛立った。

「そ、そんなのおかしいと思いませんかっ⁉」

『では、何が望みなんだ？　どうあれ結婚式は行われるし、俺たちは夫婦になる』

結婚を、軽々しいものとして捉えているかのように思える彼の言葉に腹が立ち、無言で通話を切ろうとしたとき、突然、部屋のドアが開いた。

ドアのほうを向いていた私は、思わず小さな悲鳴を上げた。彼──隼人さんが、スマホを耳に当てながら入ってきたのだ。

「きれいに化けたもんだな」

通話を切り、近づいてくる隼人さんは眼差(まなざ)しこそ鋭いけれど、口元は心なしか楽しそうに私を見つめている。すでに彼は支度を済ませており、その姿に私は一瞬見とれてしまったけれど、すぐに我に返り、頭を左右に振ってから口を開いた。

「近くまで来ていたのなら、そう言ってください」

冷静になろうとするのに、目の前に立った隼人さんに心臓が暴れ始める。白のモーニングコートを着た彼は、ネットで見たよりもずっとずっとカッコいい。

この人が私の旦那様になるの？

「で、用というのは？」

スマホをポケットにしまうと、隼人さんは尋ねてきた。

「用ではなくて、結婚前にちゃんと話し合わなくていいのか聞きたかったんです」

「話など必要ないだろう？　……あぁ。そうか、これが欲しかったのか……」

隼人さんの言葉の意味を理解しようと、頭をフル回転させていると、突然彼の腕が私の腰に回り、強く引き寄せられる。そして次の瞬間、唇を塞がれた。

「んーっ！」

驚いてぎゅっと唇を閉じていると、キスをやめた隼人さんが、バカにしたような目で私を見る。

「口を開けよ。キスにならないだろ」

「えっ⁉」

思わず口を開けた瞬間、再び隼人さんの薄めの唇が私の唇に重なり、強引に舌を割り込ませてきた。

「ん……ふ……」

舌や唇を吸われ、隼人さんの舌が私の口内を探るように動き回る。身体の芯が熱くなって、全身が気だるい感覚に襲われる。

「っ！　い、嫌っ！」

手をぎゅっと握ると、隼人さんの胸を乱暴に叩いて身体を離した。

「キスの仕方も知らない女が俺の妻になるのか……。親父もよく見つけたものだな」

そう言いながら、親指の腹で口を拭う隼人さんの顔には、意地悪そうな笑みが浮かんでいる。

「キ、キスの仕方ぐらい知ってます！　突然だったから驚いただけです！　それに、知らない人とキスするなんて無理です！」

付き合った人は一年前にひとりいて、触れるだけのキスの経験はあったけれど、深い関係になる前に彼の浮気で別れていた。

「知らない人？　お前が小学生の頃に、何度か会っているだろ。ちょこちょこと俺のあとをついてきたのを覚えている。親父に遊んでやれと言われて、正直、面倒だった」

「はぁ？」

私の相手をするのが面倒だった……。あの頃そんなことを思われていたと知って、驚いたと同時に恥ずかしくなり、言葉を失っていると、隼人さんはドアのほうに向かって歩きだした。そしてドアノブに手をかけた彼が振り返る。

「メイクを直してもらうんだな」

それだけ言うと、隼人さんは部屋から出ていった。

「な、何なのっ⁉　あの人はっ」

これほど失礼な男だなんて考えもしなかった。驚きと怒りに、思わず声が出る。電話で冷たかったのは仕事が忙しかったからだと思っていた。

あんな人と本当に結婚しちゃっていいの？　自分に問う。

でも、ここまで来たら結婚するしかない。お父さんの会社のため……。憂鬱な気分で言い聞かせた。

ふと、部屋を出ていくときの隼人さんの言葉を思い出し、鏡を見る。きれいに塗られた口紅は跡形もなく落ちていて、口のまわりが少し赤くなっていた。

「もうっ！」

キスをさせてしまった自分が嫌になる。クレンジングオイルのボトルを乱暴に掴むと、キスの痕跡を消す作業に取りかかる。その途中、先ほどのメイクスタッフのひとりがやってきた。わけ知り顔でにっこり微笑み、私の手からそっとコットンを奪う。

「そんなに強く拭いたら赤くなります。少し唇が腫れちゃいましたね」

私の口元にコットンを置いた彼女に言われ、顔から火が出るくらい恥ずかしくなった。きっと彼に、メイクを直すよう頼まれたに違いない。

少ししてメイクを直し終えた頃、両親や友人たちがお祝いを言いに来てくれた。私は顔には幸せそうな笑みを浮かべていたけれど、刻一刻と結婚式が迫ってくると泣きたい気持ちになった。麗香たちと話をしながらも、心は迷いっぱなしだった。

隼人さんのルックスは、私のまわりにいる男性たちより数段上だけど、性格が最悪すぎる。彼の性格は好きじゃない。理想は、私を優しく包み込んでくれるような人。ところが彼は、私の理想と真逆な人。

本当に結婚してしまっていいの？　今ならまだやめられる……。

隼人さんともう一度話そうと立ち上がったとき、結婚式の進行係の男性が現れた。

「お時間でございます」

その言葉に、心臓が跳ね上がった。と同時に、もう引き返せないことを悟る。周囲にわからないよう小さくため息をつき、迷いを断ち切るかのように首を左右に振った。

そしてチャペルへと向かう。

入口には、カサブランカなどの大きなユリをメインに見事な花々が飾られていた。チャペル内も同様に、生花が贅沢に使われているはず。

短い期間に結婚式を作り上げるのは大変だっただろうけれど、すべてウエディングプランナーがやってくれたので、私は数回、打ち合わせに出るだけでよかった。隼人さんはひとことも口を出さなかった。

本当にこの結婚には無関心なんだ……。

チャペルの前で、父が待っていてくれる。私を見つめる少し潤んだ目が寂しそう。黒のタキシードを着ているせいか、白髪が目立つ頭を見て、私は当初の目的を忘れかけていたことにハッとした。

そうだ。私は両親や社員たちのために、隼人さんと結婚するんだ。

大きく深呼吸すると、父に微笑んでみせる。

「亜希、とってもきれいだよ。自慢の娘だ。幸せになってほしい」

愛娘を前に表情を崩す父。

「お父さん……ありがとう」

差しだされた腕に手を伸ばして添える。微かに震える父に思わず目頭が熱くなったとき、進行係の男性の真っ白な手袋が目に入った。

「では、ご準備はよろしいでしょうか?」

口元を引きしめ、頷く私。

ついに始まった……。もう本当に引き返せない。でも後悔はしない。結婚生活なんて自分次第でどうにでもなるよね。

ヴァージンロードをゆっくり父と歩きながら、そう自分に言い聞かせる。

最初は恥ずかしくて顔を上げられなかったけれど、だんだんと視線を上に持っていくと、隼人さんの姿がそこにあった。芸能人やモデルにもなれそうな容姿。友人たちは廊下で隼人さんとすれ違ったみたいで、『とてもカッコいい人だね』とか、『あんな素敵な人が旦那様になるなんて羨ましい』と言われた。

そう、誰が見てもカッコいい人なのに特定の彼女もおらず、親の決めた相手と結婚するって、どういうことなんだろう……。

そんなことを考えながら父から離れ、歩み寄る彼と腕を組んで祭壇のほうを向く。

誓いの言葉やキス、指輪の交換も、すべてが偽りに思えた。まるで演技をさせられているようで、現実感が湧かない。

結婚式が終わり、披露宴が始まった。私が本当に結婚式に来てほしい人は、十人ほどしかいない。それなのに、両家の会社関係の出席者で大々的な披露宴になってしまった。知らない顔ばかりで、相変わらずどこか冷めた感じは拭えず、友人の結婚式に参加しているような感覚だった。

ふと隣を見ると、隼人さんは口元に笑みを浮かべて、紫藤不動産の重役のスピーチを聞いている。私も真剣に聞かなければと思うけれど、まったく集中できずにいた。さらに隼人さんの唇を見てしまい、メイクルームでのキスを思い出し……。

隼人さんの顔が動き、私と目が合う。じっと見ていたのを気づかれた?

途端に恥ずかしさを覚えたけれど、視線を逸らすことができない。驚くことに、彼は私に美しい笑みを向けてきた。

「食事をしながら聞いたほうがいい。シャンパンは?」

さっきとまったく違う優しい声色。魅力的に振る舞おうと思えばできるんじゃない。

その言葉でテーブルに目をやると、目の前のグラスに入ったシャンパンは乾杯で少し口をつけただけ。食欲もなかった。お酒は好きだけど、今は飲みたくない。酔って、隼人さんへの鬱憤が出てしまうかもしれないから。私は無意識にため息を漏らし、慌てて首を横に振った。

「そんなに緊張した顔でいると、政略結婚ってことがバレるぞ?」

トーンを少し落とした隼人さんの声は、私以外には聞こえていないはず。

「……わかりました」

私は大きく息を吸い込み、無理やり彼に微笑んだ。

「その調子だ」

隼人さんはシャンパンのグラスを私に向けて掲げる。私も同じようにグラスをそっと掲げると、彼を見ながら口に運んだ。


披露宴は滞りなく終わった。

手早くベビーピンクのツーピースに着替えを済ませ、メイクルームを出るときになって、これからの予定を何も聞かされていないことに気づいた。

「はぁ～」

ため息が漏れる。気が重い……。これから先のことが何ひとつ決まっていないせいだ。住む家は、紫藤家の敷地に建てられた別宅と決まっているけれど、新婚旅行だって行くのかさえ決まっていない。

この先、隼人さんと私はどんな生活を送っていくのだろうか……。

憂鬱な気持ちでホテルを出ると、紫藤家の運転手つきの高級外車に乗り込む。

後部座席にはすでに、着替えを済ませた隼人さんが乗っていた。ひと目で高級だとわかる黒のスーツを着ていて、仕事のできる男の雰囲気を醸している。その姿は、結婚式で見たモーニングコート姿よりも私の胸を高鳴らせた。

私って、もしかしたらスーツフェチだった?

車が走りだすと、隼人さんがこれからのスケジュールを話してきた。彼の言葉に私は思わず目を見開いた。

「今、何て言いました?」

やっとのことで、聞き返す。

「今夜の便で、ニューヨークに戻ると言ったんだ」

やっぱり聞き間違いじゃなかった……。新居には今日からふたりで住むのだとばかり思っていたけど、勝手な思い込みだった。

「……それで、どのくらいで帰ってくるんですか?」

こんな会話、情けなくて運転手に聞かれたくない私は、声を小さくして尋ねる。

「さあ」

外国人のように肩をすくめる隼人さん。その仕草は確かにサマになっているけれど、感心している場合じゃない。

「さあ、って……」

「大きなプロジェクトが動いている最中で、今ニューヨークを離れることはできないんだ。今後のことはまた連絡する」

これが政略結婚というものなのだろうか。私のことはまったく無視だ。夫婦になったのに、ないがしろにされてすごく悔しい。そう考えていたら、目頭が熱くなった。

せめて、もう少し優しくしてくれたら、離れていても頑張れるのに……。そう言いたかったけれど、愛し愛されて結婚したわけではない……。

「わかりました」

私はそっけなく返事をして、紫藤家に着くまで口を開かなかった。それは彼のスマホが鳴り、流暢（りゅうちょう）な英語で話し始めたせいでもある。

何を言っているのか、まったくわからない……。いくつかの単語は聞き取れたけれど、そもそも英語は苦手だった。世界を相手に仕事をしている人の奥さんになるのだから、もっと英語を勉強しておけばよかった、と彼の会話を聞きながら後悔した。

それにしても、これからニューヨークへ戻ってしまうなんて……。腹が立つ一方で、隼人さんの身体のことが心配になる。休む暇がなくて大丈夫なのだろうか。

ほどなくして、車は紫藤家の門をくぐった。母屋の玄関前では、先に戻っていた義父母と義兄夫婦が待っていた。義父母は孫の誕生を待ち望んでいると言っていたけど、五年前に結婚した義兄夫婦には、まだ子どもがいない。

「おかえりなさい。これからは本当のお母さんだと思ってね、亜希さん」

義母が、にっこりと笑みを浮かべて出迎えてくれる。その横で「うん、うん」と頷く義父。

「ふ、ふつつか者ですが、よろしくお願いします」

義兄の誠也さんもやはり素敵な人。小学生の頃におじゃましていたときに見かけなかったのは、紫藤不動産の海外支店勤務だったからのようだ。義姉の裕美(ゆみ)さんは笑顔が可愛らしい人で、専業主婦として、同居する義父母と上手に付き合っている、嫁の見本のような人。

母屋に入り、家族全員がリビングに集まると、広々とした部屋なのに妙な圧迫感があった。

「お茶の用意をしてくるわね」

義母はそう言うと、裕美さんとキッチンへ向かおうとした。

「私もお手伝いします」

慌てて腰を浮かせると、「疲れたでしょうから休んでいなさい」と言われてしまい、動けなくなった。元々お手伝いさんがいるから、支度の様子を見に行くだけとのこと。だけど男性陣の中に私ひとり。休んでいなさいと言われても、緊張してしまう。

「買収のほうはうまく進んでいるのか？」

お茶を待つ間、義父が隼人さんに聞く。

「滞りなく進んでいましたが、先方に欲が出たようで、多少渋ってはいます。しかし問題ないでしょう」

その話に誠也さんも加わり、私だけ内容がまったくわからなくて疎外感を覚える。

三人は話に夢中で、私は隼人さんの横顔をぼんやりと見ていた。本当に整っている顔。長い足を組み、その上に手を置いている。指先に視線をずらすと、艶があり、美しく整えられた清潔感のある爪に目が留まる。

結婚式を挙げたというのに、この人が私の旦那様だなんて信じられない。そう思ってしまうくらい、非の打ちどころがなかった。

ふと、手から唇に視線が移り、挙式前のキスを思い出して頬が火照る。

何を考えちゃってるのっ！　披露宴のときもそうだし、私ったらどうかしている。

「あぁ、亜希さんにはつまらない話で申し訳ない」

私に顔を向けて、そう気にかけてくれたのは誠也さん。

「仕事の話に夢中になっていると、裕美には退屈だと叱られるんですよ」

愛妻を思い浮かべているのか、微笑みながら話しかけてくる。隼人さんは何も言わずに私を見ている。

目が合っても、隼人さんが何を考えているのかまったくわからない。微笑みかけてくれることすらないのが悲しい。誠也さんくらい優しければいいのに……。

そこへ、義母と裕美さんが戻ってきた。ふたりの後ろから、コーヒーを載せたワゴンを押す年配のお手伝いさんがついてくる。いったい何人のお手伝いさんがいるのだろう。我が家とは桁違いのセレブであることは間違いない……。

私も社長令嬢とは言われていたけれど、父が倹約家だったから贅沢はほとんどしなかった。それでも私には甘い父で、欲しいものは何でも買ってもらえたけど、そもそも父の会社と紫藤不動産とでは、会社の規模が違いすぎる。

「亜希さん、お待たせしちゃったわね。主人たちの話はつまらないでしょう」

「い、いいえ」

裕美さんの言葉に、私は曖昧に微笑んで首を横に振る。隼人さん以外のみんなが優しげな笑顔を向けてくれているのに、まだ緊張はほぐれずにいた。心を落ち着けるため、用意されたコーヒーを飲もうとすると、隼人さんが腕時計を見る。

今は十六時を回ったところ。出発は何時なんだろう。それすら知らされていない妻なんて、ありえないよね……。

それを考えると落ち込む一方で、ふと俯きかけたとき、隼人さんが立ち上がった。

「すみません。飛行機が十九時半発なので、これから空港へ向かいます」

そう言った隼人さんに、まず驚いたのは義母だった。

「まあ！　結婚した日にニューヨークへ戻るですって？」

「何も今日帰ることはないじゃないか」

義父も驚いている。

「忙しいんですよ。戻ったらすぐに、抜けられない会議があるので」

会社を支える有能な息子に忙しいと言われてしまい、義父はぐうの音も出ない様子だったけれど、義母は遠慮がちに口を開いた。

「でも、まだ新居も見ていないじゃない。せめてふたりで見てから行きなさいよ」

敷地内に建てられた家は、紫藤不動産の新進気鋭の建築家に設計させたもので、私たちの結婚が決まる前に建築着工していたもの。それは隼人さんが三十歳になっても独り身なら、義父が結婚相手を見つけるという取り決めがあったため、相手も決まらないうちに計画し、今年早々に建て始めたと聞いている。結婚前に準備をしてくれていたおかげで、今晩から新築の家に住むことができるのだけど……。

「亜希さん、隼人に新居を案内してきなさいな」

義母の言うとおり新居に行こうか迷っていると、隼人さんが私を見る。目が合って、私は弾かれたようにソファから立ち上がった。彼は私から視線を外し、もう一度腕時計を見ている。

「では行きましょうか。亜希さん」

感情のこもっていない口調で言うと立ち上がり、私の腰に腕を回して歩き始めた。

「あ、あの」

突然のことに驚いて、思わず義母のほうを振り返ると、「いってらっしゃい」と言われてしまった。

リビングを出てドアが閉まると、腰に置かれていた手が外された。そして隼人さんは無言のまま先を歩き、玄関を出る。母屋の玄関から私たちの家までは石畳の通路が続き、両サイドにはきれいに手入れされた芝生。雨が降っても傘を差さなくて済むように、新居まで透明な屋根が設置されている。

二十メートルほど歩き、平屋建ての新居に到着。彼はポケットから鍵を取りだすと鍵穴に挿し込み、ドアを開けた。

　玄関には、水色とピンクのスリッパが置かれていた。彼はちらりとスリッパを見て靴を脱ぎ、足を差し入れる。私も同じようにパンプスを脱いで、ピンクのスリッパに足を通す。

　隼人さんは黙ったままリビングに入り、私もそのあとに続く。家具や家電など、すべての生活用品がすでに揃っており、室内は木目と白を基調にした温かみのあるインテリアで統一されていた。

「何なんだ、この部屋は。甘ったるいくらいだな」

　部屋を見回してから、ため息交じりに呟く隼人さん。どうやらインテリアが気に入らない様子。

「そんなこと言われても……いないからいけないいんじゃないですか」

　隼人さんのそっけない態度に腹を立てていた私は、反抗的な口調で言っていた。

「嫌いな色ばかりだ。落ち着かない。俺が好きなのは黒やグレーだ」

「私がインテリアコーディネートをしたわけではないので、そう言われても困ります」

「まあ、いいさ。俺が住むんじゃないからな。お前の気に入るようにすればいい」

　さっきから思っていたけれど、義父母や義兄夫婦の前では紳士的に振る舞っているのに、私に対しては、すごく俺様なんですけど……。

カッコいいのは認めるものの、性格が悪い。昔は優しかったのに……。でも、あれも演技だったのかも。面倒くさかったって言っていたし……。

「……俺が住むんじゃない、ってニューヨークから帰ってこないってことですか？」

そこは、はっきりさせなければ。

「そうだ。当分は無理だ」

「隼人さんがいなければ、支社が回らないってわけではないのでしょう？　お義父様もそう言っていました。すぐに本社に戻すから、と」

いつもの私ならもう少し気を遣うのに、隼人さんが支社にいてもいなくても問題ないみたいな言い方をしてしまった。この私の言葉に、彼の形のいい眉がピクリと動く。

「社会経験がない女はすぐにそう言う。何もわからないのに勝手なことを言うな」

「大学を出てから二年間、事務をしていました！」

「甘ちゃんなお嬢様では、せいぜいお茶汲みやコピーの毎日じゃないのか？」

甘ちゃんなお嬢様!?　そういうふうに見られていたんだ……。

「父親の会社が倒産しそうになり、贅沢な生活から離れられないお嬢様は、金持ちの夫を見つけてひと安心だな」

ひどい言い方……。今にも溢れだしそうな涙を堪える。

隼人さんがこの結婚を気に入っていないのはわかっていたけれど……。

怒りと恥ずかしさで、全身が小刻みに震える。小さく息を吐きだすと、口を開いた。

「隼人さんも納得して結婚したのでしょう？　そんなに私のことが嫌だったら、結婚なんてしなければよかったんです」

「結婚がニューヨークにいられる条件だったんだ。本社に戻されては適わないからな」

はぁ？　義父は私たちが結婚したら、隼人さんをすぐに日本へ戻すと言ってくれたのに……。

唖然として声も出ない。

「ただし、子どもを作る約束だけはきっちり守るつもりだ」

色素の薄い茶色の瞳が私を見つめる。

こ、子どもを作る約束って？

口の端を軽く上げた隼人さんが急に怖くなる。

「な、何を言っているのかわかりません」

首を左右に振りながらあとずさると、真っ白な壁にぶつかった。

「わかっているくせに、今さら何をとぼけている」

隼人さんが近づいてくる。私が蛇に睨まれた蛙のようにその場に立ちすくんでいると、突然、彼の指が私の顎にかかり、グイッと上を向かされる。

「並み以上の容姿で助かった。ブスな女ではセックスをする気も起こらないからな」

吐き捨てるように言うと、ニヤッと挑発的な笑みを浮かべる隼人さん。その表情に私は身体を強張らせるも、彼の手から逃れようと必死に顔を左右に動かす。だけど、もう片方の手で後頭部を押さえられていて、まったく動けない。

「放してください……。放して‼」

隼人さんの端整な顔が、どんどん接近してくる。

「や――」

無理やり、唇が塞がれた。

ぎゅっと閉じている唇をこじ開けるように、隼人さんの舌が押し入ってくる。

「ん……う……」

舌で歯列をなぞり、それから、怯える私の舌先を吸う。結婚式場のメイクルームでのキスとは比較にならないほどの深く熱いキスに、頭の芯まで痺れてくるのを感じた。

「っ……い……や……」

「嫌じゃないだろう？　期待に応えてやるよ」

え……？

この場で押し倒されるのかもしれないという恐怖に目を見開いた瞬間、前ボタンがいつの間にか外され、ブラジャーの中の胸の膨らみに、隼人さんの手が触れる。

「や……」

乳房を揉みしだかれ、身体が小刻みに震える。

「これを望んでいたんだろう？」

「ち、がう……」

逃げたくて身体をずらそうとするけれど、隼人さんの左手に両手首を掴まれて、頭の上で押さえつけられてしまった。そして胸の先に彼の指の腹が触れ、ゆっくり捏ねるように動かされ、ビクンと身体がしなる。

「……い……や……っん……」

微かな抵抗を試みると、彼の手の動きが止まった。

隼人さんの唇がもう一度私の唇を塞ぎ、舌を絡め取る。足がガクガクして、ついに立っていられなくなったとき、不意に彼の手が離れた。支えを失った私は、その場に座り込んでしまう。

「小さいが感度はよさそうだな」

頭の上から降ってくる声で我に返り、慌ててジャケットの前をかき合わせる。あられもない姿にショックを受け、羞恥心で顔を上げることができない。

「残念だろうが、今は時間がない」

緩んだネクタイを直す仕草をするけど、隼人さんのスーツには皺ひとつない。

「ざ、残念なものですかっ！」

まるで私が続きを望んでいたかのような言葉に、ついカッとなる。

「まあいい。次に日本に帰ってきたら子作りに励んでやる」

「絶対に嫌っ！」と言って勢いよく立ち上がるも、隼人さんのオーラに圧倒され、再びあとずさりたい気持ちになる。

「ほう、抵抗できると言うんだな？　俺たちは夫婦だぞ」

挑戦的な笑みを浮かべる彼。

「あ、あなたなんかに触られたくない」

「嘘つきだな。続きをしてほしいみたいに開いているぞ」

隼人さんの指が私の唇をなぞる。『違う！』と反論しようとしたとき、再び唇を奪われる。

「ん……っ……」

だめだ……隼人さんにキスされると、抵抗する力が奪われてしまう。

それでも持てる理性を振り絞って隼人さんを突き放そうとした。でも、彼の身体はびくともしない。また身体の力が抜けそうになったとき、彼からキスを終わらせた。

「時間だ」

壁時計に視線を動かした隼人さんは、それだけ言うとリビングから出ていった。

「ちょ、ちょっと待ってください！」

何も話し合っていないのに……。

小刻みに震え続ける足であとを追う。

「まだ何かあるのか？」

玄関で靴を履いた隼人さんは、振り返ると淡々とした口調で尋ねてきた。

「まだ――」

「用件はメールで送ってくれ」

私の言葉を遮ってそう言うと、彼は家を出ていった。

新居でのひとり暮らしは、思ったより快適だった。常に頭の片隅で、『これでいいのかな？』と疑問を抱えていたけれど、生活自体はそれほど悪くない。

夕食だけ義父母や裕美さんと一緒に食べ、それ以外の時間はひとりで過ごさせてくれる。出かけるのも自由だ。それでも『ひとりでは退屈だろうから』と夕食以外にも頻繁に声をかけられるので、実際はなかなか出かけることはできないのだけど……。

裕美さんは大学時代のお友達と会ったりしているようで、昼食の時間にいないこともある。それに習い事もしているようだ。

私も何か習おうかな……。寿退社なんてしなければよかった。もう一度働いたほうがいいのかも。

気持ちのどこかで、なるべく紫藤家の援助に頼らずやっていきたいと思っていた。義父母は『遠慮しないで』と言ってくれるけど、結婚した実感がないせいか、私はよそよそしさが抜けない。

ニューヨークに戻ってから二週間経っても、隼人さんから連絡はない。私からもしない。意地っ張りと言われるかもしれないけれど、私からはコンタクトを取らないようにしていた。

このままでは、結婚生活を送らないまま終わってしまうのではないか。そんな不安もあり、いつでも自立できるよう仕事をしておきたいという気持ちもあった。

今日は親友の麗香とランチの予定があり、これからのことを相談しようと思っている。彼女なら、きっといいアドバイスをしてくれるに違いない。

　窓の外は梅雨の晴れ間で、暑いくらいの気候だった。半袖のカットソーにスリムジーンズを穿く。白い薄手のジャケットの袖に腕を通し、お気に入りのバッグを肩からかけると玄関に向かった。


　待ち合わせは、青山にある有名フレンチレストラン。待ち合わせ時間の五分前に到着したけれど、麗香はすでに来ていて、窓際の四人がけのテーブルにいた。都会では想像できないくらい緑が豊富な中庭を見渡せるこの席は、数ヵ月前から予約を入れないと座れないのだけど、この店のオーナーシェフが麗香の恋人であることから、多少ギリギリの予約でも融通を利かせてもらえる。

　オーナーシェフの谷本遥人さんは、ときどきテレビで見かけるほどの有名人でルックスもよく、女性人気が高い。店には本気で谷本さんを口説きに来るマダムやＯＬも少なくないらしい。だけど麗香はいつも余裕で構えていて、彼にまとわりつく女性の存在を気にしていない。自分に自信があることに加え、彼に愛されているから、心に余裕ができるのだろうか……。

　麗香は私に気づくと、軽く手を振った。

「うぅん。相変わらず時間どおりね」

腕時計を見て、麗香が笑う。生真面目な性格上、待たせることが嫌いな私は、いつも待ち合わせには早めに来るのだけれど、麗香はそんな私を待たせてはいけないと、さらに早めに来るようにしているらしい。やや派手な見かけとは異なり、意外と真面目な性格だ。

私たちはおすすめランチを注文して、ワインで乾杯すると、ひと息つく。

「新婚だっていうのに、疲れた顔をしているわね」

「そうかな？」

疲れて見えるのは、新しい生活で神経を遣っているせいかも……。

「何か悩んでいるんでしょ。私でよかったら相談に乗るけど？」

その言葉に背中を押された私は、料理が来るまでの間、結婚した直後の話をする。

「ふ～ん……政略結婚にもいろいろあるけど……隼人さんの様子が気になるわね」

「話があったときは戸惑ったけれど、父の会社のこともあるし、小学生の頃は隼人さんに憧れていたから、結婚もありかなって思ったの。でも彼の性格は最悪で……」

「そんなにひどいの？　人当たりはよさそうだなって披露宴のときには感じたけど」

「外面はいいんだけど、ふたりきりになると最悪なの」

話せば話すほど悪口しか出てこなくて、そんな自分が嫌になってくる。思わず口をつぐむ私に、麗香は肩をすくめた。

「いずれにせよ、結婚式の前日に帰国してきて当日に戻っちゃうのは、新婚の夫として失格だね」

「まだ日本へ帰ってくる気はないみたいだし……」

日本に腰を落ち着けたら、変わってくれるのだろうか……。でも、あの性格が簡単に変わるとは思えない。

「ねえ……。もしかして、ニューヨークに恋人がいるんじゃない?」

「え!?　でも……そうかも。経験は豊富みたいだったし……」

「何それ。何だかんだ言っても、やることはちゃんとやってるんじゃない」

私の言葉を取り違えた麗香は、にっこり笑って言う。

「ち、違うのっ。そうじゃない」

思わず大きな声になってしまい、ハッとしてまわりを見る。

「ふ～ん。味見しただけで、全部食べずに行っちゃったわけなんだ」

「あ、味見しただけって言い方はやめてよっ」

声のトーンを落として、麗香に訴える。

「だって味見されちゃったから、経験豊富かがわかったんでしょう？」

私の反応を、おもしろがっている様子。

「僕なら、亜希ちゃんを目の前に出されたら、味見だけで終わらせずに残さず食べちゃうな」

その声にビクッとする。

「谷本さんっ！」

シミひとつない真っ白なシェフコートを着た谷本さんが、料理が盛られた皿を手に、私たちのテーブルの傍らにやってきた。

「遥人！　私の親友に何てことを言うのよっ！　真っ赤になっちゃったじゃないっ」

麗香が頬を膨らませて恋人を睨む。彼女の言葉どおり、私の顔は火がついたように熱い。

「ふたりとも話に夢中で俺に気づかないから。つい、からかいたくなってね」

フフッと微笑む彼には、女性を惹きつけずにはいられない魅力がある。

「可愛い亜希ちゃんが、人妻だなんて信じられないよ」

「もうっ！　谷本さん、お口が上手すぎます」

「そうよ。亜希は免疫がないんだから、ちょっかい出さないで」

「はいはい。邪魔者は消えるよ」

谷本さんは苦笑いを浮かべながら言うと、オレンジ風味のドレッシングがかかったサラダをテーブルに置き、「ごゆっくり」と付け加えて厨房(ちゅうぼう)へ戻っていった。

おいしい料理に満足したあとは、ケーキとアイスの盛り合わせとコーヒーをオーダーする。ふたりで一本開けてしまったワインが効いてだるくなってきたので、酔いを醒(さ)ましたかった。

「亜希、意地を張らないで彼にメールをしてみたら?」

麗香の言葉に、私は首を横に振る。

「何て書いたらいいのかわからないよ」

「会いたい、だけでいいんじゃない?」

「べ、別に会いたくないの。私はこれから仕事を見つけて頑張るんだから」

彼女はテーブルに肘をつき、手に顎を載せた状態でにっこり笑う。

「天下の紫藤不動産の若奥様が、仕事ぉ!?」

「だって、時間があり余っているから。何もしないでいるのは性に合わないし」

新居に住んでまだ二週間しか経っていないけれど、あの家が自分の家だと思えるようになる日は、一生来なさそうだと感じる。それは、ちゃんとした結婚生活を送っていないからかもしれないけれど……。

そこでまた、隼人さんの言葉を思い出してしまう。彼はあの家が気に入らなかったみたい。『嫌いな色ばかりだ。落ち着かない。俺が好きなのは黒やグレーだ』と言っていた。そんな暗いインテリアのどこがいいのだろう。きっとすべてにケチをつけないと気が済まないのかもしれない。まったく腹が立つ。

「また彼のことを思い出しているの？　そんなに眉をひそめていると、皺ができちゃうわよ」

私の顔に苛立ちが出ていたのか、ワインでほんのり頬を赤くした麗香が言う。

「ねえ？　もし浮気をしているなら、その現場、押さえたくない？」

「えっ？」

浮気の現場を押さえる？

麗香の言葉に驚いて、目が点になる。

「そんなにニューヨークのほうが居心地がいいのは、絶対に女がいるからかよ」

コーヒーカップの持ち手を弄（もてあそ）びながら、浮気を示唆する彼女。

「……そうなのかもしれない。でもそれだったら、どうしてその人と結婚しなかったのかなって思うの。あるいは、彼には男の恋人がいて、どうしても結婚できないから私と結婚したとか……」

そう言うと、麗香がゲラゲラ笑う。

「まったく……。亜希って変な知識を詰め込みすぎなんじゃない？　いろんなことを考えるわね。私には彼がそんなふうには見えなかったわよ」

笑いながら一気に話した麗香は喉が渇いたようで、少し冷めたコーヒーをゴクゴク飲んだ。

「ニューヨークに押しかけてみたら？　それでもし浮気をしていたら、多額の慰謝料をもらって離婚するのよ。もちろん離婚後も、おじ様の会社への援助は続けてもらうことを条件にね。よかったら、いい弁護士を紹介するわよ」

麗香の言うとおりかもしれない。万が一のことがあれば、そういう結末もありかも。あ〜、だめだめ。打算的な女にはなりたくないのに……。

私が黙っていると、彼女が言葉を続けた。

「決めるのは亜希自身よ。それに、もし浮気をしていなければ、亜希を愛するようにさせればいいの」

「そう。だって亜希は、彼のことが好きなんでしょう？　昔から男の話になると隼人さんの名前を持ちだしていたのを思い出したわ」

「ちょ、ちょっと待って！　それは小さい頃好きだっただけで、今はわからないのっ！」

私は大きく首を横に振ってから、ため息をついた。

隼人さんが私を愛するように、なんてできるの？

それは難関大学入試の過去問を解くより難しそうに思えた。


麗香と別れたあと、夕食に間に合うよう家へと戻った。母屋のダイニングへ行くと、義父母と裕美さんだけでなく、珍しく誠也さんも席に着いてビールを飲んでいた。

「やあ、亜希さん。二週間ぶりだね」

誠也さんはにこやかに笑う。隼人さんもこんなふうに笑ってくれたらな、と思う。

「はい。誠也さん、お忙しそうですね」

「そうだね。目が回るほど忙しいよ。毎晩二十四時を過ぎての帰宅で、やっと今日、落ち着いたんだ」

私は頷きながら、ニューヨークで働いている隼人さんも、誠也さんみたいに忙しいのだろうと考えた。

「そうだわ！　亜希さん。さっき隼人から航空便が届いていたんだったわ」

義母が小包を持ってきて、手渡してくれる。

「隼人さんから……?」

小包は三十センチ四方の正方形の箱で、持ち上げてみるとそれほど重くない。宛名は確かに私。

みんなのいるところで開けてしまってもいいものか……。正直、箱を開けるのが怖い。隼人さんとの今日までのやり取りを考えると、箱の中身は好意的なものではないように思えたから。

「お食事の前に開けてみたらいかが?」

じっと小包を見ている私に、義母が興味津々（しんしん）な顔で開けるように促す。

「え……でも、お食事が終わってからでも……」

中身が想像できないから、ひとりで見たかった。

「あら、そんなこと言わないで。裕美さんも今見てみたいわよね?」

隣に座る裕美さんに、同意を求める義母。

「そうですね。隼人さんが自分の奥さんにどんなものを贈るのか、興味はありますわ」

裕美さんはにっこり微笑んで、義母から私に視線を移す。そこまで言われたら、開けないわけにはいかない。どうか赤っ恥をかくものではありませんように……。

そう心の中で祈りながら、まず一番外側の茶色の包装紙、次に、その下の金のラメの入った赤色の包装紙を開けた。すると、光沢のある黒い箱が現れた。箱から想像するに、中身は高価なものに違いない。

「何だか、わくわくするわね」

無邪気な声を上げる義母に対し、私は不安で、胸のドキドキが止まらなかった。そしてみんなの視線を感じながら、おそるおそる箱を開けた瞬間、私の目が点になる。

「えっと、ブタの置物……です……」

なんと箱の中には、丸々と太ったピンクの可愛らしいブタの置物が入っていた。

隼人さんは、私をブタだと言いたいのか……。わけがわからない贈り物に呆気に取られる。

隣に座る裕美さんも目が点になっている。いや、裕美さんだけじゃない。私の手のひらに載っているブタを見て、全員が言葉を失っている。

「あら……。でも変ねぇ……。この程度の荷物を運ぶのに、どうして警備員さんもついてきたのかしら」

　義母が小首を傾げる。

「え!?　警備員が家まで来たんですか？」

　今まで傍観していた誠也さんが口を挟む。

「ええ。だからてっきり宝石かと思ったのよ」

　義母はそう言うと、私に申し訳なさそうな顔を向ける。

　そんな期待があったから、早く開けるように言ったんだ……。

「亜希さん、ちょっと見せてください」

「は、はい……」

　誠也さんに、ブタの置物を手渡す。

「あぁ……やっぱりだ。母さんの読みは当たっていますよ。ほら、後ろが引き出しになっている」

　誠也さんは微笑みながらブタの尻尾を引っ張ると、そのままの状態で私に返してくれる。おそるおそるブタの引き出しの中を覗くと、世界最高と言われている宝石店の刻印が入った箱が見えた。

　本当に宝石なの？　そんなわけないよね、結婚指輪はもらっているし……。

震える手で箱を取りだして、ゆっくり蓋を開ける。さらに、その中に入っていたビロードの小さな箱を開けた瞬間、私は息を呑んだ。

　大きなハート型のピンクダイヤのまわりを、透明なダイヤが縁取っている指輪だった。リングの部分にまでダイヤが埋め込まれている。手に取るのが怖いくらい高価なものに違いなかった。

「まあ！　素敵な指輪！　裕美さんもそう思いませんこと？」

「ええ、本当に。大粒のピンクダイヤは希少価値が高いって聞きますし、すごいプレゼントですね」

　指輪を見た義母と裕美さんが、感嘆の声を上げる。産出国のオーストラリアでも、大きいピンクダイヤはなかなか採掘されないし、鮮やかなピンク色をしているものほど、より価値が高いと聞いたことがある。

　どうしてこんなすごいプレゼントを？

　突拍子もないプレゼントに頭の中が真っ白になった。

「まだ他にもあるみたいだわ」

　裕美さんの言葉にハッとして、ブタの置物が入っていた黒い箱の中を見ると、薄紙に包まれたものがあった。ブタの置物を置いて、包みを手にする。それはかなり軽いものだった。

「レースのハンカチかスカーフみたいですね……」

そう言いながら、無造作に開けてみる。ダイヤのプレゼントで充分驚かされたので、もうサプライズはないと思っていた。ところが開けた瞬間、驚きで中身をテーブルの上に落としてしまった。

その瞬間、全員の視線が私の手元からテーブルの上に集まる。みんなの様子を窺うと、義母と裕美さんは顔を赤らめ、誠也さんは豪快に笑い、義父は目を真ん丸くしている。

あまりの恥ずかしさに顔が熱くなり、言葉を失う。なんと中身はハンカチでもスカーフでもなく、普通の人なら身につけそうにない派手なベビードールとショーツのセットだった。

何を考えているのよ!　こんなもの絶対につけられるわけないでしょっ!

「俺も裕美に贈ろうかな」

誠也さんが裕美さんをからかったので、気まずい空気が変わってホッとした。

夕食を食べながら、右手に光るピンクダイヤの指輪を見る。

それにしても、どうして指輪を贈ってきたのか考えてしまう。結婚生活を続けるつもりがなさそうな上に、好きでもない相手に、こんなに高価な指輪を贈る？

「——みてはどうかと思うんだが、どうかね亜希さん？」

「えっ!?　は、はいっ？」

義父の呼ぶ声に我に返る。

「ハハハ。隼人のことでも考えていたのかな？」

楽しそうな笑い声が返ってくる。確かに隼人さんのことを考えていたけれど……義父が喜びそうな返事はできず、ぎこちない笑みを浮かべるのが精いっぱいだった。だけど気を取り直して聞き返す。

「な、何でしょう？」

「しばらくの間、隼人のところへ行ってみたらどうかと言ったんだよ。新婚のふたりが、このまま離れて暮らすのはよくないだろうと思ってね」

隼人さんのところって、ニューヨークだよね……。ほとんど英語が話せない私に海外に住めと……？

即答できずに口をつぐんでいると、義父が話を続けた。

「言葉なら心配いらない。隼人が仕事をしている時間は暇だろうから、語学学校へ通えばいい。すぐに話せるようになる」

そう簡単に言われたけれど、今まで何年間も英語を習ってきたのに話せない……。

別宅に戻った私は、真っ白なテーブルの上にプレゼントの箱を静かに置く。ため息をつきながら再び箱を開けて、ランジェリーを手にする。どこもかしこもスケスケのランジェリー。下着の役割はまったく果たしておらず、こんなものを贈るなんて、改めて隼人さんの神経を疑いたくなる。本当にセクハラ男だ。

ふと、箱の中にカードが入っていることに気づき、おそるおそる開く。

【プレゼントは気に入ったか？　隼人】という、たった一行のメッセージが書かれているだけだった。

どういう意味？　指輪を気に入ったのか聞いているの？　それともランジェリー？　あの人のことだ、きっとランジェリーのほうだ。

正直なところ、どちらのプレゼントも喜べない私だった。普通なら、指輪は喜ぶべきものなのかもしれない。だけどこんな高価なものを買ってくれた理由がわからなくて……。

ふと、親友の麗香の言葉を思い出す。

『もし浮気をしているなら、その現場、押さえたくない？』

ニューヨークへ行って、浮気をしているかどうか確かめてくるべきなのかな……。

それに、小学校の頃に会った優しい隼人さんが、今の隼人さんの中にまだいるのか、知りたい気もする。

……決めた。隼人さんのところへ行こう。確かめないと前へは進めない。

第二章　まさかの浮気が現実に？

ジョン・F・ケネディ国際空港に到着した私は、隼人さんを待っていた。到着時刻は定刻どおりで十六時二十五分。入国審査、税関審査を終えて到着ロビーに着いたのは一時間後だった。

「いない……」

あたりを見回すが、迎えに来ているはずの隼人さんの姿はない。いくら探してみても彼を見つけられず、心細くなると同時に腹が立ってきた。ちゃんとメールをしたのに、いないいないなんてひどすぎる。スマホをバッグの中から取りだして、電話をかける。

『ハロー?』

「隼人さん、今どこですか?」

『……会社にいる。あぁ……そうだった。もう空港なのか?』

すぐに私の言いたいことがわかったようだけど、まだ会社にいることに唖然とする。

「迎えに来てくれるって、メールをくれたじゃないですか」

心細さから、つい責めるような言い方をしてしまう。

『会議が長引いていたんだ。アパートメントの住所は知っているよな?　タクシーで来てくれないか。管理人には鍵を開けるように伝えておく』

電話の向こうからは人の話し声も聞こえる。

「……迎えに来てくれないんですか?」

『ここからどのくらいかかると思っているんだ。待ちくたびれるぞ?』

それでも構わないと言おうとしたとき、『じゃあ』という声が聞こえ、一方的に電話が切られた。

「もうっ!　何なのよっ!」

信じられない!　ここまで冷たい人だとは思わなかった。足がむくむとわかっているのにハイヒールを履き、お気に入りのワンピースでおしゃれして、到着前にはメイクまで直した私がバカだった。腹立たしくて、右手にはめたピンクダイヤの指輪を抜き取ると、バッグの中へ入れる。

でも、腹を立てている場合じゃない。迎えに来てくれないのなら、自力で行くしかない。どうしよう……。

あ!　そうだった!　一昨日(おととい)、麗香が電子辞書をプレゼントしてくれたんだった。早速役に立ちそう。

バッグから出した電子辞書を片手に、重いスーツケースを引きずるようにして歩き始めた。

すぐにタクシー乗り場が見えて、たくさんの車が客待ちをしている。一番前のタクシーに近づくと車内から大柄な運転手が降りてきて、スーツケースをトランクに入れてくれた。あまりにも大きな男性で、少し不安になりながらも後部座席に乗り込む。そして、アパートメントの住所をメモした紙と、『この住所まで行きたいです』ということを英語で表示させた電子辞書を運転手に見せる。すると、彼は「ＯＫ」と愛想よく言った。

車が動きだすと幾分ホッとして、シートに身体を預けた。

この電子辞書があれば、何とかなるかも。でも到着するまで安心できない。そう思うと、外の景色をゆっくり見る余裕などなかった。

それにしても隼人さん、完全に私が来ることを忘れていたみたいだったな。

彼は私が来ることを望んでいない。そんな気がして悲しかった。

しばらくして、タクシーは高層タワーの真下に停まった。どうやらアパートメントに到着したようだ。運転手が私のほうを振り返り、金額を言う。その額にチップをプラスして支払いを済ませると、彼はトランクからスーツケースを下ろしてくれた。

　ここが隼人さんの住むアパートメント……。今、私が立っている場所はエントランスのようだけど、入るのがためらわれるくらい洗練されていた。

　どうしようか、と視線を彷徨(さまよ)わせていると、大きなガラスのドアの前に立っている紺のユニフォームを着た白人の男性と目が合う。

「ゴヨウケンハ、ナンデショウ?」

　片言の日本語で聞かれたけれど、私の話すことを理解してもらえるか……。

「ちょ、ちょっと待ってください!」

　慌てて電子辞書を操作していると、男性の声がした。

「日本の方ですよね?　どうかしましたか?」

「え!?」

　日本語で尋ねられて、藁(わら)にもすがる思いで声の主を見つめる。

「あ、あのっ!　すみません、助けてください」

「ええ、僕でよかったらどうぞ」

　にっこりと優しい微笑みが返ってきた。

「この住所は、ここで合っていますか?」

スケジュール帳に書かれた住所を彼に見せる。

「いいえ、ここは一号棟です。この住所は隣の三号棟ですよ。お知り合いを訪ねて来たんですか？」

彼は、私が持っていたスーツケースを見て尋ねてきた。

「えっと。はい、主人を……」

「そうでしたか。もう一度、部屋の番号を見せてもらえますか？」

私は頷き、再び彼に住所を見せた。ところが、彼は驚いた表情になる。

「あの、どうかしましたか？」

そう聞くと、彼は気を取り直して口を開いた。

「あなたが隼人さんの奥様になられた方だったんですね」

彼の口から隼人さんの名前が出て、今度は私が驚く番だ。

「ええ……彼をご存じなんですか？」

「はい。僕は紫藤不動産の法務部にいます。このアパートメントは紫藤不動産の持ち物で、社員の多くが住んでいるんですよ」

「そ、そうなんですか⁉」

「ジョン・ケイフォードです。母が日本人で、僕の日本名は隆司（りゅうじ）なんですが、ジョンと呼んでください」

「は、はい。よろしくお願いします」

ジョンは色白で彫りが深く、流暢な日本語を話すことに違和感があるほどだ。

彼は紳士的にスーツケースを運んで、三号棟へ案内してくれる。三号棟のドアマンは何も言わなくても、私が隼人さんの許可を得て来ている者だとわかったようで、オートロックのドアを開けてくれた。そのまま、ドアマンの男性とジョンが英語で話を始める。ところどころの単語しかわからなかったけど、念のため、私が隼人さんの妻かどうかを確認しているらしかった。

まるでホテルみたいな立派なロビーで、マホガニーのデスクの向こうには、スーツを着た男性が立っている。どうやらコンシェルジュのようだ。

「お名前を聞いてもよろしいですか？」

デスクの前に着くと、ジョンが話しかけてきた。

「紫藤亜希です」

「では、亜希さんとお呼びしても構いませんか？」

隼人さんの会社の人だし、そのくらいなら問題はないよね。

「はい」

「彼はヘンリーです。私はここで失礼しますので、ここから先は彼についていってください。部屋のドアを開けてくれます」

ジョンはそう言うとにこっと笑い、ヘンリーに英語で指示をした。

「いろいろとありがとうございました」

彼が現れなかったら、ここにはたどり着けなかったかもしれない。感謝の意味を込めて、深くお辞儀した。

ヘンリーに案内されてエレベーターに乗り込む。

英語で話しかけられたらどうしよう……。ちらっとヘンリーのほうを見ると、彼は階数表示をじっと見ていた。よかった。話しかけられることはなさそう。

エレベーターが二十五階に到着すると、隼人さんの部屋へ案内され、鍵を開けてくれた。

「サ、サンキュー」

お礼くらいは言わなくては、と出た言葉だった。

「ドウイタシマシテ、ミセス・シトウ」

さすが日本人が多く住むアパートメントのコンシェルジュ。片言の日本語にホッとする。玄関にスーツケースを置いた彼は、笑顔でお辞儀をして去っていった。

ドアが閉まったことを確認して、おそるおそる室内へ足を踏み入れる。四十畳はありそうな広いリビングには、センスのいい黒革の大きなソファセット、五十インチくらいのテレビとオーディオセットが置かれていた。おしゃれなバーカウンターまである。壁紙はグレー。隼人さんは本当に暗い色が好きなんだ……。確かに、日本の新居とは真逆のインテリアだ。

リビングの右手には、ダイニングキッチンが見える。ふと、他の部屋のインテリアも気になった。隼人さんがいないのに勝手に見たら失礼だと思いつつも、そろりと足を進ませる。

ドアのついた部屋はふたつあり、最初のドアを開けると、そこは書斎だった。大きな机の上にパソコンが置かれている。壁一面の本棚には英語の書籍がたくさん並んでいて、日本語の書籍なんて数えるくらいしかない。私にはまったく読めない本を見て、ついため息が漏れる。

気を取り直して書斎を出ると、すぐ横にある部屋のドアを見る。ここはきっと寝室だ。夫とはいえ、寝室を見るのは後ろめたくて、心臓がドキドキしてきた。一度深呼吸すると、思いきってドアを開けた。

まず目に入ったのは大きなベッド。キングサイズだろうか、部屋の真ん中に置いてある。深いダークブルーのシルクのシーツが目に入る。寝室にはベッドとサイドテーブルが置かれてあるだけだった。

部屋の奥にもドアがあることに気づく。きっとバスルームに繋がっているのだろう。部屋を見て思ったのが、まず散らかっていないこと。リビングも書斎もきれいだった。家具や家電も、必要最低限のものしかない。ひとり暮らしの男性の部屋に入ったことはないけれど、ここまできれいだと、誰かが片づけてくれているのでは……と、勘ぐりたくなる。

何となく疲れを感じて、ベッドの端にポスンと腰を下ろした。スプリングが効いていて、身体が弾む。何気なく、埃ひとつない床に視線を落としたとき、赤い布きれが目に入った。ベッドの下に半分入り込んでいる感じだ。何だろう？と思い、屈んで拾おうと手を伸ばした。

「えっ！」

思わず手が止まる。それはブラジャーだった……。

「嘘……」

真っ赤なブラジャーに、ドキドキしてくる。拾うのもためらわれて、逃げるように寝室を出た。

リビングに戻った私はソファに座った。まだ心臓がドキドキしている。

どうしよう……本当に恋人がいるんだ……。『浮気をしているんでしょう』と詰め寄って、日本へ帰る？　そして麗香と話をしたとおり、慰謝料をもらって離婚!?　それとも、このまま知らんぷりをして一緒に暮らしてみる？

「はぁ〜。何で来ちゃったんだろう……」

恋人がいるのではないかと思って来てみたけれど、実際にいるとなるとショックだった。やっぱり……帰ろうか……。

そんなことを考えていると、不意に眠くなってきた。

隼人さんは、何時に帰ってくるんだろう。時計を見ると十八時を回っていた。飛行機では緊張して眠れなかったし、時差ボケが……。

そうだ。問いつめる前に、ちょっと休ませてもらおう。そう思って私はソファに横になった。


何かが身体の上にふわっとかけられるのを感じて、ハッと飛び起きた。目の前に隼人さんが立っていて、突然起き上がった私に面食らった顔をしている。帰宅したばかりのようで、彼はまだスーツ姿だった。

「あ……」

目と目が合い、何と言っていいのか戸惑う。

「悪かったな。迎えに行けなくて」

いきなり隼人さんが謝ってくれた。まさか下手に出てくれるとは思っていなかったので、一瞬、呆気に取られる。

「い、いいえ……」

いつもの隼人さんと違うように思えて、調子が狂いそうだった。身体の上にかけられていたのは、タオルケット。

「腹が減っただろう」

「今、何時ですか……?」

「二十一時を回ったところだ。外へ食べに行こう」

ぼんやりする頭で頷き、立ち上がった。

連れていかれたのは、アパートメントの近くにある寿司屋だった。寿司とは意外だなと思いながら店に入り、カウンターに座る。カウンターの中にいる日本人の板前さんが隼人さんに挨拶をする。彼の馴染みの店のようだ。

板前さんと隼人さんは楽しそうに話をしている。黙って会話を聞いていると、注文を済ませた隼人さんが私を見た。

「なぜ黙り込んでいるんだ？　結婚式のときのような勢いはないのか？」

「えっと、何でお寿司屋さんなんだろうと思っていたんです」

「お前の顔を見たからに決まっているだろう」

私をからかっているのか、鼻で笑う隼人さんに目が点になる。

「は？」

「日本人を見たら、寿司が食べたくなった。ここは、ニューヨークで一番うまい寿司屋なんだ」

日本人を見たからお寿司、って……。オフィスやアパートメントにも日本人はいるんじゃないの？

最初に注文した小鉢や刺身が運ばれてくると、隼人さんは小皿に醤油(しょうゆ)を差してくれたり、好きなものを聞いてくれたりと、甲斐甲斐(かいがい)しく世話を焼いてくれた。何だか結婚式の日とは違って優しい隼人さんに、混乱する。

隼人さんの言うとおり、お寿司は新鮮でおいしかった。日本では食べたことがないカリフォルニア・ロールは、アボカド好きな私のお気に入りになった。ふと横を見ると彼は、お寿司をつまみながら冷酒を飲んでいる。

「なんだ？」

私がじっと見ていることに気づく。

「同じものを飲むか？」

冷酒が飲みたいと誤解をされたみたい。私、そんなに飲みたそうな顔をしていた？

「……いただきます」

お酒はそれほど強くはないけれど、好きで飲む。ただし日本酒は、ほとんど飲んだことがなかった。

隼人さんが透き通った水色のおちょこに冷酒を注いでくれる。せっかく頼んでくれたのに飲まないのも悪いと思い、舐めるようにひと口飲んだ。

あぁ……おいしいかも……。喉が熱くなったけれど、ほんのり甘くて飲みやすい。初めて日本酒がおいしいと思った。

再び、隼人さんと板前さんが楽しそうに話しだした。話を聞いているだけの私は、自然と飲むピッチが上がり、おちょこの中身が減ると、すぐに隼人さんが注いでくれる。少しすると顔が熱くなって頭がぼうっとしてきた。酔いのせいなのか、自分には笑顔を向けないのに、板前さんとは楽しそうに笑っている彼に、だんだんと腹が立ってきた。

「隼人さんっ！」

隼人さんの肩を叩いて名前を呼ぶ。私のほうを向いた彼の顔が揺れて見えた。

「なんだ？　酔っぱらったのか？」

冷静な声が聞こえる。

「酔っていませんっ！　ど～して、今日は迎えに来てくれなかったんですかっ。私、すっごく心細かったんですからっ」

酔っていないと言うわりには、思っていたことをさらけだしてしまう。

「だから悪かった、と言っただろう」

「英語が苦手なんですからっ！　しかも、ブラジャーが……」

それを口にしてしまい、我ながらよっぽどショックだったのだと思う。

「ブラジャー？」

「……何でもないです」

寝室に落ちていたブラジャーのことを、つい言ってしまいそうになった。

よかった……。酔った頭でも、まだ理性が働くことにホッとした。こんなところで話せることじゃないのに……。

そのとき、私たちのほうに、男の人が近づいてきたのが視界に入った。そしてその人は私たちの横で立ち止まる。

「隼人さん！　来ていたんですね」

隼人さんが顔を上げて「あぁ」と面倒くさそうに答えたので、不思議に思って声がしたほうを見ると、アパートメントを案内してくれたジョンだった。

「こんばんは。亜希さん」

にこっと私に笑いかけるジョン。

「亜希さん？」

隼人さんの怪訝（けげん）そうな声が聞こえてきた。酔いのせいで、どうしてジョンが私の名前を知っているのか隼人さんに説明する余裕がないまま、ジョンにお礼を言うために立ち上がると、グラッと足元がふらついた。すかさず二本の手に支えられる。ひとつは隼人さんで……もうひとつはジョン。

「大丈夫ですか？」

ジョンが心配そうに私の顔を覗き込んだ瞬間、身体が突然、隼人さんのほうに傾く。

「きゃっ！」

立ち上がった隼人さんが私の腰に手を回して、自分のほうへ引き寄せたせいだ。

「いつ妻に会ったんだ？」

「一号棟の前でタクシーを降ろされ、困っていたところへ声をかけたんですよ」

隼人さんの質問に、ジョンがにこやかに答える。

「はい。先ほどはありがとうございました～。ジョンがいなかったら、私は部屋に着けませんでした」

お酒の入っている私は、上機嫌に言った。恩人に向かって笑みを振りまく。

「……ジョン、妻を助けてくれてありがとう。俺たちは先に失礼する。月曜日に」

隼人さんはそっけない口調でそう言うと、私の腰に置いていた手に力を込めた。私の足が自然と前に出る。店を出る直前、私はジョンのほうを振り返り、頭を下げた。

外へ出ると、腰に置かれた手が、さっと外される。急に支えがなくなり、足をふらつかせる私。結局ひとりで立っていることができず、その場に座り込んでしまった。

いったい何なのよ……。酔っぱらいを突き放すなんて！

「もうっ！　歩けません！」

日本でも歩道の真ん中で座り込んだことなんかないのに……。頭の片隅で、恥ずかしさを感じていたけど、どうすることもできなかった。

隼人さんはペタンと道路にお尻をつけている私を見て、深いため息をつくと、私の目の前にしゃがみ込んで言った。

「手を首に回せ」

私が素直にその言葉に従い、隼人さんの首に腕を回すと、立ち上がらせてくれた。


「う……ん……」

太陽の日差しが眩しくて、寝返りを打つ。サラッとした感触が心地いい。

自宅のシーツって、こんなにサラサラしていたっけ……。

徐々に覚醒する思考。

「え……⁉」

慌てて重いまぶたを開けると、ダークブルーのシーツが目に飛び込んでくる。

昨日、店を出たところまでは覚えている……。けれど、それ以降の記憶がない。

酔っぱらったまま寝ちゃったなんて情けないと思った瞬間……。

「えっ？」

肌に触れるシーツの感触がいつもと異なり、背筋が凍りつく。シーツの素材が違うからではない。

もしかして……私……裸⁉

そっと掛け布団の下を覗いた瞬間、ガバッと跳ね起きた。

「ふ、服を着てない……」

今の状況が呑み込めずに唖然としていると、寝室のドアが開き、黒のサマーセーターとジーンズ姿の隼人さんが入ってきた。

「きゃっ！」

目が合って、急いで掛け布団を首まで引き上げる。

「今さら恥ずかしがる必要はないだろう？　一夜を共にしたんだからな」

「一夜を共にした……？」

耳を疑う。

「ああ、覚えていないのか？　あんなに積極的だったのに」

嘘……。

「つ、つまり……エッチをしたってことですか……？」

「夫婦が同じベッドに入れば当然だろう」

「当然じゃありませんっ！」

まったく何も覚えていなくて、頭がクラクラした。パニックを起こす寸前だ。隼人さんは私を見ながら、口元に笑みを浮かべて近づいてくる。

「ち、近づかないでください」

「昨日は、そんなこと言っていなかったぞ」

ベッドの端に腰かけると、私の頬に長い指を伸ばす。

「どうやら孫の顔を見せられる日は、そう遠くないかもな」

「孫？」

ってことは……避妊しなかったってこと？

「あぁ。うちの両親が期待している孫……俺たちの子どもだ」

避妊したのかしていないのかを聞こうとしたのに、もう答えは聞いたようなもの。

ショックのあまり動けずにいると、不意に唇が重ねられた。

「んっ……」

覚えている限りでは、今までで一番優しくて、深いキス。隼人さんの舌が歯列を割り、口内に入り込んでくる。一瞬離れては、何度も唇が重なる。

そして私の唇から離れた隼人さんの唇は頬を伝う。そんなキスをされたら……。

「っ……あっ……」

「耳が感じるんだったな」

耳に熱い吐息が吹きかけられてから、耳朶（みみたぶ）を甘噛（あまが）みされ、舌が耳を這（は）う。

「い……や……」

「嫌じゃないだろう」

彼の胸に手を当てて押しのけようとするけれど、びくともしない。突然、首筋を強く吸われ、ちりっとした痛みを感じた。

「あっ！」

掛け布団は腰のあたりまで落ち、胸の膨らみが隼人さんの手の中に。

「や、やめてください」

ツンと上を向いた先端を指で愛撫(あいぶ)されて、甘い感覚に身体の芯が熱くなっていく。隼人さんを突き放そうとしても身体に力が入らない。

そのとき、インターホンが鳴り響いた。彼は軽く舌打ちをすると、私から離れた。ひとりになった私は、寝室の隅に自分のスーツケースを見つけると急いで開けて、着替えを手にバスルームに駆け込んだ。

バスルームは広々としていて、猫足のバスタブの他にシャワーブースが設置されている。その中に入り、コックをひねった。壁側が一面の鏡になっていて、熱いシャワーを浴びながら、鏡の中の自分を見る。

あ！　これってキスマーク？　乳房に虫刺されのような痕を見つけた。本当にエッチしちゃったの？　何も覚えていないなんて、いくら何でも信じられない。

髪を洗おうとしたとき、シャンプーとコンディショナーが二種類ずつあることに気づく。有名ブランドのものだ。ひとつは女性用、もうひとつは男性用。女性用のコンディショナーを開けて、鼻を近づける。

この香り……。自分の髪をひと房手にして匂いを嗅ぐ。同じ香りが、自分の髪からも匂っている。

もしかして、シャワーまで一緒に浴びちゃったの？　記憶がないくらいだから、ひとりでシャワーを浴びるなんて無理なはずだけど……。

何で日本酒を飲んじゃったんだろう。酔っぱらって余計なこと……ブラジャーや浮気のことなんて言っていないよね？

いくら思い出そうとしても、まったく思い出せない。そんな自分に苛立ち、乱暴に髪と身体を洗った。

バスルームを出ると、パウダールームにある丸イスに座って、ドライヤーで髪を乾かす。肩甲骨より長くなってしまった髪は、垂らすと暑いから、シュシュを使って後ろでひとつにまとめる。いっそのこと切ってしまおうかなと思っていたところだった。

半袖のチュニックとデニムのショートパンツを身につけ、一度気分を落ち着かせると、寝室へ戻った。

隼人さんはいない。乱れた掛け布団が目に入り、急いで直す。きちんと整ったベッドを見て満足すると、寝室を出た。

リビングを見回し、昨日見ていないダイニングキッチンのほうへ足を向ける。

それにしても、隼人さんはどこにいるんだろう……。

緊張が走る私の鼻に、コーヒーの香ばしい香りが漂ってきた。隼人さんは四人がけのテーブルで、新聞を片手にコーヒーを飲んでいた。

「長かったな」

ちらりと私のほうを見て言う。

そんなことを言われても、気持ちを落ち着ける必要があったんだから、と心の中で反論する。

「ジョンがサンドイッチを買ってきてくれた。何もないだろうから、と。コーヒーはそこにあるから、棚からカップを出して飲みたい分だけ淹れてくれ」

テーブルの上には、皿に盛られたおいしそうなサンドイッチがある。さっきインターホンを鳴らしたのはジョンだったようだ。

ジョンにはいろいろな意味で感謝。だって彼が来なかったら……。

先ほどのベッドでのことを思い出しそうになって、頭を左右に振る。自分にため息をつくとキッチンへ行き、コーヒーメーカーからカップにコーヒーを注ぐ。

「お砂糖とミルクはどこにありますか?」

「砂糖はそこの棚の中だ。白い容器に入っている」

言われた容器を開けて砂糖をほんの少し入れると、カップを手にして、隼人さんの向かいに腰かけた。

ふたりの間に流れる沈黙。何か言わなくちゃ……。気詰まりな空気に目が泳いでしまう。そして泳いだ目が、隼人さんを捉えた。

スーツ姿じゃない隼人さんを初めて見る。彼は新聞から目を離さない。

もう一度確認したい。『私たち……本当にエッチしたの?』と。

「……隼人さん」

思いきって声をかけてみる。新聞から顔を上げた隼人さんの瞳と視線がぶつかる。

その途端、心臓がトクンと跳ね上がった。

「なんだ?」

「……あの、私たち……本当に……エ、エッチ……」

彼は新聞紙を折り畳んで、テーブルの隅に置く。

「エッチ？　あぁ、セックスのことか。そのためにここへ来たんだろう？」

「ち、違いますっ！」

浮気を確かめに来たと言うべきか……。どうしよう……。

「違う？　なら、どうして来たんだ？　言ってみろよ」

表情は変わらないけれど、怒っているみたいな口調の隼人さん。

「……お義父様に勧められたからです」

「あぁ。俺のところにも電話が来た。早く孫の顔が見たいってな」

彼の顔に意地悪な笑みが浮かび、私はイスから立ち上がりたくなった。

「私は子どもを作りたくて来たんじゃありませんっ」

「じゃあ、なぜ来たんだ？」

しかし先に立ち上がったのは隼人さんで、私の横に立った。

「ち、近づかないでくださいっ」

「ひどい言いようだな。俺と夫婦生活を送るために、はるばる日本から来たんだろう？」

「違いますっ！」

そう否定した瞬間、私の身体がふわっと浮いた。いわゆる、お姫様抱っこをされたからだ。

「下ろしてください！」

隼人さんの腕の中でじたばたしているうちに、ソファに放り投げられる。

「きゃっ！」

起き上がろうとすると隼人さんの身体が覆い被さり、顔の両脇に彼の手が置かれた。

「か、顔が近いです」

近づいてくる顔を避けようとして、横を向く。

「お前の反応はおもしろいな。ちょうど退屈していたところなんだ。可愛がってやる」

か、可愛がってやる？

心臓が今までにないほど暴れ始める。

「ど、どなたと比較しているんですか？　可愛がってほしくなんかないんですけど」

長い指が顎に触れて、グイッと上を向かされる。

「や……」

抵抗する間もなく、唇が塞がれた。

「んっ……ん」

口を閉じて抵抗しようとしても、簡単に舌で唇をこじ開けられて、口内に入り込まれてしまう。

　このキスに抵抗できる人がいたら知りたい。最初は拒否していたはずが、全身がぐにゃりと蕩けてしまいそうなほどの濃厚なキスに、気づくと夢中になっている。

「ん……」

　チュニックの下から手を入れられ、脇腹を撫でられると、慣れない感覚に腰が引ける。でもすぐに引き戻され、ブラジャー越しに胸へと触れられる。そして彼の手は背中に潜り込み、いとも簡単にブラジャーのホックを外した。

「あっ……い、嫌っ！」

　驚いているとチュニックがまくられ、露わになった胸が大きな手に包み込まれる。急いで彼の手に自分の手を重ねて、止めようとした。

「俺たちは夫婦なんだ。俺にはお前の身体を好きにできる権利があり、お前も俺の身体を好きにしていい。昨晩は積極的だったのに、今さら拒否なんておかしいぞ」

「昨晩は、の、飲んでいたからっ」

　頬が熱いくらいに火照っているのがわかる。頬だけじゃない、全身が焼けるように熱い。

「シラフでは、俺に抱かれたくないとでも言うのか？」

「だ、だって！」

だめ。隼人さんのペースに乗せられちゃだめ。そう思って頭に浮かんだのは、寝室に落ちていた真っ赤なブラジャーのこと。

「か、からかわないでください。他にも女の人がいるなら、どうして私と結婚したんですか⁉」

「はぁ？　何を唐突に」

隼人さんが真顔になった。

「寝室にブラジャーが落ちていました。それって、彼女がいるってことでしょう？」

私の身体を押さえつけていた隼人さんの腕の力が弱まった隙を見て、私は起き上がり、急いで衣服の乱れを直す。その様子を見ていた彼が、開き直ったかのような口調で言った。

「健康な男なら、それなりに相手がいてもおかしくないだろう？」

「じゃあ、どうしてその方と結婚しなかったんですか？」

問いつめるつもりはなかったけれど、思わず聞いていた。

「……彼女は結婚に向いていないからだ」

やっぱり彼女がいたんだ……。

その事実に、なぜか胸が締めつけられるように痛んだ。

私……隼人さんに惹かれているの？　ううん、違うに決まっている。だって私の理想は優しい人。隼人さんは意地悪で俺様。そんな人に惹かれるわけがない。

「……離婚してください」

「離婚？」

隼人さんは片方の眉を上げ、感情の揺らぎを感じさせない瞳で私を見つめる。

「そうです。隼人さんとはやっていけません。日本へ帰ります」

ソファから立ち上がり、昨日リビングに置きっぱなしにしていたバッグを手にすると、中から空港で外したピンクダイヤの指輪を探しだして、テーブルの上に置く。そして左手の結婚指輪も外し、同じように置いた。

今さらだけど、彼の左手をちらっと見てみると、薬指に結婚指輪はあった。つけていないものだと思っていたから驚いた。

「わかった。日本へ帰りたいのならそうすればいい。ただし今後一切、紫藤から援助はないものと思ってくれ。援助が受けられないと、実家は困ったことになるんじゃないのか？」

隼人さんは冷たく言い放つ。

「裁判をすれば――」

「裁判をするには時間がかかるんだ。その間に会社は倒産するだろう」

「なんてひどい人なのっ！」

思わず金切り声を上げてしまう。

「それに、すでに妊娠しているかもしれないぞ？」

「そんなっ！」

「よく考えるんだな。自分と実家にとって、どうするのが一番いいのかを」

隼人さんはそう言うと書斎に入ってしまった。

どうしたらいいの……？

ソファに座り、ため息を何度もつく。さっき隼人さんに言われた『よく考えるんだな』という言葉が、頭の中でぐるぐると繰り返される。

ふと窓の外を見ると、アパートメントのエントランスを出てすぐのところにある緑が目に飛び込んできた。

そういえば、タクシーの運転手がセントラルパークって言っていたかも。ここから見ても限りなく大きな公園。あれがセントラルパークなんだ。何より目の前だし、昼間だから安全なはず。あそこで、これからどうするか考えようか……。

このままこの部屋にいたら、そのうち隼人さんが書斎から出てくるんじゃないかと気になって、ゆっくりと考え事もできない。バッグからメモ帳を取りだして一枚破り、【セントラルパークへ行ってきます】と書いて、リビングのテーブルの上に置いた。

そこには、私が置いたふたつの指輪がそのままになっていた。

部屋をそっと出て、足早にエレベーターホールに向かう。

エントランスを出て公園に入り、池の近くのベンチに腰かけた。

隼人さん、彼女がいたことを否定しなかったな……。ブラジャーが落ちているのに否定したら、それこそ卑怯な男だもんね。彼女がいるのに、なぜ私とエッチをしたんだろう……。

頬が急激に熱くなる。何で昨晩の記憶がないの？　初めてのときは叫ぶほど痛いとか、人によっては出血することもあるって聞いた。鈍感な自分に嫌気が差す。

きっと初体験が嫌いな人とだったら、すごくショックなんだろうな。

でも今の私は、不思議とショックを受けていないことに気づく。

恋人がいる隼人さんのことなんか好きじゃないのに……。

それにしても、初体験の記憶がないなんてひどすぎる！　もう絶対に日本酒は飲まないんだからっ。

せめて避妊してくれていたのなら、悩みがひとつ減るのに……。

そう思っているうちにふと冷静になり、自分自身の生理周期を考えてみる。基礎体温を記録したことがないから正確な排卵日はわからないけれど、毎月のペースでいくと、昨日は生理の二週間前。もちろん妊娠の可能性はなくはない。でも、百パーセント妊娠したとも言えない。

そうだ、これだ。しばらく経って、私の中でひとつの考えが思い浮かんだ。隼人さんにきちんと話そうと思い、私はセントラルパークを出た。

それにしても、ここにどれくらいいたんだろう。時計を持たずに出てしまったので、今の時間がわからない。

エレベーターを二十五階で降り、気まずい気持ちで部屋の前に立つ。勇気を振り絞ってインターホンを鳴らそうとしたとき、ドアが内側から開いた。

「あ……」

開けたのは、もちろん隼人さんだ。

「いったい何時間、公園にいたと思っているんだ。早く入れ」

「時計を持っていかなかったから、わかりませんでした」

部屋を出たのが十一時頃だったのを覚えている。リビングの時計を見ると、十五時を回っていた。四時間もいたのか、とさすがに驚いた。

「ったく、部屋から公園が見えなかったら心配するだろう。まだ時差ボケ中だろうし、少しベッドで横になったほうがいい。俺は仕事をしている」

そう言うと、隼人さんは書斎に入ってしまった。

私のことを心配してくれていたの？

それにしても隼人さんって、よくわからない……。冷たいかと思うと、思いも寄らない優しさがある。そんなことを考えながら、彼の言葉に甘えてベッドに横になった。


目が覚めると、部屋がほんのりオレンジ色に包まれていた。

「あれ……？」

掛け布団の上に寝たはずなのに、今は身体が布団の中に入っていた。

もしかして隼人さんが……。ちょこちょこと優しさを見せるのはやめてほしい。好きになってはいけない人なのに！

身体を起こして、ベッドボードに置かれた時計を見る。もうすぐ二十時になるところだった。

「すごく寝ちゃった……。頭がぼうっとする」

まだ眠気は完全には消えていないけれど、隼人さんと話さなきゃ……。

寝室を出ると、隼人さんはリビングにいた。ソファの背に身体を預け、オットマンに足を載せて本を読んでいる。私がソファの傍らに立ち、本に影ができると、彼は顔を上げた。

「あの……私、決めました」

「そこにかけて」

隼人さんはオットマンから足を外しながら本をパタンと閉じ、隣のソファを指差した。私は素直に従い、隣に腰かける。

「それで？」

「はい……。あ、あの……あ、あれが来るまで、あと約二週間あるんです」

「あれ？」

彼は片方の眉を上げて、不可解な顔をしている。

「せ、生理のことです……」

男の人に言うのは恥ずかしすぎる。戸惑っていると、彼は涼しげな顔で頷いた。

「それで？」

「そうしたら、赤ちゃんができたかわかるので……それまで待とうかと……」

端整な顔で睨まれると、言葉が続かなくなってしまう。

「その先は？」

「えっ、その先は……」

考えていなかった……。小さく首を横に振ると、隼人さんがバカにしたように鼻で笑った。

「それは、『決めた』とは言わない。もし二週間後、子どもができていなかったらどうするんだ？　結論を二週間先に延ばしたに過ぎないだろう？」

考えが浅かったことを指摘されて、私の口から深いため息が出る。

「だって仕方ないじゃないですかっ。まだあなたがどんな人かもわからないし、他に女の人もいるみたいだし。でも実家は困っていて……。今はそれくらいまでしか考えられないんです」

「……わかった。二週間後まで待とう」

そう言って、隼人さんはテーブルに置かれたままのふたつの指輪を手にした。

私が不思議そうな顔で見ていると、彼は私の手を掴んで、左薬指に結婚指輪、右薬指にピンクダイヤの指輪をはめた。

「ひとりで外出するときは、右手の指輪は外していけ。物取りにあったら困るからな」

「じゃあ、これはいつも外していてます。しまっておいてください」

私が右の薬指にはめられた指輪を抜き取ろうとすると、手を掴まれる。

「せっかく買ったんだから、はめていろ。それに、離婚するにしてもこれはお前のものだ。これを他の女にプレゼントしても喜ばないだろう？　売れば一年間くらいは遊んで暮らせる」

まただ……。優しいかと思うと、憎まれ口。

「飯を食いに行くぞ。着替えてこいよ」

隼人さんはソファから立ち上がった。


隼人さんが連れていってくれたのは、カジュアルなイタリアンレストランだった。ここもアパートメントから近いところにあり、ニューヨーカーたちがビールやワインを飲みながら食事を楽しんでいる。

「ビールは？」

彼に聞かれて首を横に振る。

「ではワインか？」

「だめです。もう飲みません」

隼人さんは怪訝そうな顔をして、「どうしたんだ？　頭痛でもするのか？」と聞く。

「昨晩、記憶をなくしてしまったので、しばらくお酒は飲みません」

「あれは日本酒だったからだろう？」

「それは……そうですけど……」

「イタリアンの食事をするときには、ワインがつきものだ」

そう言って、隼人さんはウエイターにワインを頼んでしまった。

グラスに注がれる白ワインを、じっと見る。ワインは嫌いじゃないから、つい手が伸びてしまう……。

私がオーダーは任せると言うと、彼は白ワインに合わせて魚料理を頼んでくれた。

「おいしい……」

白身魚はふんわりと柔らかく、レモンと香草のソースとの相性もばっちり。料理がおいしいと、ワインも進んでしまう。何気なく「毎日こんな生活をしていたら太っちゃうな」と呟くと、「アパートメントの地下に住人専用のジムがあるから、いつでも使えるようにしておく」と言われた。

「でも、外食ばかりだと身体によくないです。明日から私が作ります」

「毎日帰りが遅いんだ。俺の分は作らないでいい」

そう言われると、なぜか悲しかった。

「どうせ私の分を作るんですから、お夜食用に用意しておきます。隼人さんが食べられなかったら、翌日、私が食べます」

言い張る私に、隼人さんはあまりいい顔をしなかったけれど、レストランを出るとスーパーマーケットに寄ってくれた。

日本にはないような食材を見るにつれて、徐々に楽しくなっていった。名前のわからない野菜などを彼に聞くと、丁寧に教えてくれた。

必要なものを買ってアパートメントに戻ると、大型の冷蔵庫にしまっていく。隼人さんはそっけないけれど、買い物にも付き合ってくれた。まあ、私ひとりで買いに行かせたら迷子になるとでも思っているからだろうけど……。

スタイリッシュなすりガラスの戸棚を開けると、食器が並んでいた。どれもふた組ずつあり、それを見た途端、楽しかった気分が一気に冷めていく。

彼女もここで食事を作ったのかな。当たり前だよね……。ブラジャーが落ちていたくらいなんだから、ここで食事だってするに決まっている。

わかっていることなのに、嫌な気持ちになる。だけどそれは、隼人さんのことが好きだからではなく、妻だからそう思ってしまうのかも……。

　このモヤモヤとした気持ちの正体が掴めず、いらいらした。こんなこと、今までなかったのに……。

　すっきりした気分になりたくて、私はシャワーを浴びに行った。


「眠いのならベッドで眠ればいいものを……。風邪をひくぞ」

　ダイニングテーブルに突っ伏して目を閉じているところへ、隼人さんの声がした。その声に顔を上げた瞬間、小さな悲鳴を発してしまう。隼人さんはパジャマのズボンしか身につけておらず、上半身は裸だった。驚いて彼から視線を外す。

　バスルームから出てダイニングでくつろいでいたはずが、隼人さんがバスルームに入っている間に寝ちゃったんだ……。

「な、何か着てくださいっ！」

　一瞬だったけど、彼の上半身に筋肉がきれいについているのを見てしまった。心臓がバクバクとうるさいくらいに暴れる。

「上半身裸くらい普通だろう？　こんなことで恥ずかしがるなよ」

「私には普通じゃないんですっ！」

おもしろがって、わざとしているに違いない。

「何を期待しているのかな？　亜希さん」

笑みを浮かべながら近づいてくる隼人さん。濡れた黒髪の彼は、男の色気を感じさせる。いくら部屋の中とはいえ、そんな格好で歩くなんて、フェロモンの大放出じゃないの！

「何も期待なんてしていませんからっ！」

真っ赤であろう顔を見られたくなくて、立ち上がった。ドキドキしながら俯き加減で隼人さんの横を通り過ぎてリビングに行くと、彼はゆっくりとした足取りで、私の後ろをついてきた。

「寝室に行かないのか？」

「……隼人さんは、どこで眠るんですか？」

「ベッドに決まっているだろう」

「じゃあ、私はここでいいです」

二週間後には結論を出すのに、一緒のベッドで寝たりしたら、また……。

「二週間もソファで眠るのはつらいだろう？　それに、どこにいてもセックスなんてできるんだ。ソファがご所望なら、ソファでも構わない」

「な、何を言っているんですかっ⁉」

「俺がしたいと思えば、お前はどこにいても逃げられないってことだ。第一、ベッドのほうが広くて、快適に眠れるぞ」

「ソファでいいです。タオルケットもありますから大丈夫です。おやすみなさい」

足元に折り畳まれたタオルケットを広げ、ソファの上に横になった。

「勝手にしろ」

隼人さんは呆れたように言うと、電気を消していなくなった。ドアを閉める音が聞こえたけど、寝室に行ったのか、書斎に行ったのかわからない。

今日でニューヨーク滞在二日目か……。あと二週間、このままの状態でやっていけるのかな。隼人さんから本気で迫られたら拒めない。拒める人がいたら見てみたい。それだけ男として魅力のある人だと思う。

でも好きじゃないんだから、抱かれるわけにはいかないよね。そう、私は隼人さんのことなんか好きじゃないんだから……。

ふと、浮気相手の女性のことが思い浮かんだ。隼人さんは、彼女は結婚に向いていないって言っていたけれど、どんな人なんだろう……。バリバリのキャリアウーマンとか？　それとも、もしかしたらその人も夫がいて、ダブル不倫？　どっちも違うような気がする……。どうもピンとこない。それとも……。

いろいろな考えが頭の中をぐるぐる回り、眩暈がするほどだった。それにその女性のことを考えると、なぜか胸が締めつけられるような切ない気持ちになった。

「あ〜、もう寝よう！」

タオルケットを頭から被ると目を閉じた。レストランに行くまで眠っていたから、きっと眠れないと思っていたけれど、睡魔はすぐにやってきた。


たっぷり眠ったおかげで、翌朝は早い時間に目が覚めた。コーヒーを落とし、昨日調達した食材で朝食を用意する。

目玉焼きを作っていると、隼人さんが現れた。少し気だるい雰囲気で、その姿にドキッとする。

「お、おはようございます」

「おはよう」

今日は日曜日。隼人さんは、オリーブグリーンのシャツに黒のスラックスを身につけている。席に着くとすぐに新聞を読み始めた。何だか無視されているみたいで、おもしろくない。

コーヒーをカップに淹れて、隼人さんの前にドンと置く。だけどまったく気にならないようで、彼は新聞に目を落としたまま。続いて目玉焼きと厚切りのハム、トーストとサラダをテーブルに置く。それでも新聞を読んでいる。

「冷めてしまいますから、早く食べてください」

「ん？　ああ」

よほど新聞の内容が気になるらしく、食べるように言ってもしばらく料理には手をつけなかった。


すっかり冷めてしまった料理を食べ終えた隼人さんは、コーヒーを飲みながら、やっと私のほうを見た。

「どこへ出かけたい？」

「え？」

その言葉に、びっくりした。

「今日一日、付き合ってやるよ」

言い方に一瞬ムッとしたけれど、出かけたい私はグッと堪える。

「旅行者に人気の観光スポットに行きたいです」

すると鼻で笑われながら「ＯＫ」と言われたけれど、気にしないことにした。

アパートメントを出て通りに立つと、黒塗りの高級外車が目の前に停まり、運転席から制服を着た白人の男性が降りてきた。その人に隼人さんが何か言うと、白人の男性は頷いて運転席に戻った。隼人さんが後部座席のドアを開ける。

私は小首を傾げて隼人さんを見る。

「乗れよ」

「これに乗って……観光ですか？」

私を車に押し込めるように乗せると、続いて隼人さんも乗り込む。

「何だ？　不満か？」

「地下鉄やバスを使うのかなと……。せめてタクシーに乗るとか……」

「そんなものは時間の無駄だし、面倒だ」

隼人さんの合図で車は動きだした。

最初に車が向かったのはタイムズスクエア。よくテレビで見る風景だ。

車を降りてみると、観光客だらけだった。人気の観光スポットだもんね。

たくさんの劇場が点在している。せっかくニューヨークにいるのだから、ミュージカルも観てみたいな。

「近いうちにミュージカルに連れていってやるよ」

私の考えを読み取ったかのような言葉に驚く。

「えっ？　私、今、声に出して言っていましたか？」

「いや。誰でもここまで来たら、一度は観てみたいと思うだろう？」

「……英語ができなくても大丈夫ですか？」

「何だって⁉　英語ができない？」

いつもクールな隼人さんが、珍しく驚いた声を上げた。まわりの人たちが私たちを一斉に見る。

「そんな大きな声を出さないでくださいっ。ちょっとはできます。ちょっとは……」

周囲には日本人観光客もいて、私は声を落として言った。

「お嬢様は、英語が必須なんじゃないのか？」

「お嬢様じゃありません。それに英語は好きじゃなかったんです」

みんながみんな英語を話せると思ったら、大間違いなんだから。

「……まあ、日本で公演しているものならば、だいたいは理解できると思うが」

「あ！　あれなら観たことがあります！」

気を取り直して、大きな看板を指差す。

「わかった。では、あの公演のチケットを用意しよう」

隼人さんはバカにしながらも約束してくれた。やっぱり優しいのかも……。

そして次の目的地はエンパイアステートビル。高所恐怖症の私は展望台へは行きたいと思わなかったから、ビルの入口と外観を仰ぎ見て、別の観光スポットへ。

それから向かったのは自由の女神像だった。フェリーに乗って約二十分で、リバティアイランドへ到着。世界遺産でもあるこの像は予想以上に大きく、近くで見るとまさに圧巻という迫力で、私はおおいに感動した。


正午を過ぎ、フェリーで戻ると、隼人さんは自由の女神像が眺められるレストランに連れていってくれた。天気がよかったので、テラス席でおいしいコース料理を食べながら、自由の女神像を見る。時間がゆったりと流れていく気がした。彼とふたりきりでのんびり食事をするのは、初めてだった。

ふと、ここへも彼女を連れてきたのかな？と思ってしまう。隼人さんのことがこんなに気になるなんて思いも寄らなかった……。この気持ちって……。

食事を終え、車へ戻る途中に立ち寄った公園には、路上でパフォーマンスをする人や似顔絵描きの人、ジョギングや犬の散歩をしている人などがたくさんいた。ホットドッグを売っているワゴン車もあって、いい匂いがする。

私は見るものすべてに感動して楽しかったけれど、隼人さんはもう見尽くしているから、楽しいわけがないか……。少し前を歩く彼の背中を見て、小さなため息が出た。

車は公園の外で待っていて、乗り込むとあくびを噛み殺した。おいしい料理に合うワインを飲んでしまったせいか、急に眠くなる。

私はいつの間にか隼人さんの肩に頭を載せて、眠っていた。

翌日、隼人さんは私が眠っている間に出勤していた。ダイニングには、コーヒーの香りが漂っている。

「起こしてくれればいいのに……」

リビングのソファで眠っていたのに、隼人さんが起きていることにまったく気づかない私も、どうかと思うけれど……。今はまだ朝七時。どれだけ早く出勤するの。

キッチンに行き、カップにコーヒーを淹れてリビングに戻った私は、ソファに座った。コーヒーを飲みながらセントラルパークを見渡す……なんて贅沢なんだろう。

昨日は楽しかったな。隼人さんはこっちでの滞在期間が長いから詳しかったのもあるけれど、彼のおかげで満足のいく一日を過ごすことができた。隼人さんは口数こそ少なめだけど、つまらなかったり、不安になったりすることは一切なかった。

「はぁ……」

思いがけず、ため息が出るのはなぜだろう……。自分でもよくわからない。

窓の外に目をやると、太陽の眩しさに目を細めた。今日も暑いくらいの天気みたい。

さて、今日はどうしようかな。せっかく時間があるのだから、有意義に使いたい。

私の行動力ではセントラルパークに行くことしかできないけれど。あとはスーパーマーケットくらいか。

しばらくぼんやりしていたものの、それでも部屋の中にいるよりはマシだと思い立ち、小さなバッグに財布と鍵を入れて部屋を出た。


月曜日のせいか、セントラルパークにいる人は少なかった。ジョギングをしている人が数人と、散歩をしているお年寄りを見かける程度。一昨日のようにベンチに座り、ぼんやりと池を眺める。

「ふぁ～っ」

生あくびばかり出る……。妊娠すると眠くなるって聞いたことがある。とはいえ、数日前のことなのに症状が出るわけないよね。まだ時差ボケなのかなぁ……。

でも、もし妊娠していたら、どうすればいいんだろう。それに実家のこともある。やっぱり隼人さんとは離婚すべきじゃないのかも……。

ふと、隼人さんに彼女がいないのなら、やっていけるかもしれないと思った。私を愛してくれることはなくても、このままでもいいかなと思い始めていた。

だけど、すでに愛している人がいるのだから、やっぱりやっていけるわけがない。また浮気相手のことを考えてしまいそうになる。それを打ち消すかのように、重いため息をついて立ち上がった。

相変わらず夜はソファで眠っている私。この日は隼人さんが帰ってきたのもわからないまま、ぐっすり寝ていた。そして翌日は五時半に目を覚まし、朝食を作り始める。

六時過ぎに、隼人さんがリビングに現れた。チャコールグレーのスーツを着た姿は爽やかで、有能なビジネスマンの雰囲気を醸している。

「おはようございます」

「おはよう」

 隼人さんはいつものように言葉少なに新聞を読み始めた。

 出勤前はひとりで過ごしたいのかな……。

 作った朝食をテーブルに置くと、「ありがとう」と呟くように言って、たいらげてくれるから、それだけは救いだった。

「あぁ、そうだ」

　出かける前に、彼はスーツのポケットから財布を取りだして、数十枚のドル札とカードをテーブルの上に置いた。

「これ、何ですか?」

「見ればわかるだろう」

「お金ってことぐらいわかります。でも、どうして?」

「生活費だ」

　改めてテーブルの上を見ると、かなりの枚数の百ドル札だ。

「こんなにいらないです」

「いや、いるはずだ。この辺の物価は、ニューヨーク市の中でも高いほうだからな」

　隼人さんは私の返事を待たずに玄関に向かった。

取りつく島のない彼を送りだすと、ダイニングに戻って、テーブルに置かれたお金とカードを見る。生活費だなんて、本当の夫婦みたい……。

「さてと……今日は何をしよう……」

隼人さんが言っていたジムに行って、日頃の運動不足を解消しようかなと思った。身体を動かすのは、気分転換にもなる。簡単に掃除と洗濯を済ませて部屋を出た。

ロビーにいるヘンリーに、身振り手振りでジムに行きたいと伝えると、地下にあるジムまで連れていってくれた。そこまで立派な設備が揃っているはずはないと思っていたけれど、そこは高級感のあるジムだった。大きな窓ガラスからは、涼しげなプールが見える。よく考えなくても、このアパートメントの住人は、セレブだもんね……。

「亜希さん！」

そんなことを考えながらプールに見入っていると、ジョンの声がした。

「ジョン……仕事じゃ？」

突然の彼の出現に驚く。

「今日は午後からなんです。亜希さんは、隼人さんが仕事の間は退屈ですね」

私は曖昧に頷いた。隼人さんも、ジョンのように時間を取ってくれたらいいのになと思う。今日だって、私が早起きしなければ、一日顔を合わせることがなかったかもしれない。

それからジョンはそばについて、器具の使い方など教えてくれた。日本語を話せる彼の存在はありがたかった。それに明るい性格のジョンといると、リラックスできる。優しくて、細やかな気遣い。隼人さんに、ジョンの爪の垢(あか)を煎じて飲ませたいと思ってしまった私だった。


「あ〜、もうだめ。疲れた〜」

日頃の運動不足がたたって、一時間ほどすると筋肉が悲鳴を上げる。

「ジョン、そろそろ会社に行く時間ですよね?」

「ああ！　そうでした。午後に会議があるんだった」

ジョンは「また会いましょう」と言って、慌ただしくジムから出ていった。私もかいた汗をタオルで拭いて、部屋に戻る。

お風呂に入ろう。そう思いながら鍵を開けて玄関に入ると、何かが違うと感じた。

何だろう……?　リビングへ足を踏み入れると、違和感は増すばかり。心臓がドキドキと鳴る。

誰かいるの?　もしかして泥棒?と思いながらぐるっと部屋の中を見渡すと、ソファの上に無造作に置いてある高級ブランドバッグに目が留まる。

リビングを出て、おそるおそる書斎のドアを開けるも、誰もいない。安堵してホッと息をつくと、次に寝室のドアを開ける。その瞬間、目を見張ってしまった。ベッドの上に、真っ赤なドレスが広げてあったのだ。

「え……」

耳をすますと、バスルームから聞こえてくる水音。いくら何でも、バスルームを使う泥棒なんていないよね……。バッグやドレスが置かれたままなのもおかしい……。

バスルームの中に入ろうか迷った末、息を大きく吸ってドアノブを掴むと、思いきりドアを開けた。

バスタブの中に、ひとりの黒髪の女性がいた。黒髪だけれどその人は外国人。白とも黒とも異なる褐色の肌に、にこっと笑いかけてくる瞳はグリーン。バスタブの中にいるところを見られているのに、まったく動揺していない。

一瞬、唖然としてしまったけど、よく考えてみると、どこかで見たことのある顔のような……。

「ハロー、あなたがハヤトの奥様ね？」

日本語で話しかけられて、さらに唖然とする。あまりの驚きに言葉を失いそうになったものの、私は必死に声を振り絞って尋ねた。

「あ、あなたは？」

「私はエステル・コーワン」

エステル・コーワン？　聞いたことがある名前……。あ！　スーパーモデルの！

彼女は恥ずかしがる様子もなく、バスタブの中から立ち上がる。

「そ、外に出ています！」

エステルの美しい裸体を目の当たりにして、慌てて寝室へ戻った。かつてないほどに胸がドキドキと暴れている。

世界的に有名なスーパーモデルのエステル・コーワンが、隼人さんの彼女？　そうに違いない。だってそうでなければ、この家のバスタブを使っているはずがないから。

そのとき、隼人さんの『……彼女は結婚に向いていないからだ』という言葉を思い出した。

スーパーモデルの彼女なら結婚向きではないと言えるかも。仕事を続けたいのなら、身体の線が崩れる妊娠を嫌がるだろうし。

五分ほどして、隼人さんのバスローブを着たエステルがバスルームから出てきた。

スーパーモデルだけあって身長が高い。隼人さんより少しだけ低いくらいかもしれない。バスローブの合わせ目から覗く、きめの細かい肌にも驚かされる。
黒髪をひとつにまとめているから、細いうなじに目がいってしまう。着物を着ても
よく似合いそうだ。彼女に比べたら私なんて子どもみたいだ。
「驚かせてしまったわね」
「日本語がお上手なんですね」
聞くのはそんなことかと突っ込まれそうだけれど、突然のことに何を話せばいいの
か戸惑っていた。
「ええ。ハヤトをものにするためには、日本語が必要だったの」
も、ものにする⁉
直球な発言に、ポカンとしたまま開いた口が塞がらない私。
そんなマヌケ面の私を見て、フフッと笑うエステル。メイクをしていなくても、赤
く魅力的な唇。口元のほくろが色っぽい。本当に光り輝くようにきれいだなと思う。
「勝手に入ってきちゃってごめんなさいね。汗をかいてしまったから、早くバスタブ
に入りたかったの」
どうして隼人さんの家でお風呂に入るのか……。そう聞きたいところだったけど、
恋人同士なら仕方ないのかな……。彼女がこの部屋の鍵を持っていたこともショック

だった。

　ニューヨークに着いた初日にブラジャーを発見してしまい、隼人さんに恋人がいることはわかっていた。けれど今のところ、彼のまわりに女性の影は見当たらず、少し安堵していたところだった。といっても、まだこっちに来て一週間も経っていないけれど……。

　ところが今、エステルは勝手にこの家に入り、バスタブを使っている。

　隼人さんと私は、戸籍上とはいえ夫婦。妻として怒っていいのか……。どう対応すればいいのかわからない。

「私のこと、知っているみたいね」

「ええ。あなたは日本でも有名ですから」

「安心して。あなたからハヤトを奪おうとは思っていないから」

　彼女はそのきれいな顔でにっこり笑う。

「は、はあ……」

　それって、別れたってことなのかな？　でも別れたのなら、この家でお風呂に入るのはおかしい……。

　困惑した顔でエステルを見ていると、彼女は笑みを浮かべたまま、ベッド脇のサイドテーブルに近づく。そこに置かれたボールペンを掴むと、メモ用紙にサラサラと何かを書いて私に渡す。

「明後日、私の別荘でパーティーがあるの。ハヤトは仕事で忙しいでしょう？　退屈しのぎにぜひ遊びにいらして。仲間内のカジュアル・パーティーだから、普段着での参加もOKよ。このメモを下にいるコンシェルジュに見せれば、タクシーを呼んでもらえるわ。三十分ほどで着くから。もし来てくれたら、私とハヤトの関係をお話しするわ」

　エステルは一気に言うと私に背を向けて、着ていたバスローブをするっと脱ぐ。私がいるというのに恥ずかしそうな素振りも見せず、ベッドの上の真っ赤なドレスをさっと身につけた。それも、ランジェリーをつけずに。

　ドレスは肌に密着しており、彼女の美しい身体のラインがはっきりと浮かび上がる。女の私が見とれてしまうほどの、スタイルのよさと美しさ。

「有名なスターも来るから楽しめると思うわ。あなたと仲良くなりたいの。ぜひいらしてね」

　そうして、私が呆気に取られているうちに彼女は出ていった。

　手渡されたメモに目を落とすと、読みづらい筆記体で住所らしきものが書かれていて、時間は二十時とある。

　有名なスターも来るって……。正直なところ興味はあるけれど、どうして世界的なスーパーモデルが、私なんかと仲良くなりたいのか……。

　だいたい隼人さんの彼女なのに、妻に会いたいと思うものなのだろうか……。何だかよくわからない。私は彼女に会いたくなかった。なぜなら会ってすぐは驚きのほうが勝っていたけれど、彼女が帰った今は、嫌な気持ちしかない。

　でもパーティーに行けば、隼人さんと彼女の関係を教えてくれるって言っていた。ふたりの関係は知りたい……。

「くしゅん」

　ジムで汗をかいた身体が冷房で冷えてしまったみたいで、寒くなってきた。

「お風呂に入ろう……」

　バスルームに入った私は、お湯が張られたままのバスタブを見て、重いため息をついた。胸の奥がモヤモヤする。

　きれいに掃除してお湯を張り、ようやく入れるようになった頃には、帰宅してから一時間以上が経っていた。

「あ〜、気持ちいい」

バスタブの中で伸びをする。ほのかなジャスミンの香りを胸いっぱい吸い込む。

そのとき、ハッとした。もしかしてこのバスオイルは彼女のものでは……。

隼人さんと親密な時間を過ごしたであろうバスルームが、途端に嫌になる。温まるのもそこそこにバスタブから出て、シャワーで泡を洗い流した。そこで自分が泣いていることに気づく。

どうして泣いているの？　もしかして私、隼人さんのことが好きなの？

最近、持て余しているモヤモヤした気持ち。エステルと会って嫌だなと思った気持ち。隼人さんを見るだけで胸が高鳴る気持ち……。これって、隼人さんを好きになったことで生まれた感情なのかも……。

隼人さんが好き……？

自分の気持ちに戸惑いながら、バスタオルを身体に巻きつけた。

着替え終わると、久しぶりに身体を動かしたせいか疲れを感じた。

ソファに横になり、タオルケットで身体を包んで目を閉じると、すぐに眠りに落ちていた。

翌日、隼人さんを送りだして掃除をしていると、ふと思い出した。

そういえば、エステルの書いてくれたメモって、どこに置いたっけ？

掃除機を止めてバッグの中を探すと、そのメモが入っていた。無意識に入れていたようで、見つかってよかった。

エステルの別荘には行くつもりだった。隼人さんとの関係を教えてくれると言ったから。ふたりの関係を聞かなければ、前に進めない気がした。隼人さんにも、エステルのことを聞かないと……。


夕食は材料のあったカレーにした。簡単だからずっとキッチンに立っている必要もない。

カレーを弱火でコトコト煮込んでいると、電話が鳴った。出てみると隼人さんで、今日も遅くなる連絡だった。

「本当に仕事が忙しいんだな……。そんなに忙しくて、どうして彼女と付き合うことができたんだろう……彼女だって、世界各国で仕事をしているはず」

自然と口からため息が漏れる。

好きな人……エステルにならら、無理をしてでも時間を作るのかな……。エステルにとって、隼人さんはどんな恋人なんだろう。彼はその気になれば魅力的に振る舞える人だと思うから、きっと恋人には優しいんだろうな。

その逆で、隼人さんにとって、エステルはどんな恋人なんだろう。非の打ちどころがない世界的に有名なスーパーモデル。隣にいるのが奇跡のような存在。平凡な私とは真逆だよね……。

またふたりのことを考えていたら、気分は落ち込む一方だった。

ソファで寝ていた私は、身体にかかる重みで目を覚ました。ソファ横のオレンジ色のランプが隼人さんを照らしている。彼は朝、家を出たときのスーツのままで、覆い被さるようにして私を見ていた。

「……隼人さんっ⁉　何をしているんですかっ⁉」

間近に端整な顔があると思ったら、全身が一気に熱くなるのを感じた。彼の胸の下から逃げようとするけど、さらに身体を寄せられ、彼の手が私の後頭部に回った。そして顔を近づけてくる。

「何をするんですかっ⁉　酔っぱらっているんですか？」

「男女のすることなんて、ひとつだろう？」

そう言って、少し乱暴に唇が重ねられた。

「んーっ」

キスはウイスキーの味がした。

私の口を開きかけたとき、強引なキスは優しいキスに変わった。口内を堪能するように舌を動かされ、その甘い感覚に、思わず身体から力が抜けてしまいそうになる。

「んっ……あ……だ、だめ……」

そう切れ切れに訴えると、ゆっくりと唇が離され、透き通った瞳でじっと見つめられる。その目は、ほんの少し疲れているようにも見えた。

「今日は、『嫌』じゃないんだな」

口元に笑みを浮かべた隼人さんの顔が、もう一度近づいてくる。

「い、嫌です」

ふるふると首を左右に振って立ち上がる。その隙に彼はソファに横になった。

「あっ！」

「……今夜は疲れているから、このままここで寝る。お前はベッドへ行け」

「でもっ！」

隼人さんは早くも目を閉じている。疲れている彼は、初めて見る。隼人さんでも疲れるんだ……。いつも凛としている姿しか見たことがなかったので、少し意外だった。

「まだいるのか、本当は襲ってほしいんだろ？　その気なら相手をするぞ」

薄目で見つめられながらそう言われ、急いで再び首を左右に振った私は、逃げるように寝室へ行った。

ベッドに座り込んだ私の胸のドキドキは、いつまでも抑まらない。そのせいで眠れなかった。

寝返りを繰り返し、何度ため息をついただろう。ふと時計を見ると四時半だった。あと一時間もすれば起きる時間だ。

寝ようと思えば思うほど頭が冴えて、結局眠らずに朝を迎えた私は、ベッドから抜けだして寝室を出た。

「きゃっ！」

寝室のドアを静かに閉めて振り返ると、飛び上がらんばかりに驚いた。隼人さんが目の前に立っていたからだ。

「それほど驚くことか？」

私の驚きに、彼は苦笑いを浮かべている。

「驚きます。まだ寝ていると思っていたから」

「シャワーを浴びてくる」

隼人さんはそう言うと、寝室に入っていった。

コーヒーメーカーに粉をセットして、朝食を作り始める。

ハムエッグにグリーンサラダを添えた料理ができ上がると、カップにコーヒーを注ぎ、リビングの定位置に座る。公園がよく見える好きな場所。二十五階だから、緑がたっぷりのセントラルパークや、その奥にそそり立つようなビル群も見渡せる。

窓の外をぼんやり眺めていると、隼人さんがスーツに着替えてやってきた。今日は細かいストライプが入ったグレーのスーツを着ていた。よく似合っている。高級そうなそれは、きっとオーダーメイドに違いない。

ダイニングテーブルの席に着いた隼人さんにコーヒーを渡すと、彼はいつものように真剣に新聞を読み始める。エステルのパーティーのことを話そうとしたけれど、『話しかけるな』というオーラが出ていて声をかけづらい。エステルに誘われてから何度も話そうとしたものの、隼人さんは忙しそうで、タイミングを失っていた。

ちゃんと話さないと……。見送るときにでも言おうと思って、ハムエッグを食べ始めた。

……でも、何て言えばいい？

『あなたの恋人と、この家のバスルームでばったりご対面して、彼女の見事なボディを見てしまいました。隼人さんの恋人は、有名なエステル・コーワンだったんですね。今晩、彼女主催のパーティーに招待され、あなたとの関係を教えてくれるそうなので、行こうと思っています。エステルとは、まだ続いているんですね……』

話せば長くなりそうだった。それに、そんな話をしたら冷静でいられなくなり、心の中……隼人さんを愛し始めていることを、見透かされてしまうかもしれない……。

食事を終え、玄関で革靴を履く隼人さんの背中を見つめていた。

「行ってくる」

いつものこととはいえ、振り向きもせずにそう言われると、やっぱり悲しくなる。

「あ、あの……」

ドアに手をかけた彼を思わず呼び止めていた。

どうしよう……。エステルのことを言わなきゃ。

「何だ？」

振り向いた隼人さんは、怪訝そうに片方の眉を上げて私を見る。少し苛立っているような表情と、やや強い口調に、身体が固まる。言いだせない……。

「あの……今日はお買い物に行ってきます」

「あぁ、気をつけるように。人気のない路地には入るなよ」

それだけ言うと、隼人さんは部屋を出ていってしまった。

どっと脱力して、その場に座り込む。

隼人さんの反応が怖くて言えなかった……。何か問題があると先延ばしにしちゃうのは、私の悪い癖だ……。


パーティーへ行く支度をして、出かける時間が近づいてくるにつれ、心臓がドキドキと暴れ始めた。

その理由はわかっている。口紅を塗る手が震える。

エステルの話を聞くのが怖いからだ。これで隼人さんとの生活が終わってしまうかも……。

唯一持ってきていた膝丈の黒いドレスを着て、ブロンズ色のヒールの高いパンプスを履いて部屋を出る。

ロビーにいたヘンリーに、エステルが書いたメモを見せると、困惑した顔を向けながらもタクシーを呼んでくれた。もしかして、ヘンリーはふたりの関係を知っているのでは……。聞きたいけれど、ヘンリーと会話ができるほどの英語力は私にはない。

タクシーに乗り込むと、緊張する気持ちを和らげようと努力しながら窓の外を見る。

隼人さんが私より帰宅が早かったときのために、メモを置いてきた。【出かけてくるけれど、心配しないで】と……。


タクシーは高級住宅地らしき場所を走っており、道の両脇には豪邸やプールつきの家が連なっていた。

数分後、高い塀に囲まれた建物の門の前にタクシーは停まった。どうやらエステルの別荘に着いたようだ。タクシーを降りると、建物の豪華さに呆然（ぼうぜん）としてしまう。別荘とは聞いていたけれど、とても大きな家。

まわりをキョロキョロと見回す。周辺にも日本では考えられないほど大きく立派な家がたくさんあったけど、その中でもひと際目立つのがこの家。専用庭師がいるのか、木や芝生がきれいに手入れされている。外から見てもわかるほど、贅の尽くされた別荘だった。

ぼんやりと目の前の家を見上げていると、賑（にぎ）やかな笑い声が聞こえてきた。

私、場違いだよね……来なければよかったかも、と入るのをためらっていると、傍らで高級外車が派手なブレーキ音をたてて停まり、ひとりの男性が降りてきた。

背が高く胸板の厚い、がっしりとした体型の白人男性が近づいてくる。

わ、わ、わ、この人、見たことある。あ！　先月、麗香と観たアクション映画の敵役だった人だ。

目の前に立つその人は、立ち尽くしている私を、グレーの瞳で不思議そうに見ている。そして彼が不意に口を開いた。

「ナカニハイラナイノ？」

片言の日本語で言って、なれなれしく私の肩に手を置いた彼は、笑顔で誘導してくれた。玄関の呼び鈴も鳴らさずに、家の中に入ろうとする彼。

もっとも、さっき聞こえた賑やかな感じでは、呼び鈴を鳴らしても聞こえなさそうだけど……。

肩に手を置かれているのが気になるけれど、とにかく入ることができてよかった。

室内に足を踏み入れると、思わずため息が漏れた。想像以上の広さと、白とブラウンを基調としたバリ風のインテリアの美しさ。大きく開け放たれた窓の向こうから、複数の男女の声が聞こえる。

ラタン製のブラウンのソファには、モデル風の女性と髭（ひげ）を生やした男性が座り、カクテルを片手に話をしている。男女ともフォーマルなドレスやスーツに身を包んでいて、その華やかな容貌から察するに、芸能関係者が多いのかもしれない。隣には有名スターもいるし、本当にお門違いのところへ来ちゃったみたいだ。

「キミハ、エステルノフレンド？」

「は、はい」

まだ肩に手を置いたままの俳優さんに、突然、日本語で聞かれて頷く。彼に顔を向けた隙に、一歩離れる。

「ＯＫ！　プールノホウニイッテミヨウ」
プ、プール……？　やっぱりあるんだ。確かに別荘にはつきものだけれど、本当にあるなんて……。それにここが別荘だとしたら、本宅は別にあるってことだよね。さすが世界のスーパーモデル。
そんなことを考えていたら、今度は彼の腕が腰に回された。

えっ？　触れられた途端、肩がビクッと跳ねてしまう。男性経験も乏しい上、こうしたエスコートにも慣れていないので、戸惑いから身体が過剰に反応する。

にっこり微笑む彼からは、『これでもか』というくらいスターのオーラが放たれていて、夢の中にいるんじゃないかと思ってしまうほどだ。ハリウッドスターに腰を抱かれるなんて、ファンなら死ぬほど感激することなのかもしれないけれど、ファンじゃない私は、今すぐにでも手を外してほしいくらいだった。

しかし何度か身体をずらしても、彼の手は腰に置かれたまま……。仕方なく身を硬くしながら家の奥へと進む。そこで私は、本日二回目の感嘆の声を上げた。

そこには、開放感たっぷりの広々としたプールつきのテラスがあり、七色に変化するライトアップで、とても美しく幻想的な世界が広がっていた。

プールサイドには数えきれないほどのゲストの他、シェフコートを着た数人が肉を焼き、たくさんの食材を調理している。そしてモデルのようなスタイルのウエイターが、てきぱきとした仕草で料理やドリンクをゲストにサーブしている。

映画のワンシーンさながらの光景に、目をパチクリさせてしまう。

「ハニー！　エステル！」

私をエスコートしてくれた彼が、エステルを見つけて大きな声で呼んだ。彼は私の腰から手を外し、エステルのほうへと近づいていく。彼に気づき、笑顔を浮かべながら優雅な所作でソファから立ち上がったエステル。彼女のドレス姿を見た私は、驚きで開いた口が塞がらなかった。なんとエステルが身につけていたのは、私のドレスと色もデザインもよく似た、黒の膝丈のドレスだったから……。

どうして……？　呆然としたまま、ふたりを見る。頬と頬を合わせてキスを交わし、ハグをし合うふたり。彼が『ハニー』と呼ぶだけあって、彼とエステルはとても仲がいいみたいだ。

彼が何か言うと、エステルが私に視線を移した。そしてエステルが彼に何か告げ、彼はものすごく驚いた顔で私を見る。何を話しているのだろう……。

緊張と不安が入り交じった気持ちでその様子を見ていると、ふたりは私のほうに向かってゆっくりと歩いてきた。エステルが口を開く。

「いらっしゃい。よく来てくださったわ。待っていたのよ」

「お、おじゃましています」

「彼はクライヴ・オルコットよ。ご存じかしら？」

そうだ、ハリウッドスターのクライヴ・オルコットだ。

「はい。玄関で戸惑っているところをエスコートしてくださったんです」

「そう、よかったわ。あら、私たちのドレスのデザイン、よく似ているわね。どこのブランドなのかしら？　私のはファビアンよ」

「私のドレスは――」

「アキさん、私はまだゲストに挨拶をしなくてはならないから、のちほどお話ししましょう」

有名デザイナーの名前を言った彼女に、私のドレスは有名ブランドのものではないと伝えようとすると、言葉を遮られた。

「えっ？」

すぐに隼人さんとの関係を話してくれるのかと思っていた私は、困惑する。

「ごめんなさいね。それまで、お食事でもなさっていてくださるかしら？　有名人ばかりが集まっているから、きっとパーティーを楽しんでいただけると思うわ。あぁ、でもサインをもらうなんて野暮なことはしないでね」

フフッ、と妖艶な笑みを浮かべて、エステルは別のゲストたちを出迎えに行ってしまった。

エステルの後ろ姿を見ながら、重いため息をつく。

こんな華やかなパーティーに参加したのは生まれて初めてのこと。自分が場違いな存在だということをひしひしと感じていたので、早く帰りたかったんだけどな……。でも、彼女はパーティーのホステスだから仕方ないか……。少しだけ待とう。

それにしても、彼女の着ているドレスが気になる。もちろん、彼女のドレスのほうがずっと高価なものだったけれど、あまりにデザインが似すぎている。まるで私が今日着てくるのを知っていたかのような……。そこまで考えたとき、私はハッとした。

もしかして……クローゼットの中を見られたのかな……。ドレスは一着しかないから、すぐにわかる。

でも彼女のドレスはファビアンのものだ。彼女ほどの人ならば、私と同じようなドレスをわざわざ着なくても、たくさんの素敵なドレスを持っているはず。私たちのドレスが似ていたのは単なる偶然だろう。第一、私なんかと同じようなドレスを、彼女が着る理由がわからないもの。

まわりの人たちに目を向けると、何かのドラマや映画で見たことがある俳優や女優がたくさんいた。でも、エステルの話を聞くためだけに今日ここに来た私にとって、彼らはただの人。それにとても緊張しているから、なおさら彼らに目がいかない。きっとこんな状況じゃなかったら、彼らを見てドキドキと胸を高鳴らせ、ミーハー気分でサインを求めていたかもしれない。

「ソコノイスニスワロウ」

まだ近くにいたクライヴは、慣れた仕草で私をプールサイドのイスに座らせると、再び口を開いた。

「ドリンクハ？」

もちろん喉は渇いている。私が頷くと、クライヴは指をパチンと鳴らしてウエイターを呼んだ。

うわっ、キザっぽい。だけど、俳優であるクライヴがやるとサマになっている。

ウエイターが飛ぶようにやってくると、クライヴはトレイから、金色の気泡がパールネックレスのように連なるシャンパンをふたつ取る。

「ドウゾ」

そう言って、彼はにっこりと微笑む。私はグラスを受け取り、シャンパンをひと口飲む。そのおいしさに目を見張る。喉が渇いていたこともあり、いくらでも飲んでしまいそうだった。

何杯か飲めば、緊張が少しは和らぐかもしれない……。


そのあとしばらくしても、クライヴはなぜか私のそばにいた。私はたどたどしい会話が精いっぱいなのに、辛抱強く話しかけてくる。

この前、彼が悪役で出演していた映画はアクションがすごかったけれど、あれは彼が自ら演じたのかな？　それともスタントマン？　いろいろと聞きたいことはあったけれど、英語が出てこない。パーティーバッグが小さく、電子辞書が入らなかったので、今日は持ってこなかった。こんなことになるなら、持ってくればよかった……。

うまく話せない気まずさとクライヴへの申し訳なさで、帰りたい気持ちが増す。ふとエステルを見る。彼女は忙しそうで、こちらに来る様子はない。今さらながら、他の場所で会うことにすればよかったと後悔していた。

もう帰りたいと思い、腰を浮かせたとき――。

「キミハ、ハヤトノ、ワイフ?」

「は、はい」

「フタリガ、カップルダトシッテ、キタノ?」

思わずエステルのほうを見てしまう。彼女の存在は、際立って光り輝いていた。

そのとき、エステルが大きく目を見開いた歓喜の表情で両手を広げ、大げさなジェスチャーをしながら誰かの元へ駆け寄っていった。待ち焦がれていた人がやっと来た、という感じだ。その姿を何気なく目で追っていた私は、次の瞬間、愕然とした。

エステルが抱きついたのは隼人さんだった。今朝、家を出たときのビジネススーツ姿のままの彼に、私は目を疑った。

どうしてここにいるの?　驚きとショックで、胸が不快な音をたてる。

すると隼人さんから身体を離したエステルが、彼に話しかける。隼人さんが私のほうへ視線を動かした。目が合い、弾かれたように立ち上がってしまった私。彼の目は怒っているように見えたけど、すぐにエステルのほうへ向き直ってしまった。

無視された……？

ショックで、シャンパングラスを持つ手が震える。

「ヒュー‼」

クライヴが口笛を吹いた。

エステルが隼人さんの腕に手をかけるのを見て、惨めになっていく。

ふたりはまだ付き合っているんだ……。違うのならば、妻である私のところへ来てくれるはず。だけど隼人さんが、エステルのそばを離れずにいる。

「スワッテ」

クライヴが私の腕に触れて、イスに座らせる。それからしばらくの間、呆然と座ったままだった。

英語が話せない上、思考も停止状態の私に話しかけても無駄だとわかったのか、クライヴは美しいブロンドの女性に声をかけられて、いなくなってしまった。エステルは隼人さんとのおしゃべりに忙しそうで来そうにない。

もうふたりの姿を見たくない。一刻も早く、ここから立ち去りたい……。

大きなため息が漏れる。もう一度勇気を出して、ふたりの姿を目で探す。

十メートルほど離れた場所にいる彼ら。相変わらずエステルの指が、隼人さんの腕に置かれている状態。

突然、胃の中身がせり上がってくる感覚に襲われた。楽しそうなふたりを見るのは耐えられない。彼らから視線を逸らそうとしたとき、不意にエステルが私のほうを見た。そして、勝ち誇ったような笑みを浮かべながら、隼人さんの頬にさりげなく唇を寄せる。

その瞬間、悟った。彼女は話をするために私をパーティーに誘ったんじゃない。隼人さんとの仲を見せつけるために呼んだんだ。『ハヤトが愛しているのは私よ』と。

その考えを振りはらうように立ち上がり、もう帰ろうと玄関に向かったところへ、赤毛の白人男性がフラフラと近づいてきた。顔が赤くて明らかに酔っているみたいで、手に乳白色の液体が入ったグラスをふたつ持っている。そして何かを言って私に差しだす。

言葉がわからないし、早く帰りたかった私は、彼を無視して歩こうとした。そのとき、グラスが割れる音がした。それと共に右のふくらはぎに鋭い痛みを感じる。

私に無視されて怒ったのか、その男性は大きな声を上げながら、私の腕をグイッと強く引っ張る。ここは玄関にほど近い通路で、ゲストは見当たらない。

「ソーリー……」

ぶつかった感じはなかったけど、一応謝る。けれど顔を赤くした男性は、持っていたもうひとつのグラスの中身を私の顔に突然ぶちまけた。

「きゃっ！」

その途端、ピニャコラーダのラムやココナッツなどの香りが鼻につく。手で顔を拭うと、カクテルは胸に垂れ、黒いドレスに白い染みが広がっていく。

そしていきなり抱きつかれて、男の唇が顔に急接近し、触れられてしまった。

「っ！　嫌っ！　放してっ！」

赤毛の彼の腕を振りほどいて駆けだす。角を曲がったところで誰かにぶつかった。

「きゃっ！　ソ、ソーリー」

「俺だ」

ぶつかった相手は隼人さんだった。

「こんなところまで何しに来たんだ？　カクテルをぶちまけられるためにか？」

隼人さんはジャケットのポケットからハンカチを出して、私の顔を拭こうとする。

借りたくなかったけど、気持ち悪くて、ハンカチを彼から奪って拭く。

無言でいると、じっと見つめられているのがわかる。気まずさと恥ずかしさから視線を足元に向けた。

ハンカチで拭っても、匂いやベタベタ感が不快だ。

「帰るぞ。早くしろ！」

動かない私に業を煮やした隼人さんは、驚くことに、私を担ぎ上げて歩きだした。

「きゃっ！　下ろして！　ちゃんと歩きますっ！」

彼の背中から腰のあたりを叩いても、止まってくれない。頭が下を向いていて、さっき飲んだシャンパンが効いてきたみたいで、目の前がグラングランしてきた。

玄関にやってきたところで、私はようやく隼人さんの肩から下ろされた。その途端、眩暈を覚えてグラッと足元がふらつき、彼の腕に頼らざるをえない。

玄関を出た道路に隼人さんの車が停められていて、助手席へ押し込められ、ドアが閉まる。

そこへエステルが駆け寄ってきた。ふたりの会話は聞こえないけれど、隼人さんの表情は硬い。

必死に腕を掴むエステルに隼人さんは何か言うと、車の前を回って運転席へやってくる。何があったのかわからないけれど、彼の表情は愛する人に向けるものではなかった。車内からエステルを見ると、彼女は今にも泣きそうな顔をしていた。

ふたりはケンカをしたの……？

彼らの雰囲気に戸惑っていると、エステルと目が合う。彼女は憎しみの目で私を見ている。

「隼人さん……彼女が……」

運転席に座った隼人さんは、黙ったままエンジンをかけてステアリングを握る。

ところが車がゆっくり動き始めたとき、助手席側の窓がドンドンドンと叩かれた。

「隼人さん……」

声をかけてみるけど、彼は窓を叩くエステルのほうを見ずに、アクセルを深く踏み込んだ。

車が走りだして、車内では息が詰まるような沈黙が続き、私は気まずくて窓の外を見ていた。

結局エステルからは何も聞くことができなかった。そして、隼人さんにエステルとのことを聞く勇気もなかった……。

第三章　叶えられなかった望み

「シャワーを浴びてくるんだ」

帰る途中、まったく口を開かなかった隼人さんだけど、アパートメントに入るといきなり声をかけてくる。

「甘ったるい匂いで、くさい」

私だってそう思うんだから、言われても仕方ない。私を担いだときにカクテルがついたらしいジャケットは、運転途中で脱いでいた。

私は黙って寝室に入り、バスルームのドアを開ける。俯くと、カクテルが乾き始めている胸元が見えて、ため息が出た。

クリーニングへ出せば元どおりになるかな……。

突然、ゾクリと寒気を感じて急いでドレスを脱ぎ、温かいお湯を求めてシャワーの下へ立った。気分が悪いのは、シャンパンやピニャコラーダのせいじゃないのかもしれない。

それでも今日の嫌なことをきれいさっぱり消そうと、時間をかけて全身を洗う。ようやくピニャコラーダの匂いが消えて、代わりに漂う高貴なバラの香りに気分が少しよくなってきた。身体は何だかだるい。

Ｔシャツとショートパンツを身につけて、隣のパウダールームへ入ると、スキンケアをしてからドライヤーで髪を乾かす。隼人さんと対峙するのを少しでも先に延ばしたくて、念入りにドライヤーを髪に当てていた。でも完璧に乾くとやることがなくなって、仕方なくリビングへ向かった。

いないでほしいと願っていたけど、彼はソファに座っていた。

「ずいぶん遅かったな」

声にすごみがあって、待ちくたびれさせていたんだ、とすぐに後悔する。

「……匂いがなかなか消えなくて」

「そこに座って」

彼は立ち上がるとキッチンのほうへ行き、救急箱を持って戻ってきた。

「ケガをしている」

「あ……割れたグラスが飛んできて。大丈夫です。たいした傷じゃないです」

赤毛の酔っぱらい男が落としたグラスの破片がふくらはぎに当たって、二センチほどの傷になっていた。

「破片が残っていないか、見せてみろ」

隼人さんは床に片方の膝をつくと、座る私の右足をオットマンの上に載せた。

まるで医師が診ているみたいに慎重に傷口を観察して、持ってきた救急箱を開ける。

傷口を見つめているときも、消毒して絆創膏を貼っているときも、彼は不機嫌そうで気まずい。

でも表情とは裏腹に優しい手の動きが、私の心臓をドキドキさせていく。

じっと隼人さんの手を見ていると、不意にそれが私の額に当てられた。すぐに彼の形のいい口からため息が出る。

「熱があるだろう?」

「え?　熱……?」

口の中に体温計が放り込まれる。少ししてピッと音が鳴って見る。

「三十八度もあるじゃないか。お前はバカか!?　早くベッドへ入れ」

いつになくものすごい勢いで叱咤され、逃げるように寝室へ行った。

ベッドに横になると、隼人さんが薬を持って現れた。

「飲んでから寝るんだ。熱が下がらなかったら医者を呼ぶ」

「大丈夫です。すぐに下がります」

薬の錠剤を受け取るも、まだ飲まない。

「どこから来る自信なんだ？　早く飲んで寝ろ」

隼人さんはそう言うと、バスルームに足を向けた。彼の姿が消えると、水だけ飲んで錠剤を瓶の中へ戻す。

お腹に赤ちゃんがいるかもしれないのに、飲むわけにはいかない……。

隼人さんとエステルの詳しい話は、結局わからなかった。

別荘へ行ったことを後悔しながら、いつの間にか眠りに落ちていた。


翌日、部屋の窓から差し込む太陽の光の眩しさに、目を覚ます。のろのろと身体を起こし、隣を見ると隼人さんはいなかった。いるわけないよね……と思いながらも、どこか期待していた自分がいた。

時計を見ると十二時を過ぎている。ベッドの上で上体を起こしてみると、頭がまだクラクラした。熱は昨日より高い気がする。

「起き上がるんじゃない」

寝室に入ってきた隼人さんの声に、驚いて顔を上げた。

「隼人さん、お仕事は⁉」

「今日は休んだ」

「すみません……。でも、もう大丈夫です」

彼は厳しい表情で近づいてきて、私の額に手を当てる。

「強がるのはやめろ。熱が高くて、まだひとりでトイレにも行けないはずだ」

「ト、トイレぐらいひとりで行けますっ！」

「無理をするな」

その口調は優しくて、私を見る眼差しは温かい。寝室に入ってきたときの表情が嘘みたいに……。

どうしてそんな目で見るの？　優しくしないでほしい。あなたには、エステルという女神のような恋人がいるのだから……。

ふたりのことを考えたら、胸がぎゅうっと鷲掴(わしづか)みされるように痛んだ。

「数日前から体調が悪かったんじゃないのか？　それなのに出歩くとは」

昨日のパーティーのことを言われて、恥ずかしくなる。

「本当に恥ずかしいことをしたと後悔しています！」

「あの場でお前を見て一瞬、目を疑った」

「愛している人のところで私を見たら、びっくりするのも無理ないですよね！　結婚しているのに、こそこそ会ってほしくなかったです！」

ばつの悪いところを私に見られたのに、あっけらかんとした彼の態度に、つい声を荒らげてしまう。

「お前がいるところなら、会ってもいいのか？」

「そんなことを言っているんじゃありません！　もう、おふたりのことは知りたくないです！」

支離滅裂な自分にも怒りを覚える。顔をプイッと背けると、顎に長い指がかかった。

隼人さんは自分のほうに私の顔を向けさせると、唇を重ねてきた。

「んっ……や……」

抵抗しようとしてもできるわけがない。彼の巧みなキスは、私の身体を疼かせてやまない。あの赤毛の男とは比べ物にならないくらいの甘いキスに、全身の力が抜けていくようだった。

しかし、キスはいきなり止められた。

「知りたくないのならそれでいい……」

隼人さんはそれだけ言うと、寝室を出ていった。

翌日から隼人さんは仕事へ出かけた。

私は慣れない海外生活で疲労が溜まっていたのと、いろいろなことが一気に起こったストレスで、熱がなかなか下がらなかった。薬を飲んでいなかったせいもある。

熱が下がり体調がよくなったのは、さらに四日経ってからだった。だけど、気分は体調に反してすぐれない。

もうすぐ生理が来る予定。来なかったら赤ちゃんが……。

自分でも驚きだけど、私は隼人さんとの赤ちゃんを欲しいと思っていた。この心境の変化は、彼のことが好きだとわかったから。

だけどその間、彼と私の距離が縮まることはなかった。彼は出勤前の忙しい時間に寝室に現れ、私に検温をさせると、『気分がいいのか悪いのか』『食べたいものや飲みたいものはあるか』……と必要なことしか聞いてこない。それに私の答え方もぎくしゃくしたもので、『いい』『パン』などと簡単な言葉を返すだけ。妙に意識をしてしまって、顔をちゃんと見て話せないのだ。

今朝の隼人さんも必要最低限のことだけを聞いて、出勤した。部屋にひとりになったとき、ふと五日前に言われた彼の言葉を思い返す。

『お前がいるところなら、会ってもいいのか?』

あんなことを言われたら、隼人さんとエステルがまだ続いていることを断言されているみたい……。ちゃんと聞かなければ……。

「でも、聞けない……」

モヤモヤした気持ちを抱えて、顔を枕に突っ伏す。

だって、エステルを愛しているって言われたら立ち直れない。

今朝はベッドから出ていいと言われたのだけど、そんなことを考えてしまうと、気持ちは塞ぐ一方だった。


昼食後、キッチンでコーヒーを淹れているときだった。下腹部に覚えのある痛みを感じて、急いでトイレに駆け込む。

朱に染まった下着を見た瞬間、溢れる涙。

「うぅ……」

嗚咽（おえつ）が大きくなり、口を押さえて声を押し殺す。妊娠していなかったことに、ここまでショックを受けるとは思ってもみなかった。妊娠していない可能性だってあったというのに……。

涙が止まらない。隼人さんとの唯一の繋がりを失ったみたいな気がして、やりきれない思いだった。

　それからも、目が真っ赤に腫れるくらいまで私は泣き続けた。いくら泣いても、妊娠していなかったという事実は変わらないのに……。


　この日の夕方、セントラルパークに来ていた。家にいると、気が滅入って仕方がなかったから。

　ベンチに座る私の目は、いつの間にか子どもを追っている。そして、ベビーカーを押す若いお母さんを見て、胸にどっと押し寄せる悲しみに、また涙腺が緩んできた。

「亜希さん！」

　声のするほうを見ると、数メートル先でジョンが手を振っていた。グレーのスーツ姿で、手に小型のジェラルミンケースを持っている。駆け寄ってきた彼が爽やかな笑顔を浮かべる。

「お会いするのは一週間ぶりくらいですね。こんなところにいて、暑くないですか？一緒にアイスコーヒーでも飲みませんか？」

「でも、仕事の途中なんじゃ……」

「次のアポまで、一時間ほどあるんです。少し付き合ってもらえますか？」

断る間もなく、ジョンは私の手を取って歩き始めた。公園を出たところにあるカフェへ入り、窓際の席に案内される。

「亜希さん、具合が悪かったと聞きましたよ。もう大丈夫なんですか？　まだ調子がよくなさそうですよ？」

イスに落ち着き、注文を済ませると、ジョンに尋ねられた。

「熱も下がったので、もう大丈夫です」

「そうは見えないけどな……」

じっと見つめられると、泣いたのがバレてしまいそうで、窓の外に目を向ける。

「何かあったのですか？　悲しそうな顔をしていますよ」

本心を見透かされてしまい、充分泣いたのに、まだ涙が出そうだった。

「エステルの別荘に行ったんですね？」

「どうしてそれを……？」

「僕はエステルの友人ですから」

ジョンはそう言うと、大きなグラスに氷がたっぷり入ったアイスコーヒーを飲む。

「亜希さんを悲しい顔にさせているのは、エステルですよね？　言いづらいのですが、隼人さんとエステルは恋人同士です」

「……知っています。でもあの日、隼人さんとエステルはケンカをしたみたいなんですけど……」

ジョンがそこまで知っているなら、と思いきって聞いてみた。

「あぁ。ふたりは長いですから、些細なことでよくケンカしています。折れるのはいつも隼人さんみたいですけどね。彼女にはどんな男も敵わないから」

ふたりは長い……。それを聞いて、胸がぎゅっと締めつけられるように痛んだ。

「でも今回は、珍しくエステルのほうが先に折れたみたいですね。僕が知る限り、そんなことは初めてですよ。モデルを辞める覚悟もしているみたいだし」

そっか……。もうふたりは仲直りしているかもしれないんだ……。

でもちょっと待って。今、エステルがモデルを辞める、って……。

「どうしてエステルはモデルを辞める覚悟をしているんですか？」

「家庭に入り、隼人さんの子どもを産みたいからじゃないかな……」

ジョンの言葉にショックを受けた。

そんな……。スーパーモデルとしてのキャリアを捨ててまで、彼女は隼人さんと一緒になりたいだなんて……。

まだ言えない。妊娠していなかったことを伝えれば、彼は今すぐ私と別れることになる……。別れるなんて嫌。だって私はこんなにも隼人さんのことが好きになってしまったのだから……。一日でも長く彼と過ごす時間が欲しい。

「あ、もう行かなくては。亜希さんは、まだ休んでいたらどうですか？」

ジョンはイスから立ち上がる。

「いいえ、私も戻ります」

そう言って腰を浮かせ、店の前でジョンと別れた。


暗い気持ちでアパートメントに戻ると、驚いたことに隼人さんが帰っていた。まさか先に帰っているとは思ってもみなかったから、姿を見て心臓が痛いくらいに跳ねた。

「お、おかえりなさい」

ネクタイを緩めた彼が、不機嫌そうな瞳で私を見ている。

「カフェでデートか？　ジョンとふたりきりで会うのはやめろと言っただろう」

「えっ？」

ジョンの名前を出されて驚いた。

「帰りに偶然、カフェの前を通ったんだ」

「やめろって、ただお茶をしただけです……暑かったから」

ジョンに特別な感情があるわけがない。だから隼人さんに誤解されないように説明したかった。

「それはわかっている」

隼人さんは淡々と答える。

「だったら、そんな言い方しなくても……」

「とにかく、ジョンには近づくな」

「そんなこと言っても……いつもばったり会っちゃうんです」

私が正直に言うと、隼人さんはなぜか疲れたようにため息をついた。そして私を見る。不機嫌そうだった瞳はすでに和らいでいて、私はホッとした。

「もう少しまともな服に着替えてこいよ」

突然そう言われ、意味がわからず隼人さんの顔を見る。

「ドレスコードがあるわけじゃないが、せっかくだしな」

「せっかく？」

思いがけない言葉に小首を傾げて聞き返すと、隼人さんがポケットから紙を取りだし、私の目の前でちらつかせた。何かのチケットらしいけど……。

不思議そうな顔をしている私に、彼はニヤリとしながら言った。

「ミュージカル、観たかったんだろう？」

その言葉に、赤ちゃんができていなかったことで今まで落ち込んでいた私は、少し気分が浮上した。


生理になってしまったのを隠すのは簡単だった。隼人さんも特に聞かなかった。だけど、落ち込む気持ちは隠せなかったようだ。

ミュージカルを観に行ってから四日後。珍しく十九時過ぎという早い時間に帰ってきた隼人さんは、私の作った夕食を食べていた。

「――ほうがいい」

ぼんやりとしながら、箸で肉じゃがをつつく私の耳に、隼人さんの声が。

「えっ？」

顔を上げて、彼のほうを見る。

「塩辛いと言ったんだ。その肉じゃがは食べないほうがいい」

まだ食べていない肉じゃがに、慌てて視線を落とす。

「ほ、本当に？」

そう聞きながらジャガイモを口にして、すぐに吐きだす。

何これ……。食べられたものじゃない。あまりの塩辛さに呆然とする。

「ごめんなさい。砂糖と塩を間違えちゃったみたい……。代わりにお魚を焼きますね」

「もう食べ終わったから、焼かなくていい」

そう言われて、隼人さんの茶碗や皿を見ると、空っぽになっていた。おかずは肉じゃがだけではなかったけれど、こんな失敗は初めてで落ち込んでしまう。


気まずい気持ちで私も食事を終え、食器を洗ってキッチンを出ると、リビングのソファに座っている隼人さんに足が止まる。

何で……？　いつもならすぐ書斎に行くのに……。先にソファに座られてしまっては、私の行くところは寝室かダイニングしかない。肉じゃがの失敗もあるし、妊娠していないことを見透かされるような気がして、向かい合って座るなんて無理……。

「亜希、話がある」

そっと回れ右をしてダイニングに行こうと思っていたのに、声をかけられてしまう。ぎくしゃくとした動きでオットマンに腰かけ、背筋をピンとさせる。

「な、何でしょうか……？」

私の心を見抜くような視線で見つめられ、その場から逃げだしたくなった。

やっぱり妊娠していなかったのがバレた？

「何か悩み事でもあるのか？」

「え……。な、ないです。ううん。あるけれど、隼人さんには関係ないことです」

ここ数日の私の表情や行動を見てそう思ったのだろうから、悩み事がないと言うのはかえって不自然だと感じ、急いで取り繕う。

「明日で約束の二週間だな」

隼人さんの瞳が私を捉える。

「あ……そ、そうでしたね」

「それで、生理にはなりそうなのか？」

「そ、そんなこと、まだわかりませんっ！」

話したくない。隼人さんは私が妊娠していないとわかれば、エステルを選ぶはず。子どもがいないなら、好きな人を選ぶのが普通だよね。そしてエステルと子どもを作る……。そう考えると、胸がえぐられるように痛い。

最初は子どもができていなかったら離婚するつもりだった。だけどそんなの嫌だ。隼人さんを愛してしまった私にはつらすぎる。

「こ、これから仕事ですか？　コーヒーでも淹れますね」

話を変えて立ち上がると、足が小刻みに震えているのがわかった。隼人さんに何も言われないうちにリビングを離れて、キッチンでコーヒーメーカーにコーヒーの粉と水をセットする。その手も震えていて、動揺を隠しきれない自分自身に戸惑っていた。

突然、背後から肩を掴まれ、身体の向きを変えさせられる。振り向かされるまで、彼がすぐ後ろにいるなんて気づかなかった。

「隼人さんっ⁉」

「何を不安そうにしている？　また襲われるとでも思っているのか？」

「そ、そんなこと思っていないですっ」

本当は隼人さんのキスが欲しいと思っている。だけどすべてを見透かしてしまいそうな視線に耐えきれなくなり、彼から離れようとすると、両頬を大きな手で包み込まれて上を向かされる。そしてゆっくりと近づいてくる、隼人さんの端整な顔……。

唇が重ねられると、私の心臓が暴れ始める。隼人さんの舌がゆっくりと口内を探り、舌を吸い、弄ぶ。何度も何度も角度を変えて落とされるキスに、身体の芯が熱を帯びていく。

足に力が入らなくなり、膝が崩れそうになったとき、パッと唇が離された。

「今日は嫌がらないいんだな」

隼人さんは私の下唇を優しく噛むと、ニヤリと笑いながら意地悪そうな口調で言う。

確かに、隼人さんにキスしてほしいと思っていたから抵抗するわけないけど、いざ図星をつかれると、恥ずかしさから何も答えられない。思わず俯く私の頭に彼の大きな手が置かれ、ポンポンと叩かれる。

「旅行の準備をしておけよ。明日からカンクンへ行く」

「……カンクン？」

突然のことに頭が働かなくて、ポカンとした表情で隼人さんを見る。

「メキシコだ。商談で急遽行くことになった」

「お仕事なら私は邪魔ですから、ここにいます」

「海は好きか？　だったら海がきれいだし、有名リゾート地だから楽しめるぞ」

海は大好きだった。なかなか行く機会はないけれど、山より好き。

隼人さんはコーヒーメーカーからカップにコーヒーを淹れ、考え込む私をその場に残して書斎へ行ってしまった。

ふたりでの初めての旅行が、いきなりメキシコのカンクン？　商談だからハネムーンとは言い難いけれど、誘ってくれたのが嬉しい。

カンクン……どんなところなんだろう……。さっきまではあんなに落ち込んでいたのに、今は天国にいるみたいにふわふわしている。
隼人さんには、行くとも何とも返事をしていなかったけれど、私はすでに行く気になっていた。彼がずっと仕事じゃないことを祈りたい。

翌日、隼人さんの車で空港に向かった。私はカジュアルなノースリーブのワンピー
スを着ているけれど、商談で行く彼はサマースーツ。仕事モードの雰囲気で、スーツ
ケースの他にブリーフケースを持っている。
飛行機に乗ると、隣に座る隼人さんはファイルを開いて書類を読み始めた。やり手
のビジネスマン、しかも誰もが認めるイケメン。集中する彼を横目に見て、ため息を
つきたくなる。
やっぱり向こうでは、仕事ばかりなのかな……。
「何か言いたいことでもあるのか？」
書類に目を落としていたはずの隼人さんに聞かれて驚く。
「えっ？」
「ずっとこっちを見ていただろう？」
「み、見ていません」

本当は見ていたけれど、肯定するのは恥ずかしくて、思いっきり首を横に振る。

「見とれていたとか？」

「み、見とれていませんっ」

恥ずかしさにプイッとそっぽを向いた私に、隼人さんはフッと笑みを漏らすと、再び書類を見始めた。

な、何なのよ。その『私の考えなんて、すべてお見通し』って態度は。

ふと窓の外を眺める。フライトは四時間弱。ゆったりとしたビジネスクラスのシートは快適で、これから行くカンクンに思いを馳せる。

少し気分が高揚しているかも。初めてのふたりでの旅行。嫌でも期待は高まる。


ところが、ふたりきりでのカンクン旅行だと思い込んでいた私は、空港に着いてからそれが間違いだったと知ることになった。カンクン国際空港の到着ゲートを出ると、驚いたことにジョンともうひとり、三十代前半と思われる日本人女性が近づいてきた。

「お疲れさまです」

その女性が隼人さんと私に頭を下げる。ジョンは私を見てにっこり微笑み、「ようこそ、カンクンへ」と言った。

私たち、ふたりっきりじゃなかったんだ……。商談って言っていたもんね……。

内心がっかりしているものの、笑みを浮かべてふたりに一礼する。

「亜希、秘書の樋口くんだ」

セミロングの黒髪を後ろでひとつにバレッタで留めている姿は、有能な秘書といった雰囲気。スタイルもよく、ハーフのように目鼻立ちがはっきりしている女性だ。

「はじめまして。樋口と申します」

「亜希です。よろしくお願いします」

普通なら、『いつも主人がお世話になっております』と言うのがベストだろうけれど、言えなかった。だって私たちは戸籍上は夫婦だけど、そこに愛はないから。私が勝手に隼人さんを愛しているだけだし。

「亜希さん、我々は仕事ですが、カンクンを楽しんでくださいね」

ジョンが私に話しかけてきたけど、返事をする間もなく隼人さんは歩き始めてしまい、小走りであとを追う。

ボディの長い高級外車に乗り込み、なぜか向かい合わせに座った私と隼人さん。そして私の隣にはジョンがいて、隼人さんの隣には樋口さん。ジョンは昨日樋口さんと先に来た、と説明してくれて、車がホテルに向かっていると知る。ジョンの話を聞きながら、一方では隼人さんと樋口さんの会話に耳を傾けてしまう。

「一時間後にミスター・キャボットと打ち合わせです。そのあとは――」

樋口さんが小さなノートパソコンを開いて、隼人さんにスケジュールを伝えている。

「わかった。今日使う資料を、もう一度見せてくれないか？　確認したいことがある」

一時間後って、もうすぐだ。そのあとも分刻みでスケジュールが入っているみたい。どんな商談でここまで来たのかわからないけれど、秘書が同行しているのは当然だろう。だけど法務部のジョンまでいるってことは、大がかりな仕事なのかもしれない。

隼人さんは樋口さんから書類を受け取り、読み始めている。ジョンと樋口さんを見たときから、私のウキウキしていた気持ちは、シャボン玉が弾けて消えるような感じで徐々に沈んでいた。書類に目を落とす隼人さんを見つめながら、まわりにわからないように小さなため息をつく。

私がいたら邪魔なのでは……？

がっかりする気持ちと申し訳ない気持ちでいっぱいだ。不意に顔を上げた隼人さんと目が合う。私はぎこちなく視線を逸らし、窓の外の景色に目を移した。

三十分ほどで到着したのは、真っ白い巨大な建物のエントランス。車を降りると、宮殿のようなコの字型の高級感溢れるホテルが目の前に広がっていた。

　南国風のシャツを着たドアマンが荷物を運んでいる間に、ロビーに向かう。入ってすぐのところには噴水があり、そのまわりでくつろぐ人もいる。流れる水に誘われて、金髪の可愛い小さな子どもが身を乗りだして水に触ろうとしていた。子どもばかりを目で追ってしまう自分が嫌になる。

　無意識に下唇を噛んで隼人さんのほうを振り返ると、風格のある男性と数人の部下らしき人が現れて、隼人さんに挨拶し始めた。〝マイワイフ〟という単語が聞こえたので、隼人さんは私を妻だと紹介しているみたいだった。

　男性に握手をされるも、言葉が出ずに急いで頭を下げる。英語は必要だな……とつくづく思う。

　挨拶されて突然のハグ。それは一瞬で、すぐに腕がほどかれてホッとする。

　それからエレベーターに乗ったのは私と隼人さんだけ。重苦しい雰囲気が漂っているように感じるのは気のせい？

　隼人さんが小さくため息をつくと言った。

「言っただろう？　仕事だと」

「もちろんわかっています」

何だか心の中を見透かされた感じ。いつもそう……。

「お仕事、頑張ってください」

隼人さんに何か言われる前に、と言葉を続けたとき、エレベーターが停まった。

十二階建てのホテルの最上階、エグゼクティブスイートに隼人さんと一緒に入ると、スペアのカードキーを渡され、ホテル内の施設について簡単な説明を受ける。そして、これからすぐに打ち合わせだという隼人さんを見送ると、ひとり部屋に残された。

手元のカードキーを見つめる。

まずはホテルの中を散策しようかな。それくらい楽しまないとね。

カードキーをぎゅっと掴むと、部屋を出た。

そしてエレベーターで一階まで下りて、プライベートビーチとプールがあるエリアに出てみると、眩しさに目を瞬(しばた)かせる。青い海に、ジリジリと肌を焦がすような強い日差し。日本とはまったく違う。それに、ちょうど日差しの強い時間帯に外に出てしまったようだ。そんなことも気にせずに、波打ち際まで足を運んでしまいたくなるけれど、まずはサングラスと日焼け止めを買わないと。

楕円形(だえんけい)の広いプールを見ると、いくつかのグループが遊んでいる。

水着を持ってこなかったから買おうかな。ほったらかしにされるのなら、思いっきり遊ぼうかと、半ばやけっぱちな気分だ。

プールの脇にある小道に足を踏み入れた。先を行くと、またプール。そこには小さな滝とジャグジー、バーカウンターまである。

そういえば、喉が渇いたな……。何か飲もう。

私はバーカウンターに近づいた。現地の人だろうか、褐色の肌にドレッドヘアーの男性が「ハーイ！」と愛想よく声をかけてくる。

メニューを差しだされたので、きっと何を飲みたいのか聞かれているのだろう。メニューには飲み物の写真と共に、スペイン語の隣に英語でメニュー名が書かれている。

ピニャコラーダの写真がまず目に飛び込んできて、嫌な記憶がよみがえる。

すぐに視線を逸らして、その隣にあるカリブ海のような青い色の飲み物を見る。これにしよう。私はにっこり微笑みながら、メニューを指差す。

「ＯＫ！」

ドレッドヘアーの男性は満面の笑みを浮かべて、ドリンクを作り始めた。

目の前に置かれた飲み物と伝票。それにルームナンバーとサインを記入してから飲み始めた。甘いカクテルで、今まで飲んだことがない味だったけれどとてもおいしい。

アルコール度数が高いのか、だんだんとリラックスして楽しくなってきた。昼間からゆったりとカクテルを飲んで、きれいな景色を見て、開放感溢れる場所にいるのだから気分はよくなって当たり前だ。

カクテルを一杯飲んだだけで部屋に戻ると、隼人さんとジョン、秘書の樋口さんがテーブルを囲んでいた。

テーブルの上は書類が乱雑に散らばり、隼人さんはノートパソコンを見ている。戻ってきた私に気づいたジョンが顔を上げる。

「おかえりなさい。散歩してきたんですか？」

「え、ええ……」

「いいな～。僕も行きたかったな」

ジョンが羨ましそうに言う。

「ジョン、集中しろ」

隼人さんがノートパソコンに目を落としたまま言う。ジョンは私に肩をすくめてみせ、再び書類を手に取った。

みんなが仕事をしているリビングは、私がいられる雰囲気じゃなくて、隣のベッドルームへ足を向けた。部屋の中に入り、思わず絶句してしまう。そこにはクイーンサイズのベッドがひとつ……。

ちょっと待ってよ。ツインじゃないの？　もうひとつベッドルームがあるのではないかと、あらゆるドアを開けて確かめる。

だけど、いずれもベッドルームではなかった。私はまだ開けていないリビングのドアを思い出して、ミーティング中の隼人さんたちの横を通り、目的のドアを開ける。

ところがそこは、シューズルームだった。広すぎるシューズルームに苛立ちながらドアを閉めてリビングに戻り、再び隼人さんたちの横を通り過ぎようとした。

「悪あがきはやめるんだな」

ノートパソコンを見たまま、ボソッと呟く隼人さん。私は一気に顔が赤くなるのがわかった。私にしか意味がわからない言葉に、ジョンと樋口さんは不思議そうな顔をしている。

「しっ、仕事に集中してください！」

地団駄を踏みたいのを我慢してベッドルームに戻り、頬を膨らませてクイーンサイズのベッドにダイブ。ふわふわとした寝心地のいいマットレスと、さっき飲んだカクテルのアルコールが眠気を誘う。

少しだけ寝ちゃおう。目を閉じると、すーっと眠りに落ちていった。

ない。

ううん……起こさないで、眠いんだから。身体を揺さぶられているけれど起きたく
「――希、亜希」

「亜希、起きろよ」

「う……ん」

ぼんやりした頭に、隼人さんの声が聞こえてくる。

「起きないのなら、好きにしていいんだな」

耳元で囁かれた言葉に、ガバッと起き上がった。

「な、何を言っているのっ！」

反射的に枕を胸の前で抱きかかえて、ベッドの上に立って隼人さんを見る。

「これからウエルカムパーティーだ。ドレスに着替えろ」

「ウエルカムパーティーって？」

「ホテル主催で、我々の歓迎パーティーを開いてくれるそうだ」

隼人さんは、ブラックフォーマルをすでに着ている。

そう言われても……。

「私、ドレスなんか持ってきていないです！」

正確には唯一日本から持ってきたドレスがあるけれど、ニューヨークでクリーニングに出したまま。

「まったく、俺の妻ならばそれくらいは用意しておけ」

隼人さんは舌打ちすると、ベッドルームを出ていった。

怒っちゃったの……？

私は隼人さんを慌てて追いかけた。隣の部屋に入ると、彼は電話中だった。

声をかけられず、ただ隼人さんを見つめる。受話器を置いた彼は、ドアの前で困惑している私を見た。

「……気づかずに悪かった。ドレスを手配したから、すぐに持ってくるだろう」

「わ、私こそごめんなさい……」

思いがけない謝罪に、さらに戸惑ってしまう。

シャワーを浴び、さっとメイクしてバスルームから出ると、ベッドルームで隼人さんは待っていた。

「急いで支度をしてくれ」

届けられたドレスの箱を私の胸に押しつけると、隼人さんは出ていった。電話をかけてからまだ十五分ほどしか経っていないのに、ドレスがもう届いていたことに驚いてしまう。

金色の箱に黒字で印字されているのは、有名な海外ブランド名。箱を開けて薄紙をめくると、鮮やかなコバルトブルーの色が目に飛び込んできた。

まるでここの海みたい……。おそるおそる手にしてみると、高級な絹の手触り。それはワンショルダーのロングドレスだった。

困ったな……ブラジャーが見えてしまう。

バスローブを脱ぎ、下着姿のままドレスを見つめる。ぼうっとしていると、ドアが乱暴にノックされた。

「亜希、着替えたか？」

ドアの向こうから隼人さんの急かす声。

「ま、まだ――」

その途端、ドアが開いて隼人さんが入ってきた。

「ま、まだって言ったでしょう⁉」

脱いだバスローブを慌てて胸元に当て、何とか下着姿を隠す。必死に身体を見せまいとしている私とは反対に、楽しげな顔で隼人さんは近づいてくる。私は追いつめられた小動物のように、ジリジリと部屋の隅に逃げる。

「む、向こうへ行ってくだ……」

スタイリッシュなブラックフォーマル姿の彼は凛々しく、オールバックにした髪形はいつもと違う雰囲気で、妙に意識してしまう。

「亜希」

その声に顔を上げると、私を壁際に追い込んだ隼人さんの表情は、楽しげなものから真剣なものに変わっていて、私の鼓動が大きく波打った。

「隼人さん……？」

そう言った次の瞬間、私の唇は塞がれていた。

「んっ……」

強引なキスではなく、私の反応を確かめるような啄むキスだった。思いがけない優しいキスに私は応える。

「……そのドレスにブラジャーはいらない」

隼人さんは私から離れると、何も言えない私にドレスを手渡した。

「メイクは口紅を塗り直すだけでいい」

そう言って、隼人さんはベッドルームから出ていった。

震える手でやっとドレスを身につけ、鏡を見る。ローズピンクの口紅を塗り、髪を梳かす。涼しげに見えるように、髪は横でひとつに結び、箱に入っていたサーモンピンクの造花のコサージュをつけた。そして華奢なヒールを不安に思いながらも、用意されていた銀色のパンプスを履いてベッドルームを出た。

「このホテルのコンシェルジュの見立ては、たいしたものだ」

「それって、似合っているって言っているんですか?」

コンシェルジュを褒めて、私を褒めてくれない隼人さんにムッとする。

「そうだな、なかなか似合っている。着こなせるところは、さすがお嬢様だな」

そう言って、意地悪そうな笑みを浮かべる隼人さん。

「私はお嬢様じゃないですから。それに『なかなか』って……」

隼人さんを意識しすぎてまともに顔が見られない私は、ツンとすましてドアのほうへ向かった。

パーティー会場は、一階のレストランだった。大きな窓は開け放たれ、海からの心地いい潮風が運ばれてくる。小規模のパーティーかと思っていたけれど、レストランには思った以上にたくさんの人がいた。

隼人さんにエスコートされて会場に入ると、恰幅のいい銀髪の男性が、ゆったりとした足取りで近づいてきた。その男性に気づいた隼人さんは彼と親しげに抱き合うと、少し会話を交わした。そして私を紹介する。

一応妻だから、みんなの手前、ないがしろにできないんだよね……。

挨拶を済ませたあとの私は、当然彼らの会話にはついていけず、隼人さんのそばでシャンパンに口をつけ、話を聞いているふりをする。

「亜希さん！　なんて素敵なんだ！」

背後から嬉しい日本語が聞こえてきて振り返ると、やはりブラックフォーマルを着こなしたジョンが立っていた。

「まるで海の妖精みたいだ！」

「それは褒めすぎなんですけど……」

私はジョンの大げさな例えに、苦笑いを浮かべる。楽しげに笑うジョンを見ていると、気分がいくらかリラックスした。

「いいえ、本当に美しいですよ」

お世辞でも嬉しい。もう一度ジョンにお礼を言おうと笑みを浮かべたとき、肩に手が置かれ、グイッと引き寄せられる。

「ジョン、俺の妻を口説かないでくれないか？」

「口説くも何も、本当のことを口にしたまでです。隼人さんが羨ましいな」

ジョンは真面目な顔で言う。

「羨ましかったら早く結婚するんだな。失礼するよ。まだ挨拶回りが終わっていないものでね」

ジョンに何も言えないまま、別のグループのほうへ連れていかれた。

「あんな言い方、ジョンに失礼です！」

その途中、我慢できなくなって告げた。

「口のうまい男を信用するなと、教えてもらっていないのか？」

「冷たすぎる男は信用するなって教えられました」

「冷たすぎる男って、俺のことか？」

隼人さんの足が止まり、じっと私を見る。その端整な顔に笑みが浮かぶ。

「よくわかっているじゃないですか」

私の言葉を聞いて、さらに楽しそうな笑みを浮かべる隼人さんを睨み返し、身体を反転させて彼から離れる。そのとき、会場の入口のほうでどよめきが起こった。何事かと目を向けると、その場にいた全員が振り返るほどの美しい女性が、私たちに近づいてきた。私にとっては二度と会いたくない女性が……。

「ハヤト！」

「エステル……」

隼人さんは、シルバーのセクシーなロングドレスの裾を揺らしているエステルを、無表情に見ている。彼の表情からは何も読み取れなかったけれど、胸にズキンと痛みを覚えて、私は顔をしかめた。

エステルは最高の笑みを振りまきながら、モデルウォークでこちらにやってくる。別荘で別れたときのふたりは険悪な雰囲気だったはずなのに、まるでそんなことなどなかったかのように振る舞うエステル。

やっぱりジョンの言うとおり、ふたりは仲直りしたのかも。第一、ここへ来るくらいなのだから……。もしかしたら、隼人さんが呼び寄せたのかもしれない。

みんなに注目されているのを承知しているであろうエステルは、ゆったりとした仕草で隼人さんの首に腕を回して抱きつき、頬に唇を寄せた。周囲からどよめきの声が上がる。

隼人さんは渋い顔をして、小さな声で会話を交わしている。ふたりの会話がわからない私の胸は痛んで、呼吸ができないほど苦しくなった。

隼人さんはすぐにエステルを自分から引き離す。彼女はグリーンの瞳を隼人さんから私に向けた。

「アキさん、この前はごめんなさい。ひどいゲストのせいで不快にさせてしまって」

エステルは日本語で言った。潤んだ瞳と艶やかな唇でしおらしく謝られたら、どんな人だって許してしまうだろう。だけど私は返事ができなかった。突然のエステルの登場に、私の胸には不安がじんわりと広がっていたから……。

「ハヤト、喉が渇いたわ。シャンパンをちょうだい」

彼女は隼人さんにも日本語で頼んだ。彼は近くを通りかかったウエイターからシャンパンを受け取り、エステルに渡す。そして彼女は、大輪のバラが花を咲かせたかのような笑みを浮かべて、お礼を言っている。

パーティーの出席者全員が、興味津々で私たちを見ているような気がした。世界のトップモデルが、妻のいる男性と親しげにしているのだから、好奇の目を向けてくるのは当然だ。私は今すぐこの場から逃げだしたくなり、一歩あとずさる。

ところが隼人さんの手が私の腰に回った。思わず彼の顔を仰ぎ見る。

行くなということ？　エステルと楽しそうに話をしているのに？　戸籍上では妻だ

から、いきなりいなくなられたら対外的に恥をかくから？

そう考えているとだんだんと腹が立ってきて、強引に隼人さんの手を振りはらい、どこへ行くともなく歩きだした。

ふたりが見えないところなら、どこでもよかった。私は開け放たれた窓から外へ出て、ベンチを見つけると力なく腰を下ろす。

エステルが登場するまでは楽しかったのにな……。

「……亜希さん」

名前を呼ばれて顔を上げると、すぐそばにジョンが立っていた。

「隣、いいですか？」

私は静かに頷いた。

「……大丈夫ですか？　今にも泣きそうな顔をしていますよ。彼女のせいですね」

「見ていたんですか？」

みんなが注目していたくらいだ、無理はない。

「ええ……亜希さんがかわいそうで見ていられませんでしたよ。酷なようですが、隼人さんとは別れたほうがいいですよ。これ以上、傷つかないうちに」

ジョンから思いがけない言葉をかけられ、俯いていた私はハッと顔を上げた。

「ジョン……」

「残念ですが、隼人さんはエステルを愛しています」

　隼人さんがエステルを愛している……そんなことはわかっている。ジョンが言うように、もう別れたほうがいいのもわかっている。でも、わかっているのに、隼人さんと別れる決心がつかない。

「亜希さん……？」

　私が何も言えないでいると、ジョンは覗き込むようにして私の顔を見た。目尻に光る涙を見つけると、彼はハンカチで拭ってくれた。

「やっぱり私では……隼人さんはだめなんでしょうか……」

「亜希さんは充分に魅力的ですが、エステルは男性から愛される域を超えるほどの存在ですから……」

　愛される域を超えるほどの存在……。

「私……部屋に戻ります」

　私が腰を上げると、ジョンも立ち上がり、腕を支えてくれた。

「部屋まで送っていきますよ」

「いいえ、大丈夫です。おやすみなさい」

ジョンの腕を振りきるようにしてその場を離れる。

思いっきり声を上げて泣きたい気分でパーティー会場に戻り、出口に向かって歩いていると、私の名前を呼ぶ声が聞こえた。

「亜希！」

隼人さんの声だった。思わず足が止まる。

「亜希！　どこへ行く？　まだパーティーは終わっていない」

すぐ後ろに隼人さんの気配を感じたけれど、振り向かなかった。

「……気分が悪くて……。部屋に戻ります」

そう言って、私は歩きだした。だけどロングドレスの裾が邪魔で、速く歩けない。ヒールも高くて歩きにくい。一刻も早くここから立ち去りたいのに……。

そのとき、強く腕を掴まれて振り向かされ、驚いていると強引に抱き上げられた。

私たちのまわりにいる人々が、にわかにざわめく。

「隼人さんっ！　下ろして」

「顔色が悪いな。風邪がぶり返したか？　熱は？」

じっと見つめてくる隼人さんに、私は首を大きく横に振った。

「……ひとりで大丈夫です。だから下ろしてください。エステルが……」

「エステル？　彼女は関係ないだろう」

強い口調で言われ、シュンとした。下ろしてもらうのを諦め、私は隼人さんの肩口に顔をうずめた。


「もう下ろしてください」

部屋の前で言うと、今度はすんなり下ろしてくれた。足に力が入らなくてふらついてしまったけど、隼人さんが支えてくれる。

「大丈夫か？　医者を――」

「休めば大丈夫です」

隼人さんの言葉を遮って答えた。彼は軽く頷くと、胸ポケットからカードキーを取りだして、部屋の鍵を解除する。

「ここまででいいです。隼人さんはパーティーに戻ってください」

俯いたまま言い、ドアを開けると中へ滑り込むようにして入った。後ろ手にドアを閉めたけど、隼人さんは入ってこなかった。

今日のパーティーは仕事絡みだから、放りだすことができないのは充分承知している。わかっているけれど、何となく寂しい気持ちになった。

髪に留めたコサージュを外しながらベッドルームに向かう。

遠いカンクンに来て、やっとエステルから離れられたと思ったのにな……。

ドレスを脱ぎながら、今にも泣きそうになっている自分が嫌になる。そして隼人さんに心を奪われすぎている自分にも……。

彼への想いを振りきるように乱暴にドレスを脱ぎ、ベッドの上に無造作に置くと、バスルームに足を向けた。


ジャグジーつきのバスタブはとても気持ちがよくて、かなりゆっくりしてしまった。身体の疲れがほぐれたこともあり、エステルを見たときのショックはだいぶ薄らいでいた。

バスルームを出てリビングに向かう。隼人さんは、まだ戻ってきていなかった。

今もふたりで一緒にいるのかな……。そう思うと、せっかく薄らいでいたショックに再び落ち込む。

冷蔵庫からミネラルウォーターのペットボトルを一本取りだし、ソファに座ろうとしたとき、部屋のドアの前に何かが落ちているのが目に入った。

近づいて拾ってみると、それは白い封筒だった。表に私の名前が書かれている。

「私宛……？」

誰が……？　ここに落ちているってことは、ドアの隙間から封筒を入れたってことだよね……。

こわごわとそれを開けてみた。

【今後のことを話したい。二十二時にホテルのプライベートビーチで待っている】

中に入っていたカードには、こう書かれていた。差出人は、隼人さん？　今後のことを話したいって書いてあるから、彼しかいないか……。

ところで、今って何時なんだろう。リビングに戻って時計を見ると、あと十五分ほどで二十二時になるところだった。急いでTシャツとショートパンツに着替えて、カードキーと財布を片手に部屋を出る。

エレベーターに乗りながら考える。今後のことなんてわかりきっているから、話す必要なんてないのに……。どうせ別れ話を切りだされるに違いない。それに話がしたいのなら、わざわざ手紙で呼びださずに、部屋の中で話せばいい。

ビーチへ向かう足が止まる。やっぱり隼人さんと話をしたくない！

彼から別れの言葉を聞きたくなくて、足は向きを変えていた。

ホテルのエントランスを出ると、タクシーの中から日本語で声をかけられた。

「オジョーサン、ドコヘイキマスカ？」

私は立ち止まって、片言の日本語を話す運転手を見た。浅黒い顔をして、にこにこと人のよさそうな笑顔を向けてくる。

「ココハ、ナニモナイ。ミヤゲウッテイルトコロへ、ツレテイクヨ」

こんな時間に土産物屋が開いているの？

でもせっかくメキシコに来たのだから、覗きたいなと思う。それに隼人さんとの約束をすっぽかしていて気まずいから、どうせなら彼が寝たあとくらいに部屋へ戻りたい。時間を潰すなら、それもいい考えに思えてくる。

「そこへ行ってください」

運転手が日本語を話せることに安心して、すんなりタクシーに乗り込んだ。

「亜希!?」

乗り込むときに、私を呼ぶ隼人さんの声が聞こえた気がした。

「早く出して！」

私がビーチに来ないものだから、きっと探していたに違いない。だけど今は、まだ捕まりたくなかった。

タクシーは賑やかな通り沿いを走り過ぎる。土産物屋らしき店がたくさん見えるけれど、タクシーが停まる気配はない。

「あの、お土産物屋さんは？」

少し心配になってきて、運転手に聞いてみる。

「シンパイイラナイネ。モウスコシイケバ、ヤスイトコ、アルヨ」

バックミラーで私を見ながら話す運転手。


しばらくすると、タクシーは人通りの少ない、裏道と思われる場所に停まった。

ぽつりと灯りのついている一角があるだけで、土産物屋なんてなさそう……。

「ココデオリテ。ソコガミヤゲモノヤ」

運転手が指差すほうを見る。そこはどう見ても、人気のなさそうなバーにしか見えない。看板の電飾が数個切れていて、残りはチカチカと不規則に点灯している。バーの前には、見るからに薄汚い男がひとり立っていた。

「お土産物屋さんに連れていくって言ったじゃないですか」

何かの本で、こんなときは強く出なくちゃだめだと読んだことがあったから、きつめの口調で言ってみた。

「ソンナコトイッテナイ。ハヤクオリロ」

とぼけているのか、日本語を間違えているのか理解できない。

「ホテルに戻ってください！」

嫌だ、絶対に降りられない。こんなところで降りたらホテルに戻れない。

「ワタシ、シゴトジカン、コレデオワリネ。ワカッタ？」

「ホテルに戻るくらい、いいでしょう⁉」

運転手は断固として車を走らせようとしない。バーのほうを見ると、前に立っていた男はいなくなっていた。

男がいないのなら降りても大丈夫かも……。仕方ない。違うタクシーを拾ってホテルに戻ろう。言われるまま高いお金を払って、タクシーから降りた。

そのとき、いなくなっていたはずの薄汚い格好の男が現れ、近づいてくると、私の腕を掴んで店内へ連れ込もうとした。驚いてタクシーのほうを振り返るけど、すでに走り去ったあとだった。酔っているのか男はフラフラとしており、息は酒くさい。このままバーに入るわけにはいかない……。

「放してっ‼」

力の限り叫んで必死に抵抗する。男が私の大きな声に一瞬驚いた隙を狙い、手を振りはらって逃げだした。

駆けだす私を追いかけてくる男。恐怖で足がもつれそうになったけれど、捕まったらとんでもない目に遭うに違いない。

脇目も振らず全速力で走り、何とか人通りのある道に出られたときには、安堵からその場に崩れ落ちそうになった。

「っ……はあ、はあ、はあ……殺されるかと思った……」

後ろを振り向きながら、男の姿が見えないことを確認して立ち止まる。

「ここはどこなんだろう……」

先ほどの場所よりは人が多いけれど、観光客らしき人は見当たらない。とにかくホテルに戻らないと。

「タクシーを見つけなくちゃ……」

そう呟いたとき、背後で男の叫び声がした。

何か言っている言葉が英語ではないことがわかっただけで、内容はまったく理解できない。振り返ることなくその場から逃げようとすると、肩を強く掴まれて乱暴に身体が反転させられる。

やはりさっきの男だった。酒くさい息を吹きかけられ、私の息が止まる。

男は放すまいと、ギリギリと肩を掴んでくる。

「痛い！　放して！」

彼が話し続けている言葉の意味はわからないものの、身の危険が迫っていることだけは確かだ。掴まれた腕を振りほどこうとしたけれど、男はニヤニヤと笑いながら私を抱き寄せようとする。

「っ！　嫌っ！」

男の腕の中で暴れる。だけど彼の手は離れない。

「誰かっ！　助けて！」

人通りはあるのに、誰も助けてくれる人はいなかった。汚い手で口を塞がれ、片方の手で両手首を掴まれ、引きずられるようにしてどこかに連れていかれる。

男が立ち止まった。どうやらタクシーを探しているようだった。

そして一台のタクシーが、大きなブレーキ音をたてて私たちの前に停まった。

乗せられてしまう！

絶体絶命のピンチに目をぎゅっと閉じた瞬間、私は男に押されるようにして地面に倒れた。

「え……⁉」

何が起こったのか理解できずに男を見ると、彼は地面にうつ伏せで倒れていた。私も地面にお尻を強く打ちつけてしまい、痛みで立ち上がれない。

「亜希！　大丈夫か⁉」

その声に驚いて顔を上げると、目の前に立っていたのは隼人さんだった。

「は……やと……さん……」

どうしてここに……？　私、夢を見ているの？

彼の顔をぼんやりと眺めてしまう。

「しっかりしろ。大丈夫か、と聞いたんだ」

手を差しだされ、やっとのことで私も手を伸ばす。隼人さんの体温を感じて、夢じゃないことに気づく。

私を立ち上がらせようと身体を屈めた隼人さんの横から、起き上がった男が殴りかかってきた。

「きゃーっ！」

私の手から隼人さんの手が離れる。頬を殴られた彼は、足元を少しふらつかせた。

隼人さんは手の甲で口元を拭い、すぐに体勢を立て直すと、再び襲いかかってきた男をかわして殴り返す。私は助けを求めなければと思うのに、殴り合うふたりを呆然と見つめることしかできなかった。隼人さんは男に負けていなかったけれど、不安と恐怖で足がすくんで動けなかったのだ。

　そこへけたたましいサイレンが聞こえ、私たちの前にパトカーが現れた。


　——バタン！

　騒ぎを聞きつけてやってきた警官に事情を聞かれ、その場で解放されてからタクシーを拾い、ホテルまで戻ってきた。ホテルの部屋のドアを乱暴に開けて中へ入っていく隼人さんの後ろ姿を見て、部屋に入ってすぐのところで足が止まる。ついてこない気配に気づき、後ろを振り向いた彼は、怖い顔に思えた。

　タクシーに乗っているときも隼人さんはひとことも話さず、沈黙が怖くて顔を見られなかった。今、おそるおそる彼と向き合って、私は息を呑んだ。

「血が！」

　殴られたときに口の端が切れたのか、赤くなった頬に血がついている。思わずその頬に指を伸ばすと、手首を掴まれた。あまりの痛さに声も出ない。

「どうして何も言わずに出ていったんだ！　俺が追いつくのがあと少し遅ければ、大変なことになっていたんだぞ！」

　心配をかけてしまったのだから、怒鳴られるのは当たり前だ。

「……ごめんなさい……」

本当に後悔している。あの場に隼人さんが来てくれなかったら、私はどうなっていたか……。レイプされて……殺されていたかもしれない。隼人さんに怪我もさせてしまった。

私は隼人さんの射抜くような視線から目を逸らした。自分が悪いのだからどんなに怒られても仕方ない。それに今は口も開けないくらい疲れていた。手を放されたら、そのまま意識を飛ばしてしまいそうなほどに……。

「どんな目に遭うのかわからないほどバカなのか⁉　世間知らずにもほどがある」

私が何も言えないでいると、隼人さんはさらにきつい口調で言いながら、私の身体を揺さぶる。

「ごめんなさい……」

謝る声は自分でも信じられないほど震えていた。すると私の耳に、彼が大きくため息をつくのが聞こえた。

呆れるに決まっているよね……。そう思うと、ますます何も言えない……。

「お前がタクシーに乗ってホテルを出るところを、偶然見かけて本当によかったよ。あとを追わなければどんな目に遭っていたことか……」

ホテルを出るときに私の名前を呼んだのは、やっぱり隼人さんだったんだ……と思った瞬間、強く引き寄せられて、私の頬が彼の胸に当たった。

隼人さん……？

わけがわからず隼人さんを見上げると、顎を掴まれて、荒々しく唇が重ねられた。息もつけないほどの乱暴なキスに驚くと同時に、口の中に広がる血の味。彼の口の中は切れているんだから当然だよね。

本当にごめんなさい……。痛い思いまでさせてしまってごめんなさい……。

罰するようなキスを受けながら、私は心の中で何度も隼人さんに謝った。

第四章　甘い告白のあと

目が覚めるとベッドには私ひとりだった。隣を見ると枕にくぼみがあるから、隼人さんもこのベッドで寝ていたことはわかる。今が何時なのか知りたくて、慌てて身体を起こすと、全身に痛みが走った。

「いったっ！」

その痛みに昨日のことを思い出し、うなだれる。バカなことをしちゃったな……。

隼人さんは、キスをされながら眠ってしまいそうになる私をベッドに連れていってくれたけれど、きっと世話の焼ける女だと思ったはず。自分でも呆れるくらいなのだから、彼も私にはうんざりしているだろう。疲れていたからといって、キスの最中に眠りこける女なんて……。本当、私って救いがたいバカだ。

ベッドから下りて鏡の前に立ち、自分の姿を見てげんなりする。腫れぼったい目にぼさぼさの髪。着ている服は昨日のままで、Ｔシャツに泥のような汚れがついている。それを見たら昨日の男を思い出してしまい、Ｔシャツを破るくらいの勢いで脱いだ。

「痛っ！」

肩にも痛みを感じた。もしかして……と思い、ブラジャー姿を鏡に映すと、右肩と右腕が赤くなっていて、すでに青紫色になりかけている箇所もいくつかあった。男に掴まれたときにできた痣だとすぐにわかった。

昨晩の一部始終を思い出すと、恐怖で身体が震える。本当に命を落としかねない体験だった。助けに来てくれた隼人さんには、感謝してもしきれない。

急いで下着を取り、まだ男に触れられているような感覚を拭おうと、バスルームに駆け込んだ。

バスルームから出ると、かなりの時間が経っていることに気づく。

もうすぐお昼か……隼人さんは仕事中だよね。今日は早い時間に戻ってくるのかな。ちゃんと謝りたい。

リビングに行き、書き置きでもないかと探すけれど、何もない。

あるわけないよね……怒っているはずだし……。

はあっと小さくため息をつくと、おもむろにバルコニーへ出て、手すりに身体を寄せて青い海を眺める。

きれいな景色で、落ち込んだ気持ちを和らげたかった。青い海はところどころ色が異なり、強い日差しが静かな水面に映って、キラキラ輝いている。

ぼんやりと海を眺めていると、部屋の電話が鳴っているのが聞こえてきた。急いで中へ戻り、電話に出る。

「ハ、ハロー」

カンクンの公用語はスペイン語だ。でもスペイン語の挨拶すらわからない私は、英語で出た。

『奥様でいらっしゃいますか。樋口です』

「は、はい」

『ご昼食は昨晩のパーティー会場のレストランに用意してございます。ご支度が整い次第、いらしてほしいとのことです』

「……わかりました。支度は済んでいますから、すぐに行きます」

電話を切ると、小さなバッグを手にして部屋を出た。

昨日のレストランの入口で樋口さんが待っていた。彼女を見つけてホッとする。

「こちらへどうぞ」

樋口さんはテーブルへと案内してくれた。席には隼人さんとジョンが座っていた。

私たちを見ると、ふたりは紳士的に立ち上がる。

「体調はどうですか?」

ジョンが心配そうに聞いてくる。一瞬、昨晩のことを知っているのかとドキッとしたけれど、パーティーを中座したことだとすぐに気づく。

「え……ええ、よくなりました……」

隼人さんは何も言わずに私をイスに座らせると、自分も腰かけた。樋口さんも席に着く。テーブルにはおいしそうな料理がところ狭しと置かれている。

「亜希さん、何を飲みますか?」

ウエイターを呼んでくれたジョンが、質問してきた。

「お水――」

「フレッシュジュースだ」

私の声に隼人さんの声が重なった。

「隼人さん……?」

今まで私が何を頼もうと、口を出したことなんてなかったのに、なぜ……?

「ジョン、妻には新鮮なフレッシュジュースにしてくれ」

ジョンは隼人さんに言われたとおり、ウエイターにフレッシュジュースを注文する。

「隼人さん、私はお水で――」

「昨晩もあまり食べていないだろう」

隼人さんは、ドキッとするくらいの甘い笑みを浮かべて言う。殴られたせいで、口の端がうっすらと赤くなっていたけれど、魅力は損なわれていない。

「う、うん……」

甘い笑みに戸惑いながら頷く。

「昨日、おふたりが酔っぱらいに絡まれたと聞きました。大丈夫ですか？」

「は、はい」

オーダーを済ませたジョンが尋ねてくる。やっぱり知っていたんだ。そうだよね、隼人さんの顔を見れば誰でも事情を聞くと思う。

魚介類のたっぷり入ったシーフードサラダの皿が、目の前に運ばれた。置いたのは隼人さんだ。

「シーフードは好きだろう？」

「はい。い……ただきます」

フォークを手にして口に運び始めた。食べていれば会話に加わらなくて済む。酸味と辛味の効いたドレッシングは、匂いだけで食欲が湧く。薄いパンのようなトルティーヤに、肉や野菜を入れて食べるタコスは昔から大好きで、ペロリとたいらげてしまう。

思ったよりお腹が空いていたみたい……。

本場のサルサソースは日本で食べるよりも辛いけれど、それがまた食欲をそそる。

ただ、食べづらいのが難点で、私はソースで頬を少し汚していたようだ。突然、紙ナプキンを持った隼人さんの手が頬に伸びてきて、固まってしまう。

「ついている」

驚きに大きく目を見開いて隼人さんを見ると、彼はフッと微笑んで拭いてくれた。

昨日のこと……怒っていないの？　それとも、ジョンと樋口さんがいるから気を遣っているの？　昨晩とはまったく別人の隼人さんに戸惑う。

「あ、ありがとう……」

お礼を言っている間に、私の頬の汚れは拭き取られた。恥ずかしさをごまかすため、ジュースの入ったグラスを手にしてストローの先を口に含んだとき、隼人さんが私の耳元に顔を寄せた。

「本当は舐め取ってあげたいんだが」

私が持っていたグラスを落としそうになると、隼人さんがすかさず受け取る。

「お、おかしなこと、言わないでくださいっ！」

私にしか聞こえていなかったよね……。頬どころか、耳まで熱くなっていくのがわかる。今日の隼人さん、おかしいよ……。

食事を終えると、私は立ち上がった。このあとは仕事の話になるはずだから、邪魔になってはいけないと思い、部屋に戻ろうとしたのだ。ところが立ち上がった私を、隼人さんが不思議そうな顔で見る。

「どうした？」

「えっ……と……ごちそうさまでした。先に部屋へ戻ります」

三人に頭を下げてレストランを出ようとすると、隼人さんに手首を掴まれる。

その手首を見てから隼人さんに視線を移すと、彼はイスから立ち上がった。

「ジョン、樋口くん。今日の仕事は終わりだ」

「えっ⁉　午後は契約内容の見直しでは？」

ジョンと樋口さんは、隼人さんの突然の言葉に驚いていた。ふたりだけじゃない。私もびっくりしていた。

仕事人間の隼人さんが、午後はお休み？　具合でも悪いのかな……。もしかして、昨日殴られたところがひどく痛むとか……。不安と心配で、心臓が嫌な音をたてる。

ところがそんな心配をよそに、隼人さんは明るい声でジョンに言った。

「たまには休もう。契約の件は、明日の朝までに代案を考えておいてくれ」

隼人さんは唖然としているふたりを尻目に、笑みを浮かべたまま私をレストランから連れだした。

エレベーターに乗り込んでも、私の手は隼人さんに繋がれたまま。

どうして手を繋ぐのか……。私の頭の中が〝？〟マークで埋め尽くされる。

それとも、またからかっているのかな……。今日の言動は明らかにおかしい。どうしたんだろうか……。もしかして、新手の嫌がらせとか……。

そんなことを考えていると、エレベーターが部屋のある最上階で停まる。部屋に向かっているときも、さまざまな考えが頭の中をめまぐるしく行き交う。

隼人さんの考えが読めない……。

部屋に入ると、繋いでいた手は放され、隼人さんはネクタイを緩めて外している。

その仕草に、胸がトクンと大きく波打つ。

「亜希」

突然名前を呼ばれ、ハッとして隼人さんの顔を見るも、真剣な眼差しで見つめてくる彼に戸惑い、目が泳いでしまう。

彼はワイシャツのボタンも外しながら、ゆっくりと私のほうへと近づいてくる。

ギョッとした私は、ジリジリと後退する。

まさか、エッチしようなんて思っているわけじゃ……。

「ど、ど、どうしたんですか……?」

怖じ気(おけ)づいた声で尋ねる私。

「くっ」

すると、喉から押し殺すような笑い声が……。

「隼人……さん……?」

「昼間からエッチな想像をしているのか?」

ワイシャツがはらりと床に落ちる。きれいに筋肉がついたたくましい胸板を目の当たりにして、信じられないくらいに心臓が暴れ始める。

「し、してないっ!」

ズバリ大当たりなんだけれど、本当のことなんて言えるわけがない。首を大きく横に何度も振っていると、隼人さんの指が触れて、顎を持ち上げられてしまう。

「何なら観光に行かずに、ご期待に応えてやってもいいんだが?」

意地の悪い笑みを浮かべながら、私の唇に触れそうになるところまで顔を近づけてくる。私のすぐ目の前に隼人さんの唇があって、胸が暴れ始めたけれど、今の言葉に、思わず彼の腕を両手で掴んで聞いていた。

「えっ、観光っ⁉　本当にっ⁉」

観光……。嬉しくて飛び跳ねたくなる。きっと今の私は、クリスマスプレゼントをもらって喜ぶ子どものような顔になっているかも。

「亜希の好きそうな場所へ連れていってやるよ。ってことで、着替えてくる」

隼人さんは床に落ちたワイシャツを拾うと、ベッドルームへと消えた。

いったいどうしちゃったの？　カンクンへ来てから今までこんなことはなかったから、いけないと思いつつも、つい疑ってしまう。何か裏があるんじゃないかって……。

私はぐったりとソファに腰かけた。


シャワーを浴び、ライムグリーンのポロシャツにグレーのスラックス姿になった隼人さんとホテルのエントランスに向かうと、黒い車の前に、派手なTシャツに半ズボン姿の男性が立っていた。私たちに気づくと、明るい笑顔で出迎えてくれる。

「ようこそ。私はカルロスです。よろしくお願いします。どうぞ、お車へ」

その男性に日本語で車に乗るように促され、隼人さんを仰ぎ見る。

「彼はガイドだ」

私は笑顔で「よろしくお願いします」と言いながら、車のドアを開けて待つカルロスに頭を下げて乗り込んだ。隼人さんが私の隣に座ると、ドアが閉まる。カルロスは助手席に。


車が動きだすと同時に私たちのほうを振り返ったカルロスは、日本語で話し始める。

「これからメキシコが誇る遺跡を見に行きます。世界遺産にもなっているチチェン・イッツァです！　二時間以上はかかりますから、ごゆっくりなさってください」

チチェン・イッツァを見に行けるなんて、夢みたい。だけどここから二時間もかかるって……隼人さんは大丈夫なのかな……。ホテルに戻ってきたら、確実に夜になっている。仕事で来たのに、私のためにわざわざ遺跡観光を手配してくれたなんて……。

嬉しいけれど、申し訳ない気持ちになる。

「どうした?」

私が浮かない顔をしているのがわかったのか、隼人さんが声をかけてきた。

「いいんですか？　帰ってくるのが夜になっちゃいますよ」

「仕事は休みにしたと言っただろう」

「でも……」

「往復時間で眠れるだけでもいいんだ。気にすることはない」

ドキッとするくらい魅力的な笑みを浮かべた隼人さんは、私の頭に手を置いてガシガシと撫でた。

「ちょ、ちょっと！　せっかく整えてきたのにっ！」

ぼさぼさにされた髪を手櫛で整えながら、照れ隠しに文句を言ってみる。

いつもと違う隼人さんに調子が狂っちゃう……。

「じゃあ、着くまで寝るからな」

「あ、はい……」

そう言うと、隼人さんは腕と足を組み、シートに身を預けて目を閉じてしまった。

いつか行ってみたいと思っていた遺跡が見られることで、わくわくしていて眠るどころじゃない私は、窓の外を眺めることにした。じきに規則的な寝息が聞こえてきて、ふと隼人さんの寝顔を見る。

毎日仕事ばかりで疲れているよね……。

彼の寝顔を見ていると、申し訳ない気持ちが増した。

車の揺れは心地いい眠りを誘い、眠くなかったはずなのに、まぶたが重くなっていた。そしてうとうとしかけたとき、隼人さんの声が聞こえた。

「——希、亜希」

「ん……」

名前を呼ばれて目を開けると、道の両側にはたくさんの店が建ち並び、その中の帽子がたくさんかけられた店の前で車は停まった。

「すぐに戻ってくる」

隼人さんは車から降りて、その帽子店に入っていった。

三分もかからず店から出てきた彼は、ストローハットを手にしていた。グリーンの大きなリボンが、何の変哲もないストローハットのアクセントになっていて可愛い。

「質はよくないが、炎天下にさらされるよりはマシだろう」

そう言いながら、私の頭にストローハットを載せてくれた。

「隼人さん……ありがとうございます」

彼の気遣いに嬉しくなった。


それから数十分後、カルロスの「到着しましたよ！」という声で車が停まる。

車を降りると、ジリジリとした強い日差しが照りつけていた。帽子を被っていてよかった、と隼人さんにつくづく感謝する。

チケットを買いに行っていたカルロスが戻ってきた。

「それでは行きましょう。こちらです」

私たちはカルロスのあとについてゲートをくぐり、まず、模型が置かれた建物の中に入った。そこで見学の順番の説明を受けると、建物の外へ出た。ツアー客がかなりいて、その中には日本人観光客もいる。私たちはカルロスの案内で森の中を歩き、遺跡へと向かった。

遺跡が見えてきた瞬間、そのスケールの大きさに圧倒された。エジプトのピラミッドと同様に、チチェン・イッツァも、ある説では宇宙人が作ったと聞いたことがある。機械もなかった時代に、大きな重い石を積み上げていく技術。現代では機械がやってくれることを、昔の人々は自分たちの手でやっていた。どんなに大変だったか……。そう思うと感無量だった。

隼人さんのほうを見ると、真剣にカルロスの説明を聞いている。建築に携わる人だから、こういうものにも興味があるのかもしれない。

そのあとも休憩を挟みながら、数ある遺跡を見て歩いた。

最後の遺跡を見終わり、大満足で駐車場に戻る途中、日が暮れ始めていることに気がついた。時間の経過を忘れるくらい夢中で遺跡を見ていた私。

きっと一生忘れられない日になるだろうな……。

去ることが名残り惜しく、感傷に浸りながら、車に乗り込んだ。


帰りの車でも眠気に逆らえず、いつの間にか眠ってしまっていた。隼人さんの肩に頭をもたせかけたままとは知らずに……。

車が停まった気配に、ぼんやりと目を開けて驚く。すぐ目の前に隼人さんの端整な顔があったから。急いで隼人さんから離れ、身体を元の位置に戻して彼を見る。

「あ、あの……」

もしかして私が邪魔で、眠れなかった？　そう聞こうとしたとき、隼人さんが口を開いた。

「気持ちよさそうだったな」

「え、……はい。おかげさまで」

私の返答がおかしかったのか、隼人さんは声を上げて笑った。

車がホテルに着いたのは、月や星が空に瞬(またた)いている時刻だった。

寝起きで、まだぼうっとした状態で車を降りようとすると、ふわっと抱き上げられる感覚に目を見開いた。

「隼人さん……⁉　ひとりで歩けますよっ」

「寝起きでフラフラしていて、転んだら危ないからな」

そう言ってニヤリと笑った隼人さんは、ロビーに向かって歩いていく。お姫様抱っこをされたまま戸惑っている私の耳に突如、甲高い女の人の声が聞こえてきた。

「いったいどこへ行っていたの⁉」

声のしたほうへ顔を向けると、エステルが嫉妬に燃えた瞳で、私たちの顔を交互に見ている。

「ハヤト！　どうしてその女を抱いているのよ！」

エステルがヒステリック気味に叫んだ。

「君には関係ないだろ。それに彼女は『その女』ではない。俺の妻だ」

エステルは人目を引く存在なので、ロビーにいる人たちの目が一斉に私たちに向けられていて、当惑してしまう。

「隼人さん、下ろしてください……」

重苦しい空気に耐えられず、隼人さんの腕の中でモゾモゾと身体を動かす。

「動くな」

いつもより低くて強い口調で言われ、驚いた私は動くのをやめた。

「何度も電話したのに！」

そう叫んだエステルの瞳に、涙が浮かんでいる。

「出る必要がないからだ」

今日の午後、隼人さんのスマホが頻繁に振動していたのを知っている。そのたびにスマホを見てはため息をついて、ポケットに戻していた。

てっきり仕事の電話かと思っていたけれど、エステルからだったんだ……。

でも、どうして出なかったの？　恋人に対して冷たい気がする。もしかして……ふたりはうまくいっていないの？　もしそうなら、期待してしまいそうになる。

「わざわざ休暇を取ってここまで来たのよ？　元恋人のために、少しくらい時間を割いてくれてもいいでしょう!?」

エステルは下唇を噛みながら、グリーンの瞳で隼人さんを見ている。

「ねえ、ハヤト――」

「あとで電話する」

隼人さんはそっけなく言って、エレベーターに向かって歩き始めた。

あとで電話する？　ここで話せないなんて、よほどのことなのかもしれない。

隼人さんの肩越しにエステルを見ると、ものすごい目で睨まれてしまい、反射的に視線を逸らしてしまう。

それにしても、私はなんて立場の弱い妻なんだろう……。ううん、妻の実感はまったくないし、これじゃあ、エステルのほうが奥さんみたいだよね……。隼人さんは何を考えているんだろう。彼の心が見えない……。

急に胸がズキッと痛くなった。隼人さんとエステルのことを考えるとつらくなる。

彼に今後のことをどうするのか話さなければ。別れるのか……このまま愛されない妻として残るのか……。

隼人さんの腕の中で急に目頭が熱くなり、私はまぶたをそっと閉じた。


隼人さんは少し歩くと、おもむろに私を床に下ろした。

「食事にしよう」

ホテル内にある日本料理のレストランへ、彼は私を連れていった。

やはりここは外国なので、最高においしい日本食というわけじゃないけれど、現地のビールを飲みながら刺身やてんぷらを食べる。エステルのことはまるっきり何もなかったかのように、隼人さんの機嫌はよくて、いつになく会話が弾んだ。といっても、だいたいは彼が私をからかうようなことばかり言うのだけれど……。

何だかハネムーンみたい……。思い描いていたハネムーンが目の前にあり、心が躍る。幸せに感じるこの時間を、誰にも邪魔されたくないと思った。


食事を終えて部屋に戻る途中、ホテル内のショップを見ながらぶらついていた。

「隼人さん、あとどのくらいカンクンにいますか？」

「まだわからない。条件面で少しごねられているんだ」

食事をしながら、彼はカンクンへ来た目的を話してくれた。紫藤不動産はこのホテルを買収する予定らしい。こんなに大きなホテルを買収って、すごい話だと感心したけれど、話は難航しているみたい。それなのにいろいろと付き合ってくれた隼人さんに、また申し訳なくなった。

「ごめんなさい。大変なのに観光に連れていってくれて……」

「どうした？　やけにしおらしいな」

またからかわれて、返答に困ってしまう。

「亜希？」

私の名前を呼ぶ彼も好き。心臓が爆発しそうなくらいドキドキしてきた。

「あ、あの……。か、買いたいものがあるので、先にお部屋に戻っていてください」

「何を買いたいんだ？」

「……水着を買いたいんです。ここはプールがたくさ……ん……」

そこまで言って、今さら気がついた。隼人さんは仕事をしているのに、私はプールで遊ぶなんて。彼に気を配れなくて再び申し訳なくなる。

「まだ何か考え事か？　俺が仕事中でも、気にせず楽しんでくれたほうがいい。ただし、トラブルに巻き込まれない程度にな」

私の考えを読み取ったのか、隼人さんはそう言ってくれた。そんな言葉をかけられたら、私を愛してくれていると勘違いしてしまいそうになる。

「俺が水着を選んでやるよ」

言葉に詰まる私の腕を軽く掴むと、隼人さんは笑顔を浮かべながら店の中へ入っていく。そして水着が陳列されたラックの前に私を立たせると、彼は水着を手に取り始めた。

「えっ⁉　いいです！　自分で選びますっ」

まず、レインボーカラーのビキニを取って、私の身体に当てる。

「似合わない」

隼人さんはひとりごとのように言うとその水着を戻し、違う水着を見始める。気のせいか、ビキニばかり手に取る隼人さん。それも露出度が高いものばかり……。

「……ビキニは嫌です」

ビキニなんて、恥ずかしくて着られない。

「それは残念だな。ここにはビキニしか売っていないのが目に入らないのか？」

そう言われてよく見てみると、彼の言うとおり、この店にはビキニしかなかった。

「……やっぱり買うのはやめ――」

「これがいいだろう」

『やっぱり買うのはやめます』と言おうとしたとき、隼人さんが一着のビキニを差しだしてきた。私の目が真ん丸になる。それは小麦色の肌によく似合いそうな真っ白なビキニだった。自慢じゃないけれど、私は日焼けとは無縁の人間で、どちらかというと色白の部類に入る。

「着られませんっ！」

「似合うはずだ」

最初に手に取ったレインボーカラーの水着のように私の身体に当てることはなく、きっぱりと言いきった。

「本当に似合わないんです」

私の言葉を無視して、隼人さんはそのビキニとサンダルを持って、レジに行ってしまった。

似合うとは思えないし、着る勇気もない……。


部屋に戻ると、「これからプールへ行こう」と隼人さんは言う。それも、「今買ったビキニを着ろ」……と。

「えっ、これから⁉」

「早く着替えろよ」

買ってくれた水着は、隼人さんの片手で隠れるほど生地が少ない。

「ちょ、ちょっと待って。こんなビキニ、着られないって――」

「これが着られないのなら、裸で入るか？」

「はっ⁉　裸って！　そんなのありえないでしょっ！」

何をバカなことを言っているの、とムキになる私に隼人さんは鼻で笑う。

「ならば着るんだな。先に行っているぞ」

頭の上にパサッとビキニを置かれ、仕方なくそれを手にする。彼はさっさと着替えり着ていくんだけど……。

これから、こっそりプールなんて思いも寄らなかった。せめて隼人さんがいなければ、こっそ
り着ていくんだけど……。

時計を見ると、二十一時を回っている。明日の仕事に差し支えないのかな……。そ
れとも何か話でもあるのかな……。

「あっ‼」

そのとき、昨日部屋に届いたカードのことを思い出した。それには、私に話がある
と書かれていた。すっかり忘れていたけれど、あのカードのせいで、あんな目に遭っ
たんだっけ……。でも隼人さんは、そのあと何も言ってこない。

どうして？　やっぱり、これからプールで話すとか……？　楽しい一日を終えて幸
せな気分だったのに、奈落の底に一気に突き落とすつもりなのかな。

それを考えると、隼人さんに会うのが急に怖くなった。

でも……仕方ない……。話があるなら逃げないでちゃんと聞こう。

心を決めてビキニを着ると、全身を鏡に映す。意外なことに、思っていたより似合っ
ているように見える。

だけどエステルのナイスバディが脳裏に浮かんで、首を大きく横に振る。彼女のゴー

ジャスな身体と比べると、私の身体はかなり貧弱だ。とても人に見せられるようなものじゃない……。そう思い、水着の上からショートパンツとTシャツを身につけてプールへ向かった。

やってきたのは、一昨日来た滝のあるプール。隣接するバーでは独特なリズムのレゲエがかかり、数組のカップルがカクテルを片手に話し込んでいる。どのカップルもお互いしか目に入っていない感じで、見ている私のほうが照れてしまう。

隼人さんはどこにいるのかな……。

ふとプールに目をやると、クロールで泳いでいる人がいた。流れるようなフォームが美しいその人は、よく見ると隼人さんだった。プールサイドで見とれていると、彼は私のところまで来てプールの中から見上げる。

「なぜ服を着ているんだ？」

「だって！」

「まわりをよく見てみるんだな。服を着ているほうが、かえって目立つぞ」

確かに、周囲を見ればビキニだらけ。脱ごうか……とTシャツの裾を持ったとき、その手を掴まれて私の身体が宙を舞う。あっ！と思ったときには大きな水しぶきを上げて、プールの中へ落ちていた。

慌てて水面に顔を出すと、隼人さんの不敵な笑みと視線がぶつかる。

「もうっ！　ひどいじゃないですかっ！」

Tシャツとショートパンツがずぶ濡れ。本当は怒りたいところだけど、何だか愉快な気持ちになり、気づけば声を上げて笑っていた。

「亜希」

真剣な声で名前を呼ばれ、笑いを止める。いつの間にか後頭部に置かれた隼人さんの手に驚いていると、突然、唇にひんやりした彼の唇が重なった。

Tシャツの裾をまくられそうになり、驚いて隼人さんの手を押さえる。

「Tシャツはいらないだろう?」

「い、いりますっ」

「いらない」

即座に却下され、脱がされてしまった。恥ずかしくて、胸を隠すように両腕を組む。

「この痣は?」

私の腕と肩を見て、隼人さんが眉根を寄せる。

「えっ……?」

すっかり忘れていて、何を言われたのかすぐに理解できずにいた。

彼の指が、赤紫色になってしまった肩をゆっくりと撫でていく。

「……き、昨日の男に……」

長い指で撫でられて、痺れるような甘い感覚が全身を駆け巡る。

「かなり強く掴まれたんだな」

あのときのことを思い出したようで、隼人さんの表情が険しくなる。彼の口元にも、まだ傷が見える。私はその部分にそっと触れていた。

「昨日は本当にごめんなさい」

隼人さんは答える代わりに、私の指を優しく唇で食むむ。

「隼人さん……」

恋人同士のような仕草に戸惑っていると、隼人さんは私の腕を持ち上げて、赤紫色になった痣に唇を寄せた。舌が痣の上を優しく這うと、くすぐったさに目をつぶりたくなった。だけど、キスしてほしいのはそこじゃないの、と正直な気持ちが出そうになる。

「これからは驚かせないでくれ」

私の腕から唇を離した隼人さんは、真剣な眼差しを向けてくる。

これからは……？　これからは、ってことは、まだ一緒にいられるの……？

そんなことを言われると、これからも一緒にいていいのだと勘違いしたくなる。

その言葉の意味を考えていると、私の腰に隼人さんの手が置かれて我に返る。それと同時に、素肌に触れる彼の手の感触に飛び跳ねそうになる。

「そうビクつくな。ここで襲えるわけないだろう?」

またからかうような笑みを向けられて、私の頭の中はさらに困惑モード。

「そ、そんなこと考えていませんっ」

隼人さんに触れられたところがジンと痺れ、全身が火照っていくように熱い。


プールから上がった私たちは、私が先日行ったプールサイドのバーに向かった。バーカウンターの隅のほうのスツールに座り、私は隼人さんが勧めてくれたオレンジ色のカクテルを飲む。テキーラ・サンライズだ。オレンジの酸味と甘さはほどよいけれど、ベースのお酒は強く感じる。隼人さんはおいしそうにビールを飲んでいた。

ふと、隼人さんの視線が私を通り越し、少し遠くを見る。

「ジョンと樋口くんだ」

振り返ると、ふたりが笑みを浮かべながら近づいてきた。

「こんばんは。いいオフを過ごせましたか?」

ジョンがにこやかに尋ねてくる。

「はい。とても楽しかったです」

隼人さんは何も言わないので、私が答える。

「ここで夜を過ごすなんて、ロマンティックですね」

グリーンのサンドレスを着た樋口さんが言う。今の彼女は仕事中の雰囲気とは違って、柔らかい感じだ。

「一緒に飲みたいところなんだが、これから亜希を口説くところでね」

く、口説く⁉

私は隼人さんの言葉に目を大きく見開いてしまう。樋口さんは気を悪くした様子もなく、笑みを浮かべて頷く。

「ええ、ハネムーンみたいなものですものね。私たちは別のテーブルで飲みますから、お気になさらないでください」

ふと視線を感じてジョンを見ると、顔は笑っていなくて……むしろ不機嫌そうな表情を浮かべているように思えた。

「行きましょう。樋口さん」

ジョンは空いているテーブルのほうへ行ってしまった。その後ろを、私たちに頭を下げた樋口さんが追いかける。

変なジョン。何だかすっきりしない気持ちでふたりがテーブルに着くところを見ていた私は突然、両頬を手で挟まれて、顔の向きを変えさせられた。

「ジョンを見ないで俺を見ろ」

「だって、ジョンが気を悪くしちゃったみたい……」

「彼らは邪魔者に過ぎない。言っただろう？　口説くって」

口説くって……私を……？

冗談かと思っていた。隼人さんの言葉に目が回りそうだった。

「私には……よくわから――」

戸惑って言うと、再び唇を塞がれた。啄むようなキスが何度も落ちてくる。

「んっ……。こ、こんなところで……」

「まわりのカップルを見てみろ。この時間のカップルは、もうお互いしか目に入っていないさ」

七メートルほどの湾曲したバーカウンターには、私たちの他にふた組のカップルが座っているけど、どちらも熱烈なキスの真っ最中だった。確かに隼人さんの言うように、自分たちの世界に入り込んでいる。

見ていたら恥ずかしくなって慌てて視線を逸らし、グラスを両手で持って、テキーラ・サンライズを一気に飲む。

隼人さんは、ほとんど空になったグラスを私から取り上げると立ち上がった。そして私の手をしっかり握って、もう一度プールに向かう。

手を引かれて連れてこられたのは、ジャングルをイメージした滝の裏側。数分ごとに色が変わるライトアップが美しい。そこには私たち以外、誰もいない。

「すごくきれい……」

滝が流れ落ちる音がうるさいけれど、光のコントラストはため息が出るほど幻想的だった。一杯のテキーラ・サンライズで酔ったのか、まるで雲の上にいるみたいにふわふわとした気分だ。

「亜希」

ライトアップを見つめていると、突然名前を呼ばれ、水中に設置された丸イスに腰かけた隼人さんの膝の上に、横座りをする形で抱き寄せられる。次の瞬間、私の唇を食むように唇は重なり、何度も啄むようなキスをしてくる。

こんなキスをされたら、もっとキスをしてほしいと思ってしまう……。吸い寄せられるようにうっすら唇を開くと、さらに深まるキス。

勢いよく音をたててプールに落ちていく水のカーテンで、この場所が自分たちだけの世界に思えてくる。キスに夢中になっているからか、いつの間にか滝の音は気にならなくなっていた。

官能的なキスで全身の力が抜けそうになっているのに、ビキニに包まれている胸は痛いくらいに張りつめる。

どうしてこんなキスをするの？

今まで感じたことのない快楽を追い求めて、私は自分からおそるおそる舌を差しだしていた。隼人さんの舌が私の舌を捕らえ、互いの舌を吸い合う。

「ん……っ……」

隼人さんの唇が離れると、息が上がっていた。大きく息を吸う私に、彼が笑う。

「部屋に戻ろう」

私は隼人さんの言葉に頷くのが精いっぱいで、手を引かれながら滝の裏側から出た。

情熱的にキスを交わしてしまい、正直戸惑う。

まだ、何も解決していないのに……。

プールから上がると、隼人さんはホテルのローブを肩に羽織らせてくれた。彼もそれを身につけている。

ふと視線を感じて振り返ると、眉根を寄せたような表情をしたジョンと目が合い、私は顔から火が出そうだった。滝の裏で何をしていたか、わかっているのだろう。

「亜希、どうした？　行くぞ」

「えっ？　は、はい」

隼人さんに促されて歩き始めた。

結局、隼人さんは何も話してくれなかったから、ちゃんと聞かなくちゃ……。

不意に、昨日のカードのことを思い出した。

「あ……」

「どうした？」

「昨日……私に話があったんでしょう？」

何を言われるのか胸がドキドキする。歩きながら話すべきことじゃなかった……。

「話？　あぁ、テーブルの上に置いてあったカードのことか？　あれは俺じゃない」

「え？　隼人さんじゃない？」

「俺が亜希に話があるなら、わざわざ外に呼びださずに部屋で話すよ」

確かにそうだよね。私も一瞬、おかしいなと思ったもの。

「じゃあ、誰が……」

「おそらくジョンだろう。筆跡が似ていた」

誰もいないエレベーターに乗り込むと、隼人さんは口を開いた。

「ジョンが？　どうして？」

「それはわからない。だからいつも言っているが、ジョンに無防備な姿を見せるなよ」

「む、無防備って、そんなことないです」

首を横に大きく振る。

「とにかくジョンは信用するな。わかったな？」

「うん……」

ジョンは信用するなって、その根拠がわからない。あんなにいい人なのに……。

何となく腑に落ちない気持ちでモヤモヤしていると、エレベーターが部屋のある階に停まった。


部屋に戻ると、先にシャワーを浴びさせてもらった。リビングに入った途端、スマホが鳴り、隼人さんは話し始めたから。仕事の電話だったようで、書類を見ながら話をしていた。

今、隼人さんはバスルームにいて、私はバルコニーで涼んでいる。漆黒の空には、今まで見たことがないほどたくさんの星が瞬いていた。

ひとりになると、少しずつ冷静になっていく。カードの差出人が隼人さんでないことはわかった。あとはエステルのことや、赤ちゃんができていないこと……私たちふたりの今後のことをはっきりさせなくては。別れる結果になるのはつらいけれど、このままどっちつかずなのは、もっと心が痛いから。

背後で物音がして振り返ると、パジャマのズボンだけ身につけた隼人さんが、タオルで髪を拭きながら現れた。髪を拭いてあげたい衝動に駆られる。

「こんなところにいたのか」

後ろから腰を抱きしめられ、頬に隼人さんの唇が触れると、甘い感覚が再びよみがえる。自分を見失わないうちに……と、彼の腕の中で向き直る。

「隼人さん……お話が……」

そう切りだす声は震えていた。

「わかった……。中へ入ろう」

部屋に入ると、ソファに座るよう勧められる。隼人さんは向かいのソファに腰かけ、長い足を組んで私をじっと見つめていた。ふたりの間に沈黙が流れる。

「亜希が話す前に、俺から話をさせてくれないか？」

どう話せばいいか考えていると、隼人さんが先に口を開いた。ついに『愛しているのはエステル』と言われるのだな……と思ったら胸が苦しくなって、言葉が出ずに頷くのが精いっぱいだった。

「俺は……」

心臓が壊れそうなほどバクバクして、息を呑み込んでしまう。知らず知らずのうちに涙腺が弱まり、瞳が潤んでくる。瞬きをしたら涙が零れてしまうかもしれない。

私の顔を見ていた隼人さんはおもむろに立ち上がると、私の隣に座った。彼の行動に驚いていると、頬に温かい指先が触れた。

「隼——」

その先は言えなかった。優しく唇を塞がれていたから……。

「泣かないでくれ。もちろん、泣かせているのは俺だとわかっているが……」

隼人さんは唇を離すと、そう言って、頬に伝う涙を指で拭ってくれる。

「愛している。俺が愛しているのは亜希だよ」

え……？　何かの聞き間違いかと、涙で濡れた目で隼人さんを見つめた。

「い、今……何て……」

「俺が愛しているのは亜希だ」

「私を、愛している……？」

真剣な眼差しに、今の言葉が嘘やごまかしでないことはわかる。だけど、隼人さんが私を愛しているなんて信じられなかった。

「あぁ。愛している」

いまだ半信半疑の私に、隼人さんは真面目に答える。

「本当に……？」

「本当だ。何度も言わせたいのか？」

「だって――」

後頭部を引き寄せられると、再び唇が塞がれて何も言えなくなる。

本当に私を愛しているの？　まったく理解できない。ちゃんと聞かなきゃ……。

私は自ら隼人さんの唇から離れ、聞いてみた。

「エステル……エステルを愛しているんじゃないの……？」

女性としての魅力をすべて兼ね備えている彼女よりも、私を愛しているだなんて、まだ信じられない。

「エステルとは、お前と結婚する前に別れている」

結婚する前に別れている……？

「嘘……」

「嘘はついていない」

　隼人さんは真摯に私を見つめて言いきる。

「でも、とても……」

「親しげだった？」

「そうです。ふたりを見るたびに……。それに、寝室にあったブラジャーは？」

　ふたりを見たときの悲しい気持ちを思い出したら、涙がまた出てきた。

「あの下着は、結婚した俺への嫌がらせだろう。勝手に合鍵を作っていたようだし。亜希……俺とエステルの間には、愛はなかった。ただお互いが性的欲求のはけ口として付き合っていただけだ……少なくとも俺はそう思っていた。そんな男で、ショックか？」

　隼人さんの腕に、この上なく優しく抱き寄せられる。私が考え込んでいるのがわかったのか、彼が顔を覗き込んできた。

「亜希？」

「だとしても……わからないんです。どうして私を愛しているのか……」

　愛していると言われても、素直に喜べない。

「じゃあ、本当のことを言うよ。無関心を装っていたが、俺はこの結婚には最初から乗り気だったんだ」

「えっ……」

「親父から結婚相手を聞いたとき、すぐにお前のことを思い出したよ。小さい頃、よく遊びに来ていただろ？　あのとき、お前が気になっていたと言ったら信じるか？」

驚いて顔を上げると、照れくさそうな表情の隼人さん。

「高校生の俺が小学生のお前のことを気にするなんて、正直ありえない。自分はロリコンなのかとも思ったよ。でも、お前のはにかむ笑顔が好きだった。だが、お前が中学生になると来なくなっただろう？　それでいいと思った。忘れるにはちょうどいいタイミングだって。あの頃の俺たちでは年が離れすぎていたからな」

「隼人さんは、私を避けていたのかと思っていました」

当時、隼人さんは私のことが気になっていたなんて……。驚きを隠せずにいると、彼は思い出したようにフッと笑った。

「あれは照れ隠しさ。三十歳までに結婚しなければ、親父が決めた相手と結婚する約束だったが、そんな結婚がうまくいくはずがないだろう？　だから親父の勧める結婚話は断ろうと思っていたが、相手がお前だと知って、一気にその気になったんだ」

ぎます」

「でも、結婚式の日に久しぶりに会って、その夜にニューヨークへ戻るなんてひどす
ムスッとしたまま黙り込んでいると、膨らませた頬に隼人さんの指がそっと触れた。

「あれは申し訳ないと思っている。仕方がなかったんだ。本当に大事な取引があって」

あのときのことを思い出すと、恨みごとのひとつも言いたくなる。

「すねないでくれ。悪いと思っていたよ」

すまなそうにしたあと、微笑を浮かべた彼に、胸が甘く突かれる。

「数年前からずっと温めていた取引で、帰らざるをえなかったんだ。あまりのタイミ
ングの悪さに、自分自身と、結婚式の日取りを決めた親父に本気で苛立ったほどだ。

だけど亜希がニューヨークへ来てくれてよかった。一緒に生活をしていくうちに、亜
希のすべてが愛おしく思えるようになっていったんだ」

いつもより饒舌な隼人さんは、少し恥ずかしそうな表情になっていた。私は自分
から彼の頬に唇を寄せて、ぎゅっと抱きついた。

「でも、結婚が決まってからの隼人さん、電話で冷たかったです……」

「隼人さん……」

私だから、結婚した……。

「お前や親父がタイミングの悪いときにばかりかけてくるからだ。すまない。大人げなかった」

「もういいです……。すごく苦しかったけれど、今は幸せ……」

隼人さんの告白は本当に嬉しくて、天にも昇る気持ちだった。

だけど心の片隅に、まだ残っている悲しみがあった。その悲しみが表情に出ていたみたいで、彼が私の顔をじっと見つめて言う。

「まだどこか幸せそうに見えない理由は？　俺のことを信じていないんじゃないか？」

「ち、違います。……思った以上に残念だったんです。あの……赤ちゃんができていなくて……」

また瞳が潤んでしまうのを止められなくて俯く。

「……まいったな。本当にセックスしたと思っていたのか」

隼人さんは苦笑いを浮かべると、額を片手に載せて、ため息交じりの声を上げた。

「えっ……!?」

「泥酔している女を抱く趣味はないよ」

「泥酔って……ひどいですっ。でも翌日、私の髪から、バスルームに置いてあるコンディショナーの匂いが……？」

「アパートメントに着いた途端、俺の背中で吐いたから、俺がシャワーで身体を洗ってやったんだ」

「ええっ⁉」

まさか吐いていたとは知らず、私は驚いた。

「ごめんなさい……」

「お前の全裸は見たから許す」

隼人さんはそのときのことを思い出しているようで、口元を緩ませる。

「ずっと、しちゃったって思っていたのに……。赤ちゃんができていなくて、本当に悲しくて……」

「でもそう思い込んだおかげで、こうやってふたりの時間を持てただろ？　悲しませたことは申し訳なかったが、それほど子どもが欲しいのなら、協力は惜しまない」

顔を上げた隼人さんは、意地悪そうな笑みを浮かべながら、私の髪から頬に指を滑らせる。顎を少し持ち上げると、唇を軽く重ねてきた。

「ちょ、ちょっと待っ――」

じゃあ、私はまだバージン……。そう聞こうとした瞬間、口内に隼人さんの舌が入り込み、舌を絡め取られて強く吸われる。

「もう待たない。ずいぶん待たされたんだ。そういえば、お前から愛していると言われていないな」

熱い唇は、私の首筋から喉元に向かって滑っていく。

「っ……ぁ……」

「どうなんだ？」

長い指がパジャマ代わりのＴシャツの裾から入り込み、脇腹に触れた。触られた瞬間、全身が燃えるように熱くなる。

「あ……っ……」

うなじにちりっと甘い痛みを感じたかと思うと、隼人さんの唇が耳に戻ってきた。耳朶を舌で舐められて、身体がぐにゃりと溶けてしまいそう。

「亜希？」

「んっ……。あ、愛してます……」

隼人さんの指が掠めるように素肌に触れるたび、心臓が波打つ。だんだんと上へ移動するその指を、思わずぎゅっと掴む。

隼人さんは額にキスをひとつ落とすと、私を抱き上げた。

ベッドルームに入り、シーツの上にゆっくりと下ろされても、隼人さんの舌は私の舌に絡みつき、むさぼるようなキスに私は囚われたまま。キスに酔いしれている間にTシャツが脱がされ、ブラジャーも外される。胸が露わになり、恥ずかしくて両腕で隠そうとすると、彼の手に阻まれる。

「隠さないでくれ……きれいだ」

隼人さんの唇が喉元を滑り、片方の乳房に移動していく。

「電気を消して……」

「だめだ」

「隼人さんっ」

キスで硬くなってきている胸の先端が口に含まれ、舌でやんわりと転がされる。

「……あんっ……や……恥ずかし……い……です」

「恥ずかしさなんて、すぐになくなる」

そして反対の胸は大きな手のひらに吸いつかせるように揉まれ、指の腹が先端を弄ぶ。身体の芯が熱くなって、漏れる声は吐息に溶けていく。指で捏ねられていた反対側の先端が口に含まれ、吸われると、声を抑えられない。

「……や……ぁあん……だ、だめ……」

隼人さんの唇は背中に移動していく。

ツーッと腰まで下りる舌の感覚に、ビクッと身体が震えた。止まることのない愛撫に、身体を淫らにくねらせてしまう。

抵抗する間もなく、タオル地のショートパンツとショーツが、あっという間に脱がされてしまう。恥ずかしさに隼人さんの腕をきゅっと掴むと、優しいキスが額に落とされた。

「恥ずかしがる顔もそそられるな」

彼は端整な顔に笑みを浮かべながら言うと、再び唇を塞いで、舌を絡ませてくる。

「ん……ふぅ……」

私の下唇を啄む隼人さんの唇が離れていきそうになると、自分から舌を求めて追っていた。そして彼の唇は喉元から胸の谷間、そして腹部へと刺激を与えながら下りていく。その感覚にビクリと身体が震え、身をよじって彼の唇を避けようとした。

しかしその隙をついて、足の間に隼人さんの手が滑り込む。

「ああっ……嫌……ぁ……」

身体の芯が熱くなっていき、下半身全体が痺れた感覚に襲われる。甘い波に身体が蕩けていきそうだ。隼人さんの唇で太腿の内側が強く吸い上げられる。

敏感なところを執拗に責められて、突如、感じたことのない鋭い快感が身体中を駆け巡る。息を弾ませながら淫らな感覚に戸惑っていると、弓なりにしなる身体を抱きしめられる。

もっと強く抱きしめてほしい……。そう思ったとき、ググッと彼自身が収められていく。

「ああっ……」

快感の余韻に痺れたままの身体で、彼のものを少しずつ受け入れる。

「力を抜くんだ」

隼人さんの声が聞こえた瞬間、下から突き上げられて、体内を引き裂かれるような痛みを感じた。

「や……あぁ……っ……痛……」

本能的に痛みから逃れようと身体をずらすと、後頭部に片方の腕が回り、引き寄せられる。頬にたくましい胸板が当たり、ぎゅっと抱きしめられた。

「最初は痛いんだ。呼吸を止めないで。少し我慢すればよくなる」

彼を受け入れたたまま、荒々しく唇が重ねられる。舌を絡ませながら、何度も角度を変えてキスをしていると、彼が緩やかに律動し始めた。私の痛みを和らげてくれるかのように……。

繰り返される律動に、徐々に痛みが薄れ、逆に今までに感じたことのない、ジンジンと痺れた感覚が襲ってくる。

気持ちよくなっていくと息が上がり、甘い声が漏れる。

「亜希……愛している……」

「私……も……あ！」

「くっ……」

隼人さんの口から苦しげな声が漏れると、快感が強烈な勢いで、私の身体の中を貫いていった。

「あぁぁっ……！」

その瞬間、頭の中で何かが弾け飛び、目の前がチカチカと瞬き始める。今まで感じたことのない感覚に怖くなり、隼人さんの腕をぎゅっと掴む。喘ぐ私の口を彼はキスで塞ぎ、ゆっくり離れると言った。

「いい子だ。愛している。亜希」

「私も……」

その先の言葉は、再び隼人さんに唇を重ねられて途切れる。額、まぶた、鼻に落とされていくキスは、この上ない安心感と幸福感をもたらし、私はそのまま意識を手放した。


目が覚めると十時を過ぎていて、驚いて飛び起きる。

リビングにひとり分の朝食が用意されていた。幸せで胸がいっぱいなせいか、パンをひと口かじり、コーヒーを飲んだだけで充分だった。

部屋の中にいるのは何だかもったいなくて、バルコニーのビーチベッドに横たわり、気だるい感覚が残る身体を潮風と太陽にさらしてのんびりする。

今日もいい天気で、散歩をしたりプールで泳いだりするのも楽しそうだけれど、今の私にそんな体力は残っていない。腰はだるく、身体はまだ痺れたような感覚でじっとしていたかった。

動けないくらい疲れているけれど、気持ちは別。心の隅にあるたったひとつのことを考えないようにすれば、幸せは胸いっぱいに広がり、自然とにやけてしまうのを止められない。


「――希、亜希」

さわさわと頬をくすぐられる感覚と、隼人さんの声で、ゆっくりと目を開けた。まだ眠くて、目の前に立つ彼をぼんやりとしたまま見る。

「こんなところで寝ていたら、だめだろう。顔が赤くなっているぞ？」

「えっ！」

そういえば火照りを感じ、ひりひりとした痛みが……。

慌ててバスルームに駆け込み、鏡で自分の顔を見ると、日に焼けて赤くなっていた。顔だけじゃない。日にさらされていた腕や足も赤くなっていた。寝ている間に太陽の位置が変わっていたのだ。

急いで顔を洗い、ローションと乳液で肌を整えて部屋に戻ると、隼人さんは受話器を置いたところだった。

「日焼けによく効くローションを手配した」

「よかった。ちょっとひりひりしているの」

「ちょっとどころじゃないだろう」

引き寄せられて、じっと顔を見られる。彼の切れ長の瞳の奥に自分が映るのが見え、互いの距離の近さに、耳まで赤くなってしまう。

「もっと赤くなった」

笑みを浮かべながら、唇を重ねられる。啄むようなキスは心地よくて、うっとりと目を閉じた。

ルームサービスで頼んだ冷製のトマトパスタとサラダで昼食を済ませ、アイスコーヒーを飲んでくつろいでいると、ローションが届けられた。

「そこに横になれよ」

ローションの瓶を手にした隼人さんが、不敵な笑みを浮かべてソファを指で示す。

どうして、そんな笑いを浮かべているの……？

「あっ！　ぜ、全身じゃないから自分でできます」

彼の手からローションを奪おうとしたけれど、ひょいとかわされてしまう。

「恋人の特権を取らないでくれないか？」

「こ、恋人？」

「いや、夫だったな」

ソファに座った隼人さんは、私の手首を軽く引っ張って、自分の膝の上に座らせる。

「きゃっ！」

「妻の身体を自由にできるのは、夫の特権」

「そんなっ……せめて、膝の上からは下りたいんですけど……」

「そうだな。そのほうが俺にも都合がいい」

都合がいいって、どういうこと？

「っ……あ……隼人さん、や、やめて……」

隼人さんの手が、太腿の内側を軽く揉むようにマッサージしていく。

「そ、そこは、日に焼けてないから……」

まくられたワイシャツの袖から覗く筋肉質の腕に、胸がドキドキしてくる。ゆっくりと手が動く様子を見ていると、昨晩のように淫らな気分になってしまいそうだ。

「今日は夕方から出かけよう。船を予約した」

胸の高鳴りを抑えながら、マッサージに身をゆだねていると、隼人さんが口を開く。

「船……？」

「十七時からサンセット・クルージングだ。そうだな……今日はコバルトブルーのドレスを着てくれないか。よく似合っていた」

「ドレスって、またパーティー？」

「ふたりだけだ。俺は戻ってきたら着替えるから、先に支度をしておいてほしい」

ふたりだけでクルージング……。頬が緩むのを止められない。

「嬉しい。ありがとう、隼人さんっ」

喜びのあまり、隼人さんの首に腕を回すと、甘いキスが唇に落とされた。

午後からの仕事に出かけるとき、隼人さんは私に、エステサロンに行ったらどうだろうかと提案してくれた。

そして仕事に行く途中、ホテル内のエステサロンに付き合って、スタッフと話してくれた。最初はホテルでエステが受けられると聞いて嬉しかったけれど、いざとなると不安で、思わず彼を見上げる。

「どうした?」

「言葉が話せないから……」

「心配はいらない。終わったらサインをして部屋に戻ればいいだけだ」

そこへ女性スタッフが現れて、隼人さんは仕事に行ってしまった。

個室に案内され、女性スタッフは身振り手振りでエステの内容を説明すると、いなくなった。

えっと、全部脱いでこのローブに着替えろってことだよね?

着ている服をすべて脱いで、ピンク色のローブに着替える。するとスタッフがすぐにやってきて、施術ルームに連れていってくれる。

泡たっぷりのスパに、泥のようなクリームで全身をパック。リラックス効果がありそうな香りのオイルを使って、強く、深くマッサージされて筋肉がほぐされていく。

身体の倦怠感が一気に吹き飛んだ感じだった。日に焼けてしまった顔も鎮静効果のあるローションでパッティングしてもらい、火照りはなくなった。こんなに気持ちがいいのなら、毎日でも来たいくらい。

施術がすべて終わった私は、テラコッタの床が美しい別の部屋に案内された。ソファに腰かけてくつろいでいると、すぐにスタッフがハーブティーを持ってきてくれた。この部屋の大きな窓からも、キラキラ輝くコバルトブルーの海が見える。

身体はリラックスして、お肌はつるつる。何もかもがバラ色に見えてもおかしくないのに、心の片隅に不安なことがあって邪魔をする。エステルとの関係を教えてくれた隼人さんの言葉がずっと気になっていた。

『亜希……俺とエステルの間には、愛はなかった。ただお互いが性的欲求のはけ口として付き合っていただけだ……少なくとも俺はそう思っていた。そんな男で、ショックか？』

『少なくとも俺はそう思っていた』ということは、エステルは違うのかもしれない。

それを証拠に、隼人さんを愛していなければ、ここまで追ってこないはず……。

小さなため息が漏れる。

気にしちゃだめ。隼人さんの心にエステルがいないだけで充分じゃない……。

そろそろ部屋に戻って支度をしなければ、と立ち上がったとき、ドアが開いて誰かが入ってきた。

「ずいぶんゆっくりだったわね」

部屋に入ってきたのは、エステルだった。突然の登場に言葉が出ない。しかも彼女のことを考えていたせいもあり、かなり驚いた。

エステルはブランド物のバッグを肩からかけて、おそらく高価なリゾートファッションに身を包んでいた。

「ずいぶん幸せそうね。ひとりでニヤニヤしちゃって、見ていられなかったわ」

そう言いながら、私のほうへと歩いてくる。

ターコイズの他にもキラキラ光る石がたくさんちりばめられた、リゾート風のぺったんこなトングサンダルを履いているのに、目の前に立った彼女は、隼人さんのように背が高くて威圧感に満ちていた。

「……これからエステですか？」

「違うわよ。あなたに用があって来たの」

まさか私に用があるなんて思わなかったから、驚いて心臓がドクンと跳ねる。

「座って」

「え？」

エステルは、私が先ほどまで座っていた席の向かいのソファに腰かけた。長い足を斜めに組むと、私を見上げる。

「早く座りなさいな。話があるんだから」

ゴールドのネイルが施された指でソファを示す。私は嫌な予感がして、話したくなかった。

「私、これから用事があるんです」

立ったまま告げると、彼女はクスッと笑みを漏らす。

「そのくらい知っているわ。クルージングでしょう？　あなたを楽しませるには、それくらいの遊びがちょうどいいわよね」

そう言って、左手に巻かれた金の時計をちらっと見て言う。

「あなたがさっさとしてくれたら、話なんて十分で終わるわ」

どうしても行かせてくれないらしい。私は諦めてソファに座った。すると、エステルはバッグから二冊のハードカバーの本を取りだし、テーブルの上に置いた。

なぜ本を……？

二冊とも表紙は彼女の写真だった。おしゃれなカフェでくつろぎ、遠くを見つめている姿。

「これは私の自叙伝なの。英語と日本語。私の言いたいことがわかるかしら？」

「あっ……！」

頭によぎった考えに、私は小さな悲鳴を上げてしまった。

「バカではないようね」

エステルは満足そうな笑みを浮かべて言う。

「隼人さんとのことが……書かれているんですね？」

全身が震え、彼女の返答を待たずに出ていってしまいたかった。

「ええ、赤裸々にハヤトのことが書いてあるわ。四年以上、付き合ったんですもの。書くことは山ほどある。出会いから、今までのことを包み隠さずね」

「ど、どうしてそんなことを？」

そう尋ねた声は、上ずっていた。

「彼を取り戻したいからに決まっているじゃない。政略結婚のために私が捨てられたと知ったら、世間は私に同情するわよね？　逆に、彼は非難を浴びるでしょう。簡単に私を捨てたんですから」

「ひどいっ！　なんてひどいことを！」

「ひどいのはハヤトよ。私は使用済みのティッシュのように捨てられたのよ？　それも、あなたみたいな何の魅力もない女に奪われて！」

　エステルはだんだんと声を荒らげていった。

「捨てられた……？　結婚する前に別れたって……」

「そうよ。私は愛する気持ちを隠してハヤトと付き合った。私の愛を少しでも見せれば彼は去ってしまうと思って、身体だけの付き合いのふりをしていたわ。でも別れるにはもったいない人よ。彼ほどの人はいないし、これからも現れない。だから手放すわけにはいかないのよ」

　執着心……⁉　それは愛しているがゆえの行動なんだと、私の混乱する頭でもわかった。でも愛している人を苦しめることは、私にはできない……。

「こんな本、出すのはやめてください！　隼人さんを愛しているんでしょう？　だったら彼を苦しめるようなことなんて、すべきじゃないわ！」

「ええ、愛しているわ。あなたも彼を愛しているのよね？　それほど愛しているのなら、どんな犠牲も厭わないわよね？」

「犠牲？」

私は『犠牲』の言葉に眉根を寄せる。

「本が世間に出たら、彼の人生はどうなってしまうかしら？　世界的に有名なモデルを無残に捨てたというレッテルを貼られて、仕事がうまくいくと思う？　フフフ、当分は無理よね。解雇もありえるでしょう」

「それは……別れろって……ことですか？」

ズキンと胸に激しい痛みを覚えて、右手が心臓を押さえるように動く。

「よくわかったわね。そうね、そうしてくれたら出版を取りやめてもいいかもしれないわね。政略結婚だったんだから、別れるのは簡単でしょう？　あなたはたった一ヵ月ほどしか彼と過ごしていないんだし。お金が欲しいのなら、私があげるわ。だからハヤトと別れて日本へ帰って」

頭の中が真っ白になって、私は言葉が出ない。

「この本を読めば、私たちの歩んできた歳月がわかるわ。あなたが何をしたって、私に敵うわけがないってこともわかる。よかったら、一冊どうぞ。ただし、ハヤトにバレないようにね。知られた場合、すぐに世界中の書店に置かれることになるわよ」

　彼女はそう言うと、テーブルに置かれた英語版の一冊だけをバッグの中に戻して立ち上がった。

「今日はせいぜい楽しめばいいわ。サンセット・クルージングだなんてロマンティックよね。私たちも仕事の合間を見て、よくフロリダで楽しんだわ。極上のシャンパンと、蕩けそうになるくらいの快楽を分かち合いながらね」

　彼女はわざとひどいことを言ってから、部屋を出た。明らかに私を傷つけようとしている。呆然としていると、足音がだんだんと聞こえなくなっていった。

「っはぁ……」

　苦しくなって、大きく息を吸って吐く。彼女が遠ざかるまで私は無意識に息を止めていたようだ。呼吸が楽になると、テーブルに置かれた一冊の本におそるおそる手を伸ばした。

　こんなことをするなんて、卑怯すぎる……。本を持つ手が震えて落としそうになる。

【美しきエステル・コーワンが、私生活を公開。私を捨てた元恋人は、日本の有名企業の御曹司。その赤裸々な体験を初めて綴る】

　誰もが飛びつきそうな帯文だった。震える指でページをめくる。【S不動産の御曹司で、ニューヨーク在住H・S】と、隼人さんのプロフィールが載っていた。その他にも容姿の特徴や学歴などが記載されていて、名前や会社名はイニシャルだけど、すぐに人物が特定できそうな文面だった。

いずれは、隼人さんだとわかってしまう……。第一、エステルのネタなら、国内外のマスコミが放っておかないはずだ……。

どうしたらいいの……？　私が隼人さんと別れなければ、この本は出版されてしまう。とにかく落ち着いて考えよう。

私は本を持って立ち上がると、エステサロンを出た。

途中で隼人さんとばったり会わないように、まわりを窺いながらエレベーターホールに向かう。傍から見たらキョロキョロしていて、挙動不審かも。

エレベーターに乗り込むと壁に寄りかかり、息を吐く。エステでさっぱりしたはずなのに、全身から汗が噴きだしていた。

到着階の通路を進み、ドアをそっと開けて、部屋の中に隼人さんがいないことを確認する。リビングへ入り、ぐったりとソファに身を沈める。頭の中がぐちゃぐちゃで、今すぐ大声を上げて泣きたかった。膝の上に置いた本に、もう一度目を落とす。

小さい頃から、特定の人を嫌うということはなかった。そんな私が生まれて初めて心の底から嫌いだと思い、憎しみを感じた人……エステル・コーワン。彼女がやろうとしていることは、あまりにもひどすぎる。

悔しさで目頭が熱くなり、涙が頬を伝わり、本に落ちる。ハッとして、その涙を急いで手でごしごしと拭く。

隼人さんの目の届かないところに本を隠さないと……。

ソファから立ち上がると、クローゼットに足を向けた。

スーツケースの中に本を隠して少しホッとすると、すぐにバスルームに向かった。

服を脱いでシャワーの下に立ってコックをひねると、熱いお湯が勢いよく身体に当たる。シャワーを浴びながら、頭の中を整理しようと思った。

だけどさっきから冷静になって考えようとすればするほど、パニックに陥りそうになる。こんな調子じゃ、隼人さんと顔を合わせられない。

それでも何とかシャワーを終えて、バスローブのままベッドに座ったとき、ベッドルームのドアが開いた。その音に飛び上がりそうなほど驚いた私を見て、おかしそうな笑い声が聞こえた。

「何をそんなに驚く？」

「ぼ、ぼーっとしていたから」

近づいてくる隼人さんの顔を、まともに見られない。

「ん？　シャワーを浴びたのか？　エステはやってもらったんだろう？」

「う、うん。オイリーなローションを塗りたくられたから、落としたくて……。ドレスを汚してしまいそうだし」

両肩に手を置き、私の顔を覗き込むようにして、隼人さんは唇にキスを落とした。そしてバスローブの合わせ目に手を入れて、デコルテに指を滑らせる。

「すべすべだ。いや、施術をしなくても、亜希の肌は赤ん坊のように柔らかで触り心地がいい」

そう囁くように言うと、バスローブの右側を指で少しずらして、鎖骨の下あたりにキスを落とす。そして意地悪そうな笑みを浮かべながら、からかうように言った。

「今すぐ食べさせろよ」

いつの間にか、バスローブの紐の結び目は外されていた。

「だ、だめ……。クルーズに……」

「明日でもいいだろう？」

胸を大きな手で包み込まれて、たちまち胸の先端が反応してしまう。

「っ……あ……」

「亜希の身体も食べられたいって言っている」

さらに尖った先端を手のひらで転がすように、刺激を与えてくる。

「や……ぁ……。そ、そんなこと言って……あぁん……ない……」

「俺とクルーズ、どちらがいいんだ？」

顔が近づいてきて、キスをされるのだと思っていると、唇が触れ合うまで数ミリのところで隼人さんは動きを止める。

キスしてほしい。このまま隼人さんに抱かれて、何もかも忘れたい。でも彼は私に『隼人さん』と言わせたいのか、なかなかキスをしてくれない。吐息が混ざり合うほど、ふたりの距離は近いのに……。

キスして……抱きしめて……この不安を取り除いて……。けれど、私の口から出たのは……。

「ク、クルーズ……」

その言葉を聞いた隼人さんは、フッと意地悪な笑みを浮かべると、唇にキスを落とすことなく、ぷっくり膨らんだ先端を含んだ。

「っ……ああっ……」

思わずぐらつくと、そのまま押し倒されるようにして身体がベッドに沈む。片方の胸ばかり弄ばれて、もう片方も触れてほしくなる。

隼人さんが欲しい……。そう思ったとき、不意に胸への刺激がやんだ。

「その気になっただろ？　残念だろうが、クルーズから戻ってくるまでお預けだ」

彼はそう言って、口元に笑みを浮かべて、バスルームに行ってしまった。

お預けって……。弄ばれた……。

私は呆気に取られた顔で、隼人さんの後ろ姿を見つめていたけれど、すぐに弱々しい笑みに変わった。

クローゼットを開けると、クリーニング済みの白い薄紙に包まれたドレスを手にする。薄紙を取り去ると、鮮やかなコバルトブルーが目に飛び込んできた。隼人さんがシャワーから上がってくる前に、着替えを終えていたかった。だって、また胸に触れられたら困るから。

急いでショーツを身につけ、ドレスの脇のファスナーを開けてそこから足を通す。ブラジャーなしのドレスは胸にパッドが入っているけれど、ごく薄いもの。今はもう刺激されたくない。

そんなことを考えながら鏡で全身をチェックしていると、ふと、鏡の中の自分と目が合う。不安気な顔。何があったか、隼人さんに見抜かれてしまいそうだ。問いつめられたら、話してしまいそう……。でも絶対に話せない……。

グッと下唇を噛んで、涙を堪えた。

隼人さんが髪を拭きながら、バスルームから出てきた。私はさっとメイクを済ませ、隼人さんのブラックフォーマルを薄紙から出していたところだった。背後から私の腰に腕を巻きつけてきた彼は、うなじに口づけを落とす。

「ありがとう」

はっきりと耳元で言われて、心がポッと温かくなった。ドキドキと胸が高鳴る。

「奥さんらしいことをしていなかったから」

「昨日、奥さんらしいことはしてくれただろう？」

「えっ？　……き、昨日は……」

隼人さんの言いたいことを汲み取った私は、急激に頬が熱くなるのを感じた。

「すぐに赤くなるんだな。煽らないでくれないか？　我慢をしているんだから」

隼人さんは頬に、ちゅっと音をたててキスをすると、腰から手を離してクローゼットに近づいた。

「あ、煽ってないです」

「それが充分煽っているのさ」

皺ひとつない真っ白なワイシャツをハンガーから外すと、素早く腕を通す。まるでワイシャツのコマーシャルを見ているみたいに、動きに無駄がなかった。

端整な顔立ちで身長は高く、鍛え上げられた身体にほどよくついた筋肉……。私にはもったいないくらいの人なんだと、今さらながら思ってしまう。

エステルと隼人さんが並ぶと、憎らしいほど絵になる。またエステルを思い出してしまって、一瞬眉間に皺が寄ったけど、すぐに頭の中から彼女の存在を追いだした。今日は思う存分、楽しみたい。せっかくのふたりきりの時間を彼女に邪魔はさせない。


桟橋から白い豪華なクルーズ船を見て、感嘆のため息が漏れる。

「早く出航しないと、夕日が沈んでしまうぞ」

船に見とれている私の手を握り、隼人さんは乗船を手伝ってくれた。乗り込むと、螺旋(らせん)階段を上がり甲板を目指す。前方の甲板に出たところで、船はゆっくりと動きだした。沈む夕日に向かって進む。

こんなにきれいな夕日を見たのは、生まれて初めてだ。

隼人さんが私の腰を抱き寄せる。私は隣にいる彼を意識しながらも、海に溶けていく真っ赤な太陽を、うっとりと見つめていた。

第五章　スーパーモデルの企み

「気に入った?」

太陽が海に溶け込むように沈み、夜の帳が下りると、頭の上で隼人さんの声がして我に返った。

「うん。とっても……。ありがとう、隼人さん。あんなに大きな太陽を見たのは生まれて初めてだったし、とてもきれいで、感動……」

その先を続けられなかった。涙腺が弱くなっているのか、涙が零れた。

「俺は、泣くほど感動してくれた亜希に感動だ。お前がこんなに純粋に育ったのは、ご両親のおかげだな」

隼人さんの口から初めて私の両親の話題が出て、目を見張る。

「結婚式のときはちゃんと話もできなかったから、今度日本へ帰ったときは、亜希のご両親と一緒に食事か旅行にでも行こうか」

そこまで両親のことを考えてくれている隼人さんに、ますます涙が止まらなくなる。

でも本当に、そんな日が来るのだろうか……。

「亜希、どうして泣く?」

　ハンカチで涙を拭ってくれる彼は、珍しく困った顔をしていた。

「隼人さんが、泣かせるから……いけないんです……」

　泣きじゃくりながら言うと、彼は私の後頭部に手を当てて、そっと胸に引き寄せてくれた。すると、磨かれた甲板を歩く足音が聞こえてきた。メキシコ人の男性が現れ、隼人さんに何か告げている。

「食事の用意ができたらしい。行こう」

　隼人さんは、私の後頭部から背中に手を移動させると、私を後部甲板までエスコートしてくれる。

　そこに足を踏み入れると、再び感嘆の声を上げずにはいられなかった。白いリネンのテーブルクロスの中央で、キャンドルの燭台(しょくだい)と、食事の邪魔にならないように飾られた赤いバラが、ロマンティックな雰囲気を演出していた。後部甲板は風が強いときはガラスで閉じることができるので、キャンドルに火を灯しても風で消えることはない。

　こんな素敵な演出は……クルーズ船のスタッフが?　それとも……何度もこういったクルーズを経験している隼人さんが?　どうか前者であってほしい。

でも……もし後者だとしたら……と思うと、胸がぎゅっと掴まれるように痛くなった。エステルと過ごしたであろう日々を思い起こさせるから……。

給仕は男性で、姿勢正しくシャンパンをグラスに注いでいく。注ぎ終わると一礼して、後部甲板には私たちだけになった。

「乾杯しよう」

隼人さんはグラスを掲げてみせた。柔らかい笑みがキャンドルの灯りに照らされている。すべてがサマになっていて、うっとりと見つめてしまう。

グラスの脚を持ち、そっと隼人さんのグラスに合わせると、美しい音色が響いた。

エンジンの音も聞こえない。いつの間にか、船は停まっていたのだ。

再び給仕が現れて、おいしそうな料理の皿が置かれる。オードブルから始まり、スープはジャガイモのビシソワーズ。メインにオマール海老（えび）と白身魚のソテー。ソースは少し辛めだけれど、食欲をそそる味だった。それなのに食が進まない。

続いて出てきたのは仔牛（こうし）のフィレ肉のグリル。無理やり口に入れると、溶けてしまいそうなほど柔らかかった。

「エステで疲れたのか？」

「えっ？　ど、どうして？」

急に聞かれたことに慌ててしまい、それを隠すようにグラスに手を伸ばした。だけど指が空を切る。私がグラスを持つ前に、隼人さんがそれを取り上げたから。

「水かジュースにしたほうがいい。体調が悪そうだ」

エステルのことが気になって、つい考え込んでしまうのを止められなかった。ぼんやりしたり、黙り込んだりしてしまうのを、体調が悪いと隼人さんは誤解してくれたようだ。

「少し……船に酔っちゃったみたい」

私は探られるのを避けるために、そう言っていた。

「吐き気は？」

彼は真剣な表情になって、聞いてくれる。

「ほんの少しだけ……。でも、吐きそうなほどじゃないから大丈夫。雰囲気に酔っちゃったのかも……」

「今までこんなことをしてくれる男はいなかった？　デートくらいはしただろう？」

「そ、それくらいはあります」

「好きな男と？」

深く聞いてくる隼人さんに、私は戸惑う。

「さすがに、好きになった人くらいはいます」

「だけど、バージンをあげるほどじゃなかった？」

「うぅ……どうしてそんなこと聞くんですかっ。からかわないでください」

自分の恋愛話をするのは、恥ずかしくて苦手だ。とはいっても、たいした経験があるわけではないけど……。だからなおさら恥ずかしかった。そんな私を見て、隼人さんは端整な顔を崩して笑う。

「すまない。からかってみたくなったんだ。昔の男のことなど興味はない。今、亜希が俺のそばにいるだけでいい。これからもずっと」

甘い言葉に顔から火が出そうで、水の入ったグラスを手にした。

「……だから、何かあったらすぐに言ってほしい」

彼の言葉にドキッと心臓が跳ねて、水を飲む手が止まる。

「……何かあったら……って？」

まさか、エステルの自叙伝のことを知っている？　それに、彼女から別れるように言われているのも知っているの？　ううん、そんなことないよね……。

「あぁ。知り合いもいない外国で心細いだろう？　だから何でも話してほしい」

隼人さんのことだから、知っていたら回りくどい言い方はしないはず。だからエステルのことは知らないだろう。

　でも、隼人さんの表情は真剣そのもので、本のことを話してしまいそうになるのを必死で抑えた。言葉を選びながら口を開く。

「フフッ。とてもニューヨークに来たときに、放ったらかしにしていた人の言葉だと思えない」

　真顔で語る隼人さんの雰囲気を壊したくて、茶化してみた。

「亜希が英語を話せると思っていたんだ。お嬢様育ちだし、海外旅行も慣れているかと。本当にすまなかった」

　隼人さんが謝ったとき、足音が聞こえて給仕が現れた。両手には、おいしそうなケーキとアイスクリームが盛りつけられた皿を持っている。

　だけど私は先ほどまでの会話に緊張して、本当に胃が暴れ始めたみたいだった。アイスクリームは喉を通っていくけれど、ケーキは食べられなかった……。

　食後、私たちが再び前方の甲板に出ると、いつの間にか船は動いていた。

「船酔いには遠くを見るといいらしい」

　陸地に向かっている船から、泊まっているホテルや街の灯りが見える。隼人さんの言うとおりに、静かに遠くの灯りを見つめる。風がやんだ穏やかな海とは異なり、不安がいっぱいの私の心の中は、嵐の中の小舟のように揺れていた。

私はどうしたらいいの……？

心細くて隼人さんのディナージャケットの裾を無意識に掴むと、私の腰に腕が回り、こめかみに唇がそっと触れた。

「震えている」

隼人さんは急いでディナージャケットを脱いで、私の肩に羽織らせてくれる。

「隼人さん、今日はありがとう」

自分から腕を伸ばして、彼の胸に頬を寄せた。

「明日は忙しくて、ひとりにさせてしまうんだ。昼食は付き合えないかもしれない」

それを聞いて、少しがっかりしている自分がいた。

「……仕事だから仕方ないです」

「すまない……」

「ううん。大丈夫。もう一度エステに行ってこようかな。気持ちよかったから」

今まで放ったらかしにされていたから、気を遣われると、まだくすぐったい。それに、隼人さんには余計な心配をかけないようにしたかった。

クルーズから部屋に戻ってくると、隼人さんは早く寝るように言ってくれたのだけれど、まだ甘えたい気分は続いていて、私から抱きついた。心配そうな瞳を向ける彼を、「もう気持ち悪くないから……続きは戻ってきてからって言ったでしょう?」と誘っていたのだ。

隼人さんは驚いていた。もちろん私も、そんな言葉がスラスラ出てきた自分にびっくりした。

女って、一度愛を知ると貪欲になってしまう半面、もろい……。どんどん好きになるし、愛してほしくなる。それが得られないと、不安になって……。

エステルもきっとそうなのだろう。隼人さんの愛が欲しくて……あんな選択をしたんだ。でも、私なら愛している人を苦しめたくない。

そう思ったら、ひと筋の光が見えてきたように感じた。私は隼人さんに幸せになってほしい。

電話のけたたましい音で、深い眠りから目を覚ました。ベッドボードの上に置かれた電話が鳴っていた。慌てて身体を起こして、受話器を取る。

「もしもしっ」

まだ覚醒していない私は日本語で出ていた。

『あら、まだ寝ていたの？　余裕ね』

この世で一番聞きたくない声が聞こえてきた。

『昨日は楽しめたかしら？』

「そんなわけないでしょう」

いつもの私らしくなく、いらいらとした声を出してしまう。

『でも彼に真実を話せないから、あなたは楽しいふりをしたはずだわ。今日の子猫ちゃんはご機嫌斜めなのね』

その言葉にカッとして、受話器を乱暴に置いた。するとすぐに電話が鳴り始める。しばらく取らないでいたけれど、鳴りやまない。仕方なくもう一度受話器を取って耳に当てた。

『勝手に切るなんて許さないわよ。いいこと？　十分後に一二〇八号室へ来て』

それだけ言うと、今度はエステルが一方的に電話を切った。私は受話器を手にしたまま呆然とする。

一二〇八号室って……隣の部屋……？　私たちの部屋は一二〇七号室。まさか、エステルが隣の部屋にいたなんて思いも寄らなかった。それに、『十分後に来い』だなんて無茶なことを言われて行きたくない。……でも行かないわけにはいかない。

着替えて軽くメイクをしただけで、言われた時間になってしまった。

部屋を出て、隣の一二〇八号室のチャイムを押す。ドアが開いて、今日も完璧なメイクを施したエステルが、にっこり笑って私を招き入れた。部屋の中へ入ると、リビングの中央に高級ブランドの大きなトランクがふたつ置かれていた。

「これから仕事でパリに飛ばなくてはならなくなったの。それで、考えはまとまったかしら？」

「そんなにすぐには決められません」

「……そうよね、わかるわ。でも、あなたはハヤトの元から立ち去るしかないの。そうしなければ彼は不幸になるのだから」

「時間が欲しいんです」

まだ何も決められていない。エステルはこれ見よがしに深いため息をついて、大げさに肩をすくめる。

「いいわ。ニューヨークに戻ってから電話をちょうだい」

机の上にあるメモ帳に電話番号を書いて一枚はがすと、私に差しだす。

「ニューヨークに戻ってから？」

「ええ。今日にでもハヤトの仕事は終わるでしょうから」

「なぜそれを知っているんですか……？」

私たちの行動や隼人さんの仕事のスケジュールなど、エステルは何もかもお見通しなのが不可解だ。

「まだ気づかないおバカさんには教えてあげないわ。さあ、行って。話は終わりよ」

まるでメイドか小間使いに接するような、上から目線の態度が気に入らないものの、ここで怒っても意味がない。私は黙って部屋を出た。

自分の部屋に戻ってくると、そのままベッドルームに行き、力なく横たわる。エステルと会っていたのはほんの数分のことなのに、どっと疲れが押し寄せた。それに、彼女に会うと、胸がキリキリと痛くなる。

でも……どうしてエステルは、私たちのスケジュールはもちろんだけど、隼人さんの仕事のスケジュールまでこと細かく知っているんだろう。隼人さんの予定を知っているのは、ジョンか樋口さんしかいない。でも樋口さんがエステルと通じているとは思えない。

……まさか、ジョンが？　ジョンは隼人さんとエステルの共通の友人……。

隼人さんが、ジョンは信用するなと言っていたのを思い出す。それに私を呼びだしたあのカードに書かれていた文字は、ジョンの筆跡に似ていると言っていた。

だとしたら、ジョンは私を呼びだして、何を言いたかったの？　翌日、一緒に昼食を食べたときには何の素振りも見せなかったけれど……。話をしてみようか……。

そうだ、エステルが書いた本……まだパラパラとしか読んでいなかった。彼女と隼人さんが過ごした日々のことなんて知りたくなかったけど、読めば今後のことを決められるかもしれない。

私はスーツケースに隠してあった本を取りだす。そしてベッドの端に腰かけて、一ページ目を開いた……。

本の内容は、すべてが隼人さんとのことではないとはいえ、ふたりの話が大半を占めていた。途中、何度も破り捨てたくなったものの、そのたびにグッと堪えた。

エステルと隼人さんが交際していたという事実は、もう変えることができないから仕方ない。それに素敵な日々を過ごして羨ましいと思った。その頃の話は許せた。

でも、隼人さんに別れを切りだされた時期についてのページから、彼女の文章はだんだんと過激になっていた。

この手の本には、嘘や誇張もあるはず。だからすべてを鵜呑みにしたらいけないと頭ではわかっているのに、別れを告げた日に、隼人さんがエステルを激しく抱いた、などと書かれている箇所を読むと、心が引き裂かれそうなほど痛んだ。

隼人さんには関係ない箇所を除いて読み終えると、ベッドに身を投げだす。

朝食も昼食も抜き、すべてを読み終えるまで三時間以上もかかった。目が覚めたときはお腹が空いていたのに、本を読んでいると食欲が失せてしまっていた。

本を読み終え、クリーム色の天井を見つめると、瞳が揺れ始めて目尻を涙が濡らす。我慢すればするほど涙は止まらなくて、とうとう声を出して泣いてしまった。

「ううぅ……っ……」

枕に顔をうずめて声を押し殺す。身を引き裂かれるような胸の痛みをどうすることもできない。この本の出版を阻止するには、ひとつの方法しかないのだから……。

どのくらい時間が経ったのだろう、電話が鳴る音に驚いて跳ね起きた。

まさかエステル……？　ううん、彼女はパリに行くと言っていたから違う。もしかしたら、隼人さんかもしれない。

涙を拭いておそるおそる受話器を取った。

「ハロー？」

『起こしたか？』

私の心をドキドキと高鳴らせる声がした。

「あ……ごめんなさい、寝てたの……」

『よほど疲れたんだな。体調は？　大丈夫か？』

心配してくれる声に、また涙腺が決壊しそうだ。

「うん」

やっとのことで声を出す。

『先ほど契約が終わった。それで、取引先から今晩の夕食に招かれたんだが、服はあるか？』

「お疲れさまでした……。服にもいろいろあるけれど、フォーマルは……」

『届けさせるよ』

隼人さんは即座に言ってくれるけれど、自分自身で買いに行きたくなった。

「隼人さんっ、自分で買いに行ってもいい？」

『二時間後だから時間はあるが、大丈夫か？』

「はいっ」

彼は『二時間後にロビーで待っている』と言い、電話を切った。
自分で買いに行くと言ったものの、鏡に映る顔はひどかった。目は赤く、まぶたは腫れている。急いでまぶたを冷やし、赤みがだいぶ取れると部屋を出た。

一階のブティックから戻ると、急いでシャワーを浴びて、バスローブのままドレッサーの前に座る。目の腫れは目立たなくなっていたけれど、白目がまだ少し赤い気がする。念入りにアイメイクを施し、いつもより少しだけ全体的にもメイクを濃くした。
ベッドの上には、先ほど買ったドレスが置いてある。シャンパンピンクのシフォンドレスは膝丈のAライン。胸からハイウエストの切り替え部分に、縦にシャーリングが施されている。ストラップレスの大胆なデザインは初めてだけど、同じ生地のショールがついているから勇気を出して着てみた。すべての支度を終えると、約束の時間の十分前だった。

ほぼぴったりの時間にロビーへ下りると、隼人さんは外国人の男性と立ち話をしていた。先日パーティーで紹介された、恰幅のいい銀髪の男性だ。熱心に話し込んでいる感じではなく、隼人さんの視線が私のほうに動いた。私の姿を見ると、相手の男性に断りを入れ、近づいてくる。

「お待たせし……ちゃ……った？」

聞いている最中に、隼人さんの腕が伸びて抱きしめられた。頬に唇が落とされる。

「いや、ぴったりだ」

彼は私の腰に手を置くと、銀髪の男性の元へ戻った。


パーティー会場は屋外。ホテルの利用者がいないプライベートスペースに、テーブルやイスが設けられており、会場ではすでに数人の男女が談笑していた。ジョンと樋口さんの姿も見える。

無事に契約が成立したからか、和やかな雰囲気で食事会は進んでいく。会話の内容がまったくわからない私に、隣に座る隼人さんが耳元で逐一内容を教えてくれる。

最初のうちは会話に加われてホッとしたけれど、隼人さんに気を遣わせるので、次第に申し訳なくなってきた。

エステルなら……隼人さんの妻として、ウィットに富んだ話題でみんなを楽しませることができるだろう……。

ふと視線を感じて顔を上げると、斜め前に座るジョンと目が合った。彼はにっこり笑いかけてくる。その人懐っこい笑顔に、どう反応していいのかわからない。ジョンがエステルと隼人さんを応援しているかもしれないと思うと、無邪気に笑い返せない。

「亜希、急だが、明日ニューヨークへ戻ることになった」

隼人さんの声に意識が引き戻される。

「えっ……明日？」

「あぁ。他の仕事が溜まっているんだ。すまない。本当は、もっとゆっくり過ごす時間を取ろうと思っていたんだが……」

「ううん。充分に時間を作ってくれたし、楽しませてくれたよ。連れてきてくれてありがとう」

明日、ニューヨークへ戻る……。エステルが言っていたとおりだ。本当は戻りたくなかった。戻れば現実が待っているから。

「また来よう。ここは俺たちにとって思い出の場所だからな」

思い出の場所……。襲われたところを隼人さんに助けてもらったし、遺跡観光やプールでの甘いひとときも過ごした。そしてサンセット・クルージングも……。

何より、ここには隼人さんから初めて愛されたという思い出がある。数日の滞在だったけれど、隼人さんとの思い出がたくさんできた場所。ここを去るのは楽しい夢から覚めて、現実に戻るってことだ。

　突然、賑やかな音楽が聴こえてきた。派手な帽子を被った男の人が五人、ギターなどを弾き、歌いながら現れた。帽子はソンブレロといって、メキシコ音楽のマリアッチに欠かせないものらしい。その音楽に誘われるように男性客たちは丸いテーブルに移り、テキーラを飲み始めた。私から少し離れたテーブルに着いた隼人さんも、テキーラを勧められて飲んでいる。

　女性たちにはデザートが振る舞われた。レモンタルトを食べていると、ジョンが男性陣の中から抜けだして、私のところへやってきた。

「亜希さん、話があります」

　ちらっと隼人さんのほうを見ると、こちらには気づいていない。私は立ち上がると、出口に向かった。

「話って、何でしょうか?」

　賑やかな声が少し遠のいた廊下に出ると、後ろをついてきていたジョンのほうに向き直って聞く。

「亜希さん、悪あがきはやめたほうがいいですよ」

　いきなりきつく言われて、目を見張ってしまう。

「ジョン……?」

「エステルは本気です。脅しなんかではありません。別れなければ、自叙伝はすぐに発売されますよ」

　そこにいるのは、優しい微笑みを浮かべたいつものジョンではなかった。冷たい瞳を私に向け、態度もそっけなかった。

「脅しじゃないってことぐらい、わかっています」

「……隼人さんは君のどこがいいのだろう」

　ジョンはそう言うと、少し離れて立っていた私に、一歩、二歩と近づいてくる。彼の瞳が急にぎらぎらと異様な光を宿しているように見え、怖くなってジリジリとあとずさる。

「理解に苦しむよ。ヴィーナスのようなエステルでなく、なぜ君なんかを選んだのか」

「そんな話は聞きたくありません。戻ります」

　振り向いて歩き始めると、腕を掴まれ、引き戻される。

「放して!」

「だから、君の魅力を知りたいと思ってね。きっと外見上ではわからない魅力があるのだろう」

「何を言っているのかわかりません！」

逃げようとする腕をぎゅっと掴まれ、ジョンに抱き寄せられそうになる。

「放してってば！」

強く言っても、ジョンの手は私の両腕を掴んだまま。すると今度は頬を両手で挟まれ、彼の顔が近づいてきた。

「やめてっ！」

唇がもう少しのところで触れそうになったとき、私は力を振り絞って、思いきり彼の脛を蹴った。

「うっ‼」

パンプスの鋭いつま先がジョンの脛に当たると、彼は呻いた。私の両頬を掴んでいた手は離れ、蹴られた脛を抱え込んでいる。その隙に私は、足がもつれそうになりながら、隼人さんのいる場所へ戻った。

隼人さんは私に気づいて、足早に近づいてくる。

「亜希、ストールは？」

「え？　あ！　落としてきちゃったみたい」

探してくる、とは言えなかった。どこで落としたかわかっているから。

「探してこよう。ここにいなさい」

「いいの。私が——」

　隼人さんが探しに行こうとするのを止めようとして、彼のスーツの肘に手を伸ばしたそのとき——。

「亜希さん、ストールが会場の入口に落ちていましたよ」

　ジョンの声に、ビクッと肩が跳ねる。振り返ると、いつの間にか普段どおりのジョンが後ろにいて、私のストールを持っていた。

「あ……ありがとう……」

　平静を装わなければと思いながらも、ストールを受け取る指先が震えてしまう。

「どういたしまして」

　顔は笑っているけれど、瞳の奥は笑っていないジョン。その冷たい表情に一瞬、背筋がゾクッとした。隼人さんのほうからは死角になっていて、ジョンの表情まではわからないだろう。隼人さんは私の手からショールを奪うと、肩にかけてくれる。

　そして隼人さんとジョンは、男性陣の中に戻っていった。私は席に戻り、マリアッチを聴いているふりをした。

　この場にいたくない。今でも、ジョンに見られているような視線を背中に感じる。

私に近づいてきたときのジョンの顔を思い出すと、背筋が凍りつくようだった。

ジョンがあんな人だったなんて……。さっきのことを、隼人さんに正直に言ったほうがいい？

……言えない。言ったら、ジョンがどんな行動を起こすのかがわからなくて怖いし、隼人さんに余計な心配をかける。

私の心の中に暗雲が立ち込める。心細くなり、後ろを振り返って隼人さんを見ると、ちょうど彼も私に目をやったところだった。端整な顔に優しい笑みが浮かび、私も笑みを返す。しかし彼は隣の男性に話しかけられて、すぐに私から視線を外した。

パーティーがお開きになったのは、そのあと一時間以上経ってから。針のむしろの上にいるようなつらい時間だった。気のせいかもしれないけれど、ジョンの鋭い視線を、あれからもずっと感じていたから。

隼人さんは銀髪の男性、ミスター・キャボットと固く握手を交わしている。その姿を、私は妻として誇らしく感じた。彼の仕事に対する熱意はすごい。

私たちはホストに見送られ、パーティー会場をあとにした。

翌朝、カンクン国際空港へ向かう高級外車に乗り込むと、ここを離れる寂しさに胸が痛くなる。

ニューヨークに戻ったら、決心しなくてはならない……隼人さんと別れなくちゃ。

ずっとこのままでいたい……。けれどこれから先のことを考えると、目頭が熱くなって瞳が潤んでくる。それを見られたくなくて、そっと景色に目を向けた。


飛行機に乗り込んだところで、私の顔が引きつった。ホテルを出るときや空港にはジョンの姿が見えなくてホッと安堵したのに、機内でジョンがすでに席に座っていたからだ。樋口さんはジョンの隣の窓側の席に座っていて、私たちを見ると会釈する。

ジョンを見て、一気に気分が沈んだ。

でも仕方がないよね。同じニューヨークに戻るのだから、便が一緒で当たり前。

「亜希さん、ようやく戻れますね」

席に座ろうとした私に、ジョンが声をかけてくる。その言葉に含みがあるのがわかるのは私だけ。ニューヨークに戻れば、決断をしなければならない……。

「本当は戻りたくなかったんですけどね」

ジョンに向ける顔は無表情になってしまう。私の言葉に彼も一瞬、無表情になった。

座席はジョンの前だった。昨日の鋭い目つきを思い出すと怖くなる。気にしないようにしよう……。そうでないと、神経がもたない。隣に隼人さんがいるんだから、大丈夫。

離陸して隼人さんが書類を見始めると、私は日本から持ってきた、ほとんど読んでいない小説をバッグから出した。


数時間後、ジョン・F・ケネディ国際空港に到着して、迎えに来ていた高級外車の後部座席に隼人さんとふたりで座る。途端に肩の力が抜けた。ジョンの視線からようやく逃れられて、ホッとしていた。

「亜希、ジョンと何かあったのか？」

そう聞かれて、心臓が飛び跳ねた。

「えっ？　何もないよ？　どうしてそう思うの？」

平静を装い、小首を傾げながら隼人さんに聞く。

「いや、避けているように見えたから」

「だって、隼人さんが言ったんだよ？　ジョンを信用するなって。そんなことを言われたら、ちょっと警戒するでしょう？」

いために。

「ああ。確かにそう言ったな。まあいい。やつのことは気にしないでいい」

隼人さんの言葉に静かに頷くと、窓の外に視線を移す。動揺しているのを悟られないために。

アパートメントのエントランスでヘンリーに出迎えられた。一週間も離れていないのに、一ヵ月くらい経った気がしていた。隼人さんは溜まった郵便物をヘンリーから受け取っている。

郵便物の中に目を通しておきたい書類があり、これから仕事をするけれど、夕食は外で食べようと隼人さんは言ってくれた。

旅の荷物を片づけて、コーヒーがたっぷり入ったカップを書斎に運び終えると、自分の分を持ってソファに座った。窓からセントラルパークを眺め、コーヒーをひと口飲むと、ため息が漏れるのを止められない。

ニューヨークに戻ってきたからには、エステルに連絡をしないわけにはいかない。いっそのこと、彼女から連絡が来るまで待っていようか……。

決断のときは、すぐそこに迫っていた。

それから不安な毎日を過ごす私の神経は、だんだんとすり減っていった。食欲もなくなり、隼人さんが仕事に出かけた日中、公園やジムに行く気持ちにもなれず、ただソファに座り、エステルの本とにらめっこをして日々を過ごす。

ある日の朝、何気なくテレビをつけたら、エステルの姿が目に飛び込んできた。芸能ニュースのようで、パリのファッションショーで成功し、自信に満ち溢れた笑みを浮かべたエステルがいた。彼女の艶やかな黒髪は金髪に変わっており、小さな顔が隠れるほどの大きなサングラスをかけていた。そのサングラスをおもむろに外すと、にこやかにカメラに手を振って、高級外車に乗り込む。

ついに、エステルがニューヨークに戻ってくる……。心臓が鷲掴みにされたように痛くなり、呼吸が苦しくなる。

シナリオはもうでき上がっているから、あとは隼人さんに言えばいいだけ……でもうまく言える自信がない。エステルが戻らないのを理由に話を引き延ばしていたけど、彼女が戻れば、すぐに決断を迫る電話が入るはず……。エステルに急かされる前に、今晩、隼人さんに話そう……。

この日は午後からスーパーマーケットに行き、夕食の食材を買った。でも今までのように、余計に買うのはやめた。冷蔵庫をいっぱいにしても、料理する人がいなくなれば、食材を腐らせてしまうだけだから。ただ、甘いものが無性に食べたくて、有名なカップケーキの店に寄って家に戻った。

今日の夜は特別にしたい。隼人さんと一緒に食事をするのは最後だから。

青魚を梅干しで煮て、豆腐の味噌汁、具がたっぷり入った白和え、鶏の唐揚げを作る。準備ができたところで、玄関から鍵が開く音がした。私はひとつ大きく息を吸うと、顔に笑みを貼りつかせて迎えに行った。

「隼人さん、おかえりなさい」

「ただいま」

隼人さんの顔が自然と傾いて、唇が重なる。まだ少し恥ずかしいけれど、こんな何気ないキスにもだいぶ慣れてきた。それから彼は優しい笑みを浮かべて、「今日はどうだった?」と聞いてくれる。

リビングに向かいながらネクタイを緩める仕草は、いつ見ても私の胸をドキドキさせる。

「買い物に行ってきて、久しぶりに携帯の電源を入れたら、麗香からメールが入っていたの」

「メール？」

　隼人さんがネクタイの結び目に指をかけたまま立ち止まり、私を見る。しゅるしゅるとネクタイが外されるのを目で追いながら、不自然にならないように振る舞う。

「うん。カンクンに行く前にもらっていたみたい。携帯は使わないと思って、こっちに来てから電源を入れていなかったんだけどね。麗香、今週末に結婚式を挙げるって」

「今週末？　急なんだな」

　今日は火曜日だ。

「一週間ほど前のメールだし、急に決まったらしくて。だから教会で結婚式を挙げたあとは、谷本さんのレストランで披露宴なの。隼人さん、私、結婚式に出たい。私たちの結婚式に来てもらったし、何よりも大事な友人だから」

　何度も何度も、ぎこちなくならないように、このセリフを練習した。

「もちろん、行ってきたらいい。終わったらすぐに戻ってこいよ、と言いたいところだが、せっかくだから実家のご両親に親孝行もしてきたらどうだ？　とはいっても、せいぜい十日間だな」

「えっ？　十日間って、短い気が……」

「十日間だぞ!?　俺が亜希不足になる」

ぎゅうっと抱きしめられて、額に触れる唇。隼人さんの言葉を聞いて、涙が出そうになった。『亜希不足になる』なんて、本当なら嬉しいはずの言葉だけれど、今の私にはつらすぎる。

「ありがとう。明日、航空券が取れたら行ってくるね」

「明日か……わかった。気をつけて行ってこいよ。それから、チケットは秘書に取らせる」

「うん。夕食の用意はできているから、早く来てね」

涙を堪えながらそう言うと、急いでキッチンに向かった。

ご飯と味噌汁をよそい終わった頃には、平静を装うことができた。テーブルに着いて、隼人さんを待つ。だけどなかなか彼は来ない。いつもより着替えに時間がかかっているのかな……。

迎えに行こうかと立ち上がりかけたとき、書斎のドアが開き、スマホを耳に当てながら隼人さんは姿を見せた。その様子は見とれるほどカッコいい。

「わかった。ありがとう」

電話を切る隼人さんを、記憶にとどめておきたくて、じっと見つめていた。彼は私のところまで来ると口を開いた。

「明日、十二時二十分発のチケットが取れたよ。チケットはカウンターでもらえるように手配した」

「ありがとう。隼人さん」

すぐに航空券を手配してくれていたんだ……本当にありがとう。


一緒に食べる最後の夕食は、砂を噛んでいるような感じだった。何を食べてもおいしくない。だけど目の前に座る隼人さんは、煮魚がおいしいと言ってくれている。

「どうした？　あまり箸が進んでいないな」

「あ、夕方にカップケーキを食べたせいで、お腹が空いていないみたい……」

まだひとつも手をつけていないけれど、食欲がないのを気にかけられたくなかったから、そう言ったのだ。

「隼人さんもデザートに食べる？　可愛くてたくさん買ってきちゃったの」

「じゃあ、食後のコーヒーと一緒にもらおうか。まだ仕事が残っているんだ」

「うん。あとで書斎に持っていくね」

最後の夜をふたりで過ごしたいと思うけれど、一緒にいれば神経がもちそうになかった。仕事をしていてもらったほうがいい。

食事が終わり、しばらくすると、隼人さんは書斎に行ってしまった。私は後片づけを終わらせ、コーヒーとピンク色のクリームが載ったカップケーキをトレイの上に載せて、書斎のドアをノックした。

「どうぞ」

すぐに隼人さんの声がした。中へ入ると、パソコンに向かっている彼が顔を上げて私を見る。机の開いているスペースに、コーヒーとカップケーキの皿を置く。

「おいで」

手招きされて、隼人さんの足が触れるほどすぐ近くに行くと、腰を引き寄せられ、彼の膝の上に横座りの形で座らされる。

「は、隼人さんっ」

恥ずかしくて下りようとするけど、強く押さえられていて動けない。

「食べさせてくれ」

「カップケーキを?」

「そう。亜希が口移しで」

隼人さんに後頭部を引き寄せられて、唇が重なる。甘いカップケーキをまだ口に入れていないのに、唇が重なると甘く感じた。

「んっ……」

「ほら、早く食べさせろよ」

唇が離されると、早速催促。私はカップケーキを口に含むと、隼人さんの唇に押しつけた。私の唇についたピンク色のクリームは、彼の舌で絡め取られていく。

「甘すぎるな……」

「コーヒー、飲んで……」

よほど甘かったらしく、隼人さんはコーヒーに手を伸ばした。

「亜希、前から聞こうと思っていたが……」

「え？　な、何を……？」

隼人さんの言葉に、ドキリと心臓が鳴る。

「子どものことだ」

「あ、赤ちゃん？」

「さっきから、何で言葉に詰まる？」

隼人さんの何でも見透かすような鋭い目を向けられると、身体が火照ってくるようだ。私の考えがバレてはいけないと神経質になっていて、いつものように話せない。

「……ちょっとびっくりしただけ。急に赤ちゃんの話になるから」

私の言い訳を聞きながら、隼人さんの指が髪の毛をゆっくりと梳いていく。

「前に、子どもができていなくてショックを受けたと言っただろう？　そんなに子どもが欲しいのか？」

「……あのときは……エ、エステルに隼人さんを取られないために……妊娠していたら隼人さんは私のものになるって、安易な考えだったの……」

本当に安易な考え。もし私が妊娠したとしても、エステルの攻撃の手はやまなかっただろうから……。

「子どもの存在で、結婚生活を続けようとしたのか……」

「うん……。だから、今は当分いらないの。今のままで充分幸せ」

潤みそうになる瞳を隠すために、隼人さんの首に腕を回して抱きつき、落ち着いてからすぐに離れる。

「荷造りしないと……」

思わず出た言葉だった。隼人さんが眉間に皺を寄せて、私を見る。

「向こうにも服はあるだろう？」

「あ！　そうだったね！　うっかりしてた。お土産くらいでよかったね」

急いで取り繕うと、ぎこちない笑みを浮かべて、何か言われないうちに書斎を出た。

ドアを後ろ手に閉めて、ホッと胸を撫で下ろす。

そうだよね……。怪しまれないために、荷物は置いていくしかない……。


ベッドに入っても寝つけない。今日がここでの最後の夜だと思うと、眠れないのだ。

何度目かの寝返りを打ったとき、隼人さんが寝室に入ってきた。

「まだ寝ていなかったのか」

「お昼寝をしたせいか、眠れなくて……」

下手(へた)なことを言って疑われないように、理由は考え済み。

「シャワーを浴びてくるよ」

彼はベッドに近づいてきて、私の唇にキスを落とすと、バスルームへ消えた。


「っ……は……ぁ……」

隼人さんに愛される時間が愛しくて、切ない。いつものように私を最高の高みに連れていく。彼の胸板が、敏感になっている私の先端に触れる。

「亜希……大丈夫か?」

　ぐったりとシーツの上に身体を沈め、荒い息を吐いている私に、隼人さんは耳元で囁く。

「ん……ぁ……っ……」

耳朶を甘噛みされて、返事をしようにもできない。不意に彼の手がウエストのあたりを撫でた。

「カンクンから戻ってきてから、少し痩せたんじゃないか？」

ニューヨークに戻ってきて、一週間が経っている。確かに食欲は落ちていた。隼人さんと一緒に食事をするときは無理に食べていたけれど、悩みに押しつぶされそうな毎日に、空腹を感じることがなくなっていた。

「本当？　なかなか痩せないから嬉しい」

にっこり微笑んでみせる。今までダイエットをしても体重が変わらなかったのに、食べる量が少なくなって、さらに神経が病んでくると痩せるのだとわかった。

「バカ言うなよ。標準体重だろ？　痩せなくてもいい」

隼人さんは顔をしかめてみせると、啄むようにやんわりと唇を食む。

「わかったか？」

返事の代わりに彼の首に腕を絡めて、肩口に顔をうずめると頷いた。

「いってきます」

ぎゅっと胸を鷲掴みにされるような痛みを堪えながら、私は平静を装って隼人さんに言った。まさか、空港まで送ってくれるとは思いも寄らなかった。期待していなかったから、朝食の席で言われたときは嬉しかった。

昨晩は隼人さんに愛されたあとも睡魔は訪れず、隣で眠る彼の顔を見ていた。別れるときが来るまで、ずっと見ていたい。おかげですっかり寝不足気味だけれど、頭は緊張で冴えていた。でも早く隼人さんから離れないと、バカなことを口走ってしまうかもしれない。

「ああ。気をつけて。十日間だからな？　それ以上は待てない」

念を押されて、幸せを感じると同時に後ろめたさも覚える。

「……うん。すぐに戻ってくるから。ちゃんと食事してね」

背伸びをして隼人さんの唇にキスをすると、背中に腕が回り、抱き寄せられた。

「日本に着いたら連絡をくれ」

「ん、わかった」

隼人さんの腕から抜けだすと、にっこり笑顔を作る。だけど心の中は泣いていた。

もう二度と隼人さんに会えない……会っちゃいけない……。

彼の視線を背中に感じながら、歩き始めた。足が小刻みに震える。

何度、エステルの自叙伝のことを話そうと思っただろう……。話せば『別れない』と言ってくれるに違いない。だけど、そうすれば大変なことになる。隼人さんばかりか、紫藤不動産にも影響が及ぶかもしれない。そう思ったら、言えなかった。

ニューヨークに来たときのことが思い出される。元はといえば、麗香に言われて、愛人がいるか確かめに来たんだったっけ。あのときは愛人がいたら別れようと思っていたけど、本当にそうなっちゃったな……。誤算だったのは、隼人さんを深く愛してしまったこと。

隼人さんの視線を背中に感じながらも、振り向かなかった。泣いていたせいだ。最後に彼の顔をひと目見たかったけれど、泣いているところを見られるわけにはいかなかった。

嗚咽に肩が揺れ、涙が頬を濡らし、水滴がぽたぽたと床に落ちていく。セキュリティの男性が心配そうに見つめてきたけど、涙は止まらなかった……。

搭乗を待つ間、少し落ち着きを取り戻した私は隅の柱に移動して、バッグの中からスマホを取りだす。そして、電話帳からエステルの番号を探して電話をかける。

『やっと行動を起こしたのね？』

電話に出て、最初の言葉がこれだ。エステルが憎い……。

「本は出版しませんよね？」

『ええ。刷った分は大損害だけれど、それくらいハヤトのためならたいしたことじゃないわ。じゃあ、日本でお幸せにね』

電話が切れた。

幸せ……？　私に幸せがやってくることは一生ない。どこまでも無神経な人……隼人さんは、彼女と一緒で本当に幸せになれるのかな……。


隼人さんがビジネスクラスの予約をしてくれたおかげで、リクライニングシートで広く快適に過ごすことができたけれど、正直、今の私は席はどこでもよかった。ただ、すべての思考をシャットダウンして眠りたい。寝れば何も考えなくて済むから。備えつけのブランケットを頭から被る。

目を閉じると、隼人さんの顔が思い浮かぶ。せめて夢の中では、彼と一緒にいたい。

楽しかったカンクンでの日々を思い出しているうちに、私は眠りに落ちた。

ここのところ寝不足が続いていたせいで、相当深く眠っていたのだろう。一回目の食事が出てきたのは知らなかったほどだ。二回目の食事のときには、さすがにキャビンアテンダントの女性に心配されて起こされた。だけど目の前に食事が置かれても食欲は湧かずに、水だけ口にしてまた眠ろうと試みる。

一度目を覚ますと、現実を目の当たりにしなくてはならず、顔を歪(ゆが)めた。

しばらく続くであろうこのつらさに、私の心と身体は耐えられるのだろうか……。

そもそも本当にこれでよかったのだろうか……。

ずっと自問自答していた。

第六章　海の向こうから愛してる

成田国際空港に到着し、入国審査、税関審査を終えて、曇りガラスの自動ドアを抜けた。到着ロビーに出ると、これからどうしようかと途方に暮れる。ぼんやりと考えていると、ドン！と強く後ろから人にぶつかられて、よろめく。

ぼーっとしていた自分が悪いのですぐに謝る。

「す、すみません……」

「いいえ。そんな様子で大丈夫ですか？　亜希さん」

その声に、心臓が止まりそうなほど驚いた。胸に手を当てて顔を上げると、目の前に、サングラスをゆっくり外すジョンがいた。

「どう……して……？」

バッグを持つ手が小刻みに震える。

「ちゃんと別れるか、様子を窺っていたんですよ」

「こんなことをするほど、エステルの言いなりなんですか⁉」

彼は彼女のためなら、どんなことでもやるのだろう。悲しみに暮れていた心に、激しい怒りが湧き立つ。

「まあ……それもありますが、ちょうど本社に用事があったんですよ」

「隼人さんは知っているんですか？」

「そんなわけないでしょう？　隼人さんは僕を警戒していたから。昨晩、彼があなたのチケットを取ったのを知り、急遽一緒の便にしたんですよ。機内では具合が悪そうでしたが、大丈夫ですか？　ひたすら眠っていましたね。あまりに起きないので、心配になって起こそうかと思いましたよ」

　機内でずっと見られていたと知り、吐き気に襲われる。

「荷物が少ないんですね？　あぁ、荷物をすべて持っていったら、ニューヨークに戻ってこないとバレますからね」

「もう見届けたのだから、いいでしょう⁉　これ以上、私に話しかけないでください！」

　強い口調で言うと、出口に向かって足早に歩く。本社からの迎えがあったのだろう。すぐに背後からジョンの気配は消えた。

　ホッと息を吐き、客待ちをしているタクシーに乗り込むも、運転手に行き先を聞かれて戸惑う。

　紫藤家には行けない。実家にも帰りたくなかった。どこへ行こうか……。

麗香のマンションへ行こうかと考えたけれど、谷本さんがいる……。

結局は、新宿のホテルしか思い浮かばなかった。

フロントで受け取ったシングルルームの鍵を開けて部屋の中に入ると、フラフラとベッドに倒れ込む。

さすがに何か食べないと身体がもたないと思い、コンビニでおにぎりとペットボトルのお茶を買ってきていた。でも結局食べる気は起こらず、ベッドに倒れ込んだまま、うつ伏せで眠ってしまった。


夜中、気分の悪さに目を覚ましてトイレに駆け込んだ。胃の中は空っぽなのに、胃液が込み上げ、気分は最悪だった。

そして再び眠り、次に目を覚ましたのは翌日午後の遅い時間だった。

のろのろと身体を起こし、腕時計を見る。十六時を回っていた。頭の中に霞がかかったようで、今自分はどこにいるのか、何をしていたのかすぐにはわからなかった。

そうだった……日本に帰ってきたんだ……。

隼人さんを思い出して、胸の痛みに顔が歪む。

いっそのこと、テレビドラマや映画でよくある記憶喪失になりたい。そうしたら、隼人さんのことを思い出さなくて済むのに……。

お腹がきゅるんと数回鳴った。さすがに食べないとな。

ホテルに来る前にコンビニで買ってきたものが、袋に入ったまま、丸テーブルの上に置きっぱなしになっていた。

ベッドから下りて、コンビニの袋からおにぎりを手に取り、パッケージを開けようとした。ふとその手が止まる。鼻を近づけると腐った匂いがした。どうやら買った時点で賞味期限が切れそうなおにぎりだったらしい。

異臭を嗅いでしまい、胃が暴れる。吐き気を堪え、袋の中におにぎりを戻すと、ペットボトルの生ぬるいお茶を飲んだ。

バッグの中からスマホを取りだす。麗香に話を聞いてもらいたい。彼女に会いたかった。ニューヨークの空港でエステルに電話をしてから、オフにしていたスマホの電源を入れる。

「えっ……」

画面に映る文字を見て胸が苦しくなった。膨大な数の着信。大半が隼人さんだったけど、何件か誠也さんからの着信もあった。きっと隼人さんに頼まれて、かけてきてくれたんだ。

みんなに心配をかけている。そうだよね……紫藤家に帰るはずが、帰っていないのだから……。

大きく深呼吸をして、隼人さんに電話をかける。心臓がドクドクと大きな音をたてて暴れ始める。この緊張で声が出るか……。ちゃんと嘘をつけるか……。

二回のコール音で、隼人さんの声が耳に響いた。

『亜希！　どうしたんだ⁉　なぜ連絡をくれなかった⁉　事故に遭ったのかと心配したんだぞ』

スマホを耳に当てなくても聞こえるくらいの大きな声に、一瞬言葉を失う。

「ごめんなさい……。麗香が迎えに来てくれて、食事をして彼女の部屋で飲んでいたら眠ってしまって。そうしたらこんな時間になっていて……。連絡しなくて、本当にごめんなさい」

『本当にそうなのか？　様子がおかしいように思えるんだが？』

隼人さんの探るような口調に、心臓が騒ぐ。

「本当だよ。嘘をつく理由なんてないでしょ？」

『……わかった。夜には家に帰るよな？』

隼人さんの心配する声に胸が痛くなり、手を持っていく。

「あ、あの、麗香から一泊二日の温泉に誘われて、今晩からなの。行っちゃだめ?」

『……だめだと言うわけがないだろう?　楽しんでこいよ。家にはメールしておく』

「ありがとう……」

涙声を聞かれないように短く言うと、隼人さんの返事を待たずに切った。下唇を噛みながら、麗香へ電話をかける。

『亜希?』

数コールで麗香は出た。

「うん。会いたいんだけど……」

『会いたいって、今どこ?　もしかして日本にいるの?』

「……うん。新宿のホテルにいる。会えるかな?」

『いろいろわけありみたいね。わかった。これからすぐ行くわ』

ホテルの名前と部屋番号を教えると、電話は切れた。麗香の店からだと、三十分ほどで到着するはず。彼女はセレクトショップのオーナー。従業員に店を任せて、来てくれるのだろう。本当にありがたい。

スマホをベッドの上に放り投げると、のろのろとバスルームに行く。麗香が来る前にシャワーくらい浴びて、頭をすっきりさせよう。

三十分後、ホテルの部屋のチャイムが鳴った。ベッドから起き上がり、眩暈を感じながら向かう。シャワーを浴びただけで疲れてしまい、横になっていた。

ドアを開けると、麗香が驚いた表情を浮かべて立っていた。

「ひどい顔しているわよ？」

「知ってる。……入って」

身体をずらして、麗香を部屋の中に通した。

「いつ帰ってきたの？」

彼女は覇気のない私を心配そうに見ている。

「昨日だったかな……」

「『だったかな』って、何を言っているのよ。いったいどうしたの？　すごくやつれているじゃない」

「ん……」

ベッドに腰かけると、隣に麗香も座った。

「何があったのか話せる？　向こうから何も連絡がないから、幸せに暮らしているとばかり思っていたわ」

　麗香が膝の上で組み合わせた手を重ねる。

「私じゃ……エステルに敵わないから……帰ってきた……」

　話していると涙腺がどうしても緩んで、涙が出てきてしまう。

「亜希……エステルって誰？」

「スーパーモデルのエステル・コーワン……」

「何それ⁉」

　まず、ニューヨークに行ってから、カンクンに行くまでのことを話した。途中で酸欠状態のようになって、唇が震えて仕方なかった。麗香がそんな私を心配そうな表情で見ている。

　私が呼吸を整えていると、麗香はおもむろに立ち上がり、テーブルの上に置いてあったコンビニ袋から腐ったおにぎりを取りだす。眉間に皺を寄せながらおにぎりを戻すと、袋ごとゴミ箱に突っ込んだ。

「まったく！　話はあとで。何か食べに行くわよ！」

　私の腕を掴んで立たせると、部屋の鍵を手にしてドアへ向かった。

新宿の街に繰りだすと、きらびやかなネオンが目に痛かった。人通りも多くて、人に酔いそうだ。

「何が食べたい？　やっぱり和食がいい？」

麗香は私に気を遣ってか、いつもより明るく振る舞っている気がする。

「ん……しゃぶしゃぶがいいかな」

目についた雑居ビルの二階の窓に、大きく書かれた【しゃぶしゃぶ】の文字。何か食べないと……と思うのに、食欲が湧かない。ただ目についた【しゃぶしゃぶ】の文字を適当に読んでいた。

「ああ、あそこね。結構おいしいって評判よ。じゃあ、行こうか」

麗香のあとをついていこうと一歩踏みだすと、突然目の前が真っ暗になった。

「麗――」

「亜希っ⁉」


意識を失い、目を覚ますと真っ白な天井と壁が目に入り、すぐに今いる場所が病院だとわかった。

「亜希、目が覚めた？」

「麗香……」

　気分の悪さと眩暈は消えていた。腕に違和感があり、視線を動かすと点滴中だった。重く、自由の利かない腕に顔をしかめたとき、医師と看護師が入ってくる。

「紫藤さん、過労と栄養失調ですよ。軽い脱水症状も見受けられます。どんな生活をしていたんですか？　貧血の症状も出ていますから、今日は入院してもらいます」

　過労と栄養失調……。今どき、栄養失調なんて……。

「麗香、私、どのくらい寝てた……？」

「どのくらい寝てたって……四時間は寝てたわよ。まったく！　こんなになるまで放っておくなんて」

　医師と看護師が出ていくと、麗香が怒る。

「……ごめんね、心配かけて……」

「何があったのよ。あの男、そのスーパーモデルと別れられなかったの？」

　麗香の顔が怒りの表情から心配そうな表情になり、そして瞳が潤んでいくのを見て、私も涙が出そうになった。まだカンクンでの出来事を話していないから、麗香に勘違いさせてしまった。

「……ううん、違うの」

カンクンで隼人さんに愛されて、楽しかったことを伝えた。そのときばかりは、麗香はにっこり笑みを浮かべてくれたけれど、エステルの自叙伝の話をすると、また不機嫌そうな表情になり、アーモンド形の目がつり上がった。

「なんてひどい女なの！　頭おかしいわよ！　それにジョンって男も何なの!?　あ〜苛立つわ！」

麗香は立ち上がって、いらいらしながらベッドのまわりを歩き回る。

「亜希は優しすぎるのよ！　隼人さんに言えばよかったのに！」

「言ったら、隼人さんは……。もしかしたら紫藤不動産にも影響があるかもしれないんだよ」

何度、隼人さんに言おうとしたことか。でも、愛しているから彼を不幸にできないと思った。

麗香は首を横に何度も振って、重いため息をついた。

「亜希、つらかったね……」

麗香のその言葉に、我慢していた涙がとうとう溢れだした。私の目から出た涙は、みるみるうちに枕を濡らしていく。

「亜希……」

麗香はティッシュを何枚も箱から抜き取り、私の目や鼻に当てる。

「心の中の整理が、まだできていないの……」

「そんなの当たり前よ！　でもね、亜希。あなたが離れたからって、その女と隼人さんがやり直すと思う？　亜希と別れても彼が戻らなかったら結局、本を使って隼人さんを縛ろうとするはずよ」

あ……それは考えなかった……。どちらにしろ、あの本は隼人さんを縛りつけるかもしれない……。

そう思うと、さらに涙は止まらなかった。

「……とりあえず帰るね。明日は十一時に来るから。退院したら家においでね」

私がやっと泣きやむと、麗香はそう言ってイスから立ち上がる。厳しいことも優しいことも言ってくれる親友が、私は大好きだ。彼女のおかげで、少し力が出てきた。

もう面会時間はとっくに過ぎている。遅くまで付き合ってくれた麗香の存在を、こんなに心強いものだと思ったことはなかった。

「うん、ありがとう」

麗香は手を軽く振って、病室から出ていった。

点滴のおかげで、翌日は身体が軽くなった気がした。けれど、心は相変わらず沈んだまま。すぐに隼人さんを思い出してしまうせいだ。

「亜希、女々しいぞ。決めたんだから忘れなきゃ」

声に出して、自分に言い聞かせる。

麗香が迎えに来る時間に合わせて、のろのろと退院の支度をした。支度といっても、病院のパジャマから、昨日来ていた服に着替えるだけだけど……。

着替えが終わった頃、麗香と恋人の谷本さんが病室に現れた。谷本さんの姿に驚いて目が丸くなる。

「足が必要かと思って」

麗香が言う。

「こんにちは、谷本さん。忙しいのにすみません」

私が謝ると、谷本さんは整った顔をにっこりさせた。シェフコートを着ていない彼は爽やかな服装で、仕事中より若く見える。

「麗香から聞いたよ。しっかり食べなきゃだめだよ。これからうちの店に連れていくから、ちゃんと食べるんだよ?」

「はい。ありがとうございます。栄養失調だなんて、恥ずかしいですよね……」

「それに、脱水症状と貧血もでしょ？」

麗香が半ば呆れたように言う。

「う、うん……」

「亜希ってば、しっかりしてよー」

「はい……」

そんな私たちのやり取りを見て、谷本さんが微笑みながら言った。

「それほど、食べるってことは大切なんだよ。用意はいい？　じゃあ、行こうか」

谷本さんは私たちを先に促し、病室を出た。


彼の運転する高級外車の後部座席に座り、ふたりの会話を何の気なしに聞いていた私は、麗香が羨ましくなった。

私にも谷本さんみたいな笑顔を向けてくれる人が、これから現れるのかな……。

考えないようにしようとしても、すぐに隼人さんの顔が思い浮かんでしまう。彼のことを考えると、いつも胸が締めつけられるように痛くなる。

当分、そんな人はいらないかも。いつか隼人さんを忘れられるときが来るまで……。

そんな日が来るとは、今は思えないけれど……。

そして自分の店に到着した谷本さんは、私たちをテーブルに案内すると、厨房へ入っていった。店内は今日も満席に近い状態で混んでいる。

「忙しそうなのに、谷本さんに迎えに来てもらって申し訳なかったな……」

「いいのよ、頼んだわけじゃないの。亜希は遥人のお気に入りなのよね。昨日、栄養失調で倒れたって言ったらすごく驚いて、明日は俺の料理を食べさせるって意気込んでいたから」

「いつもクールな谷本さんが意気込むって……想像つかないいんだけど……」

私は思わずクスッと笑ってしまった。

「前菜が来たわよ」

胃に負担がかからないよう、消化のいいものをさっぱりとした味つけで。それでいて栄養価が高いものが、次々とテーブルに並べられていく。

「この野菜のスープリゾット、味が絶妙だね」

この三日間、ほとんど食べ物を口にしていなかったから、少しずつゆっくりと料理を食べる。

最後にふわふわのシフォンケーキとミルクが運ばれてきた。胃が小さくなっていて、あまり食べられなかったけれど、私の体調に合わせた特別料理に終始感激しながら、料理を楽しんだ。

食後のミルクを飲んでいると、シェフコート姿の谷本さんが現れた。

「どう？　亜希ちゃん、食べられたかな？」

「はい。おいしいお料理を本当にありがとうございました」

胃が満たされ、少し元気が出てきたみたいで、私は笑みを浮かべた。


そのあと、宿泊していた新宿のホテルへ麗香と一緒にタクシーで戻り、チェックアウトした。

「マンションに着いたら、少し寝なさいね？　まだひどい顔しているわ」

再びタクシーに乗り、麗香のマンションに帰る道中で彼女は言った。今日から少しの間、麗香の家で厄介になる。もちろん、谷本さんに了解は取ってある。

「ありがとう。でもやることがあるの」

「やること？」

きれいに整えられた麗香の眉の片方が上がる。

「区役所に行って、離婚届を……もらってこなきゃ……」

「わかった。じゃあ、途中で区役所に寄っていきましょう」

マンション近くの区役所に行くように、麗香がタクシーの運転手に伝えてくれた。

彼女のマンションに帰り、少しくつろいだあと、離婚届に自分の名前を書く。印鑑を押して丁寧に折ると、封筒に入れた。印鑑も手元になかったから、区役所の帰りに文房具屋にも寄って買ったものだ。

宛名の住所を書くとき、手が震えて何度も中断してしまった。その動作を見守っていた麗香が見かねて書いてくれた。

「本当にいいの？　隼人さんにちゃんと説明しないでいいの？」

封筒に糊（のり）をつけて封をするとき、麗香が聞いてきた。私は何も言えずに、しっかりと紙を接着する作業に集中しているふりをする。

「このままじゃ、亜希、あんたがだめになっちゃうよ」

「……だめになんかならない。大丈夫。……男なんてたくさんいるんだから、また恋するよ。いい人がいたら紹介してね」と強がって言ってみた。

麗香が出かけるついでに、隼人さんへの手紙を郵便局に出すと言ってくれたけれど、私は自分で行くと言った。最後まで自分でやらなければ、と使命感を抱いていた。それに、隼人さんに関わることは、すべて記憶に残しておきたかったのだ。

郵便局から帰ってくると、ダイニングのイスに座って重いため息をつく。久々に歩いて出かけたせいで、思いのほか疲れていた。テーブルに手をついてうなだれる。

とうとう送っちゃった……。隼人さんとの繋がりが、徐々に切れていく……。

だけど胸の痛みは、いつまでもしこりのように残っていた。

翌日、麗香が出かけたあと、スマホを取りだして隼人さんの番号を探す。深呼吸を何度かして、ようやくボタンを押す。

ニューヨークは今、二十一時頃。隼人さんはまだ仕事をしているはず。数回コール音が鳴ると、彼が出た。

『亜希、楽しんでいるか？』

愛しく包み込むような声に目頭が熱くなり、言葉が詰まりそうになる。

「……うん。楽しんでる」

『そうか……よかった、と言いたいところだが、俺は楽しくないんだ。親友のためとはいえ、行かせなければよかったと思っている』

だめだよ……そんなこと言わないで……。

「い、今は仕事中？」

『もちろん。寂しさを紛らわせるには仕事が一番だからな』

もうこれ以上……心が揺らぐようなことを言わないで……。胸が張り裂けそうで、次の言葉が出てこない。でも言わなくちゃ……。

『亜希？　どうした？』

深呼吸してから、私は口を開いた。

「隼人さん。私……もうニューヨークには戻らない」

『いったい何を……』

隼人さんの絶句した顔が思い浮かぶ。

「昨日、離婚届を送ったの。サインしたら、私の実家に送り返してください」

『はあ？　亜希？　どうしたんだ⁉　そんなつまらない冗談を』

「冗談じゃないです。もう結婚生活を続ける自信がありません」

『……そんな言葉で、俺がサインすると思っているのか？』

本気だとわかったようで、隼人さんの口調から甘さがなくなった。

『わかった。日本へ行く。不満があるなら、会って言えばいい』

「やめて！　来ないで！　来ても会わない！　約束してくれないのなら、どこか遠い

『亜希！　どうしたんだ？　何かあったんだろう。エステルか？　ジョンか？　ジョンも日本にいるだろう。同じ飛行機に乗ったと聞いた。やっと何かあったのか？』

「何もない。ジョンにも会っていないし、エステルも関係ないからっ。私たちの問題なの」

胃がきりきりと痛みだし、片方の手でみぞおちのあたりを押さえる。

『俺たちの間に、問題など何もないと思っていたが？』

もちろん、私たちの間に問題なんて何もない。答えられなくて沈黙が続く。

電話を切ろう……そう思ったとき、隼人さんが口を開いた。

『……わかった。時間を置こう』

「時間を置いても無駄なのっ。離婚届にサインをお願いします……。さようなら」

さようなら……隼人さん……ごめんなさい……。

震える指で通話を切った。

今は、納得してくれるはずがない。理由がわからないのだから。でも時間を置けば、私のことなんて何とも思わなくなるはず……。

「うう……っ……」

堪えていた涙が、電話を切った途端、頬を濡らした。

「そんなに叩きつけたら、おいしいものもおいしくなくなるわよ」

その声に肩が大きく跳ねる。

「きゃっ！　びっくりした。お、おかえりなさい」

夜、ハンバーグを作っていて、麗香が帰ってきたのも気づかなかった。ボウルに種を叩きつける作業をしていて、彼女がキッチンの入口で立ち止まっていることすらわかっていなかった。

「集中しすぎ。隼人さんに電話したのね」

麗香が近づいてくる。疑問形ではなくて断定した彼女の言葉に、料理の手を止める。

「うん。何でわかったの？」

「どこでどう調べたのか、隼人さんから私に電話がかかってきたのよ」

「え！」

驚いて、手に持っていた種が、ボウルの中にボトッと落ちる。

「どうして……？　何て？　麗香、何を言ったの⁉」

「落ち着いて。何も言ってないから」

一気に血の気が引いていく感覚に、身体がよろめいてシンクに手をつく。

「ちょっと、座ろう」

麗香に支えられながら手を洗うと、リビングのソファに座らされた。彼女はテレビ横のサイドボードの扉を開けて、ブランデーをグラスに注いで戻ってきた。

「少し飲んで。顔色が悪いよ」

手にグラスを持たされると、機械的に口元に運ぶ。ひと口飲むと、喉から胃に向かって熱を帯び、かぁーっと熱くなる。

「麗香、話して。隼人さんは何を聞いてきたの……？」

「決まっているじゃない。亜希が別れたがる理由よ。相当、焦っている感じだったわ。結婚式ではクールそうに見えたけれど、違う面もあるのね」

麗香が意外そうな声を上げた。

「ねえ、亜希。隼人さんはあんたを諦めないわ。きっと理由を突き止めるはず」

「どうして……そう思うの？」

「だって、亜希のことを愛しているから。電話でもひしひしと伝わってきたわ。少しの間、あなたをよろしくって」

何を思い出しているのか、麗香が笑っている。

「本当に何も言っていない？」

「もう。あんたってそんなに疑り深かったっけ？　考えてもみなさいよ。亜希がいなくなったんだから、あの女はすぐ彼にモーションをかけるはず。彼が拒絶したら、本を持ちだすでしょう。そうなったら、行く先は見えてるわ。普通はそんな恐ろしい女より、あんたを取るって。そしてすべてを失った彼は、亜希の元に戻ってくる。どう？私の読みは？」

「すべてを失っちゃだめなの！　そうなったら、私が身を引いた意味がなくなるっ！」

私は激しく首を横に振った。その途端、眩暈を感じて俯く。興奮したせいで呼吸も乱れていた。麗香はすぐに私をソファの上に横たわらせる。

「亜希はよかれと思ってやったことだろうけど、それって本当に隼人さんのためになると思う？　彼とエステルが付き合っていたのは事実だけど、本が出てもそんなの一時的に騒がれるだけで、世間はすぐに忘れるわよ」

麗香はラグに座って腕を組み、私を説得するようにはっきり断言する。

「あんな女に踊らされちゃだめ。彼クラスの人なら、仕事なんてどこでもやっていける。先日の経済新聞にも、紫藤不動産がカンクンのホテルの買収に成功したって載っていたわよ。すごいじゃない。それほど仕事ができる彼なんだから、あの女なんかに負けやしないわ。こんなことで潰れる人じゃないと思うよ」

麗香の言うことはわかるけれど……自叙伝が発売されたら、それなりの影響はあるはず。

「亜希……隼人さんを愛しているんでしょう？　愛しているのなら、支えてあげなよ」

こんなにボロボロになるまで悩んで決めたことなのに……。

麗香の言うことが的を射すぎていて、私の心はざわざわと揺れ動く。

「身体を壊してまで、あの女に踏み込まれる必要はないの。亜希を支えるのは隼人さんだし、隼人さんを支えるのは亜希だよ？　電話を切るときにね、隼人さんが伝えておいてほしいって言ってた」

「え……何を？」

「いい？　よく聞きなさいね？」

麗香はもったいぶり、間を置く。

「麗香……？」

深呼吸をして、私の目を見つめながら口を開いた。

「『お前がどこに逃げても探しだす。俺には赤い糸が見えるから。たとえ何年かかろうと探しだす。俺にはお前が必要だ。だから今は俺を信じ、何も考えずに実家で待っていてくれ。愛している……』だって。くっさいセリフよね？　私もよく覚えられたもんだわ」

彼女はフフッと笑いながら、得意気な顔をしている。

赤い糸……。ふと視線を落としたところは、左の小指。

本当に赤い糸が繋がっているの……？　待っていればいいの？　待っていれば、こんなつらい思いもしなくて済むの……？

「なんて顔してんのよ。素直に喜びなさいよ」

麗香の言葉に戸惑う私だったけれど、何かが私の中で変わった気がした。

「本当に……待っていれば、いいのかな……？」

「いいんじゃないの？　彼が待っていろって言うんだから。あのね？　だんだんバカらしくなってきたんだけど？」

「麗香……ありがと……。よく考えてみる」

麗香のおかげで少し気が楽になった。不思議なことに眩暈も消えていた。起き上がる私に彼女が言う。

「だから、考えちゃだめなの！　隼人さんに丸投げしなさい。すべてを彼に任せておけばいいのよ。彼ならきっと大丈夫。いい？　わかったわね？」

素直に返事ができなかった。

「あっ！　まだ言い忘れてたわ」

麗香が何かを思い出したらしい。

「えっ？」

「『俺から離れようとした罰は……わかっているな？』ですって。どんな罰かしらね〜」

彼女の含みのある笑みに、キョトンとしてしまう。

「ば、罰って……お金を取られるとか……？」

「何をとぼけているの？　罰って言ったら、あれしかないじゃない。もう処女じゃないんだから、しらばっくれないでよね」

「そ、そっちなの？」

頬がさらにかーっと熱を帯びて、両頬を手で押さえる。

「まったく、いつまでたっても可愛いんだから」

顔を赤らめる私に、麗香はぎゅっと抱きついた。

「れ、麗香っ⁉」

「そうそう。これも隼人さんに頼まれたの。俺の代わりに抱きしめてやってくれって。本当、亜希を愛しているんだなって。あ〜、バカらしい。私、ハンバーグ焼いてくるわ。亜希はそこで隼人さんの言葉に浸っていなさいな」

私から離れると、彼女はにっこり笑って言った。

麗香がキッチンの中で動いているのをぼんやり見ていたけれど、頭の中は隼人さんでいっぱいだった。彼女にはそれがわかっているらしく、話しかけてこない。ハンバーグを成形する作業に、手こずっているみたい。一流シェフを恋人に持つ彼女だけれど、料理は苦手だ。

私はソファの上に置いてあったバッグから、スマホを取りだした。今すぐ隼人さんに電話をかけたかった。だけど、話したら会いたくなって、すぐにでもニューヨークに戻りたくなるだろう。それにエステルとジョンの目が光っている今は、動くことはできない。

隼人さんや麗香が言うとおり、信じて待てばいいの？　隼人さん……会いたい。別れるなんてできない……。今、私にできるのは……隼人さんを信じて待つこと……。

そう考えると、つきものが落ちたようにすっきりした。隼人さんを信じよう。自分自身に言い聞かせて、大きく頷いた私だった。

翌日、私は麗香のマンションを出て実家に帰った。紫藤家に行かなくて済んだのは、隼人さんが根回ししてくれたおかげ。ニューヨークで体調を崩したので、実家でゆっくり休ませてほしいと両家に連絡を入れてくれていたようだ。何から何まで用意周到で完璧。頭のいい人だから、きっとエステルのことも乗り越えられるはず。

そう思っても、エステルの本が出版されていないか、毎日インターネットで検索する日々を過ごしていた。私が日本に帰ってきて今日で二週間が経つけれど、今のところ自叙伝の話題は出ていない。書店にも行ったりして、何度も確かめる。それが毎日の日課だった。

隼人さんからの電話は一度もない。

信じて待っていてくれ……って言っていたなら、何も連絡がないのは、いい方向に進んでいるからだよね。

今日もエステルの本の話題はなかった。ため息をつきながらパソコンの電源を切ると、ベッドに向かう。ぽすんと座り、目を閉じて両手を顔の前で組み、祈る。

『早く隼人さんに会えますように』

離婚したいと一方的に電話をしてから、一度も話していないせいで、落ち着かない。毎日が不安の中、少しでも気が紛れるようにと、料理教室に通い始めた。でも、料理を作っていると隼人さんのことを思い出してしまい、胸がぎゅっと掴まれたように痛くなる始末だった。

私が日本に帰ってきてから、一ヵ月が経った。夏は終わったけれど、まだまだ残暑が続いている。相変わらず隼人さんからの連絡はなく、自叙伝も世間に出ていない。

まさか、エステルとよりを戻したのではないかと疑ってしまいそうな自分がいる。もちろん、隼人さんと会えないことが、こんなに苦しいことだなんて思ってもみなかった。

最近は、最後に別れた日もつらかったけれど、今はもっとつらい。

隼人さんに会いたい……。彼に電話をしようと一日に何度もスマホを手にする。けれどそのたびに、信じて待とう……そう考えて指を止める。

この日の料理教室の帰り道、駅から自宅まで十分ほどの道のりを、とぼとぼと歩いていた。自宅の塀沿いを進み、角を曲がったところで突然よろめき、何かに額をしたたかに打った。

「痛……っ……」

俯いて額を擦りながら呟くと、ビジネスシューズが目に入り、よろめいたわけではなく、人にぶつかってしまったことに気づく。

「す、すみません！　大丈夫……ですか……！」

目の前に立っている人を見て言葉を失い、目を大きく見開く。視界が徐々に涙で霞み、その人の顔が歪んでいく。

「相変わらず、おっちょこちょいだな」

そこには、夢にまで見た人が立っていた。

「……隼人さんっ⁉」

「待たせたな」

隼人さんが優しく微笑みながら、両手を広げている。私は胸の中に飛び込んだ。

真っ昼間で人通りも多いのに、脇目も振らず彼に抱きつく。涙が止まらず、一瞬言葉に詰まる。

「うっ……」

「元気だったか？」

「隼人さんっ！」

これは白昼夢？　目の前に隼人さんがいるなんて、信じられない。

「私、夢を見ているの？」

「これなら、夢じゃないことがわかるだろう？」

顎に手がかかり、上を向かされると、唇がふんわりと重なった。何度も何度も、啄むように、愛おしむように唇を重ねられていく。

「ん……っ」

「亜希、会いたかった」

「……私も……本当に夢じゃない……」

どのくらいの時間、抱き合っていたのだろう。今まで隼人さんしか見えなかった視界が、急にはっきりとしてくる。そうなると途端に恥ずかしさが先に立ち、弾かれたように彼から飛びのいた。

こんなところで、堂々とキスしちゃった！

耳まで赤くなっている感覚に、手を顔に向けてパタパタと扇いだ。そんな私に隼人さんは苦笑いを浮かべている。

「行こう」

彼の腕が肩に伸びて、私の実家の前に停められていた高級外車に誘導される。

「どこに？　家に入らないの？」

助手席に座らされた私は、隼人さんが運転席に着く前に聞く。

「今はそんな余裕がないんだ」

「そんな余裕……？」

彼は不思議そうな表情を浮かべている私のほうへ顔を傾けると、唇に軽くキスをして、エンジンをかけた。


連れていかれた場所は、紫藤不動産グループのスカイプレジデントホテルだった。湾岸地区にそびえ立つホテルは、五年前に建てられたもの。部屋や展望ラウンジからは、東京湾やレインボーブリッジが見渡せ、夜景も見られることからカップルに人気がある、と何かの雑誌に載っていたのを思い出した。

すぐ近くには、有名ブランドの店舗が入る大型ショッピングセンターもあるから、恋人たちのイベントの日などはなかなか宿泊予約が取れないらしい。それは麗香が言っていたのだけれど……。

車の中で今までのことを教えてほしかったのに、何も話してもらえないまま、再会から二十分後にはホテルに着いてしまっていた。エントランスで出迎えるドアマンに、隼人さんは車の鍵を預け、私の手を引いてロビーへと入っていく。

白と黒のスタイリッシュなロビーを突き進み、まっすぐフロントへ行くと、さっさとカードキーをもらってエレベーターに向かう。その一連の動きは無駄がなく、引っ張られる私は目が回りそうだった。

エレベーターの中は、私たちふたりだけ。ずっと握られている手が汗ばんでくる。隼人さんは何も話さず黙ったまま。沈黙が怖かった。

いったい何を言われるの？　余裕がないって……何だろう……？

心細くなって隼人さんを仰ぎ見たとき、ちょうど彼の顔が近づいて、唇が少し乱暴に重なった。

「エステルのことは、もう何も心配しなくていい。話すことはたくさんあるが、今は亜希を充電させてくれないか？」

充電の意味が何なのかよりも、『何も心配しなくていい』……その言葉が頭の中をぐるぐる回る。

本当に何も心配しなくていいの……？

連れていかれるまま、部屋に入る。最上階に近い部屋は広くて眺めがいいのに、景色を見ることなく、いきなりベッドの上に押し倒された。ぎゅうっと私を抱きしめると、隼人さんはホッと息を吐く。

「亜希、お前が欲しい。気遣ってやれないかもしれない。今の俺は本当に余裕がないんだ」

　すぐ目の前に端整な隼人さんの顔があって、真剣に言われる。

「隼人さん……」

　余裕って……私と……。

　ようやく『余裕がない』と言っていた意味がわかって、嬉しくもあるし、隼人さんが可愛く思える。カンクンでの甘い時間が脳裏を掠め、身体の芯がジンと痺れてくる。

「隼人さん……私も待てない……早く愛してほしい……」

　無意識に出た言葉だった。途端に恥ずかしくなって、隼人さんの首に顔を寄せた。

　彼は私のこめかみ、まぶた、熱を帯びる頬に優しいキスを降らせていく。さらに唇を食むようにキスされ、舌が口腔内に入り込んでくる。舌を絡ませ、どんどん深くなっていくキスに息が上がっていく。

　ブラウスの前身頃はいつの間にか開けられて、水色のブラジャーが露わになる。背中に手が回り、いとも簡単にホックが外されていく。

　大きな手に包み込まれるように触れられる。

　舌と手に双方の胸を弄ばれ、身体の芯が微動していく。

　隼人さんは余裕がないと言っていたけど、余裕たっぷりに思えてしまう……。だって私を焦らすだけ焦らして、楽しんでいるような気がしたから……。

「嘘……つき。よ、余裕……ないって……」

「もちろん余裕なんかない……」

スカートをまくられ、太腿の内側に手が触れると、ビクッと身体が震える。もっと隼人さんのキスが欲しい。

ショーツが引き下げられ、指が入り込んだ。

隼人さんが触れるたびに、下腹部が熱く疼く。指が動くたびに、淫らな音が部屋中に響く。

「も……嫌……」

「嫌？　嫌なはずはないな。ここはこんなに潤っているのに。欲しいって言ってごらん？」

「ん……」

「やめようか？」

意地悪く囁く隼人さんの、どこに余裕がないのだろう。私こそ余裕がない……。

「隼……人……さん……が……。ほ、欲し……いの……」

「会わないうちに素直になったようだな……俺もお前が欲しい……」

隼人さんは笑って、私の唇を食むようにキスをし、彼の質量のある硬くて熱いものが、潤っている秘所に抽挿されていく。

隼人さんが激しく動くたび、耐え難い甘い感覚に、何度も何度も襲われた。

隼人さんの胸の上に頬を置いた状態で抱き寄せられている。愛されたばかりの私の呼吸は、まだ荒い。

髪をゆっくり撫でられると、気持ちがよくてまぶたを閉じてしまいそうだ。でも眠ってはだめ。話を聞かなくちゃ……。

「隼人さん、シャワーを浴びてきたら、話してくれる？」

眠ってしまいそうな誘惑を跳ねのけて言う。

「シャワーに誘っているのか？」

「ち、違うってば」

一緒に入ったら、また身体が熱くなっちゃう。

戸惑っていると、彼は起き上がって私を抱き上げた。

「きゃっ」

「お前と離れたくないと言ったら？」

唇に落とされる甘いキスに応えたのが、私の返事。

私たちはタオル地のバスローブをお互い身につけて、リビングのソファに座った。隣にいる隼人さんは、ルームサービスで頼んだ金色の気泡が泡立つシャンパンを飲んでいる。リラックスした様子で、満足した猫みたいだ。ううん、猫じゃなくて豹かな。

やっと聞きたかった話が聞ける。じっと隼人さんの顔を見つめた。

「心配かけたが、自叙伝が出版されることはないよ」

「本当に……？　どうやって……」

「あの自叙伝に書かれていた話は、あながち間違ってはいないが、彼女には俺の他にも常に男が数人いたんだ。ニューヨークには俺、パリには有名デザイナー、ロンドンには貴族の息子、イタリアにはモデル」

「えっ？」

隼人さんの言葉が信じられず、バカみたいにポカンとした顔になってしまう。

「つまり、俺の他にも男がいたことを、俺が世間に公表すると脅したんだ。バレたら俺よりも厄介なことになる男もいた。パリのデザイナーには妻がいるし、貴族の男も妻子持ちの上、議員だから立場上まずいことになる」

「脅したって……」

「エステル本人に文書を送っただけで引き下がったよ。俺がそこまで知っているとは思ってもみなかったらしい。あぁ……それにエステルは、ジョンとも寝ていた。ふたりの関係はとっくにわかっていた。彼がエステルに協力していたことも。だからこそ、遠ざけるより俺の近くに置いていたほうが、彼の行動を把握できると思っていたんだが……」

……ジョンがあれほどまでにエステルに協力的だったのは、そういうことだったんだ。考え込んでいると、隼人さんの指が私の眉間にそっと触れた。

「可愛い顔なのに、そんな表情をするなよ」

顎を持ち上げられ、唇が重ねられる。

「お前には本当に悪かった。何かに悩んでいるのはわかっていたが、エステルが絡んでいるとはわからなかったよ」

「本当に、自叙伝は出版されない？」

まだ半信半疑で聞く。

「そうだ。念書を書かせたし、あれが出たら俺もそれなりの反撃をすると警告した。今はジョンとうまくやっているだろう」

彼はそう言って、シャンパンをひと口飲む。

「ジョンとうまく、って……ふたりは恋人同士ってこと？」

「あぁ。ジョンは会社を自分から辞めたよ。今後ふたりはイギリスで生活するそうだ」

隼人さんの情報収集力に、エステルは敵わなかったようだ。

「ジョンが謝っていたよ。そのあとで、俺が殴っておいた」

ピクッと身体が反応してしまう。ジョンは私に嫌がらせをしていたことを、隼人さんに言ったんだ。

「……うん」

エステルとジョンのことは、思い出すだけで胸が苦しくなる。でも、もう二度と会うことがない人たちなのだと思えば、すぐに忘れられるはず。

「亜希、俺に話してくれれば、離れ離れになることはなかったんだ。おまけに身体を壊すことも」

つんと指先で頭を小突かれる。どうやら隼人さんはすべて知っているようだ。

「だって……そ、そんなに簡単に言うのなら、どうしてこんなに時間がかかったの？連絡もなくて不安だったんだからっ」

つい本音が出てしまうと、隼人さんの端整な顔に笑みが浮かぶ。

「亜希は、ニューヨークに戻りたくないんだろう？」

「それは、別れるための嘘で……えっ？」

「もうニューヨークには戻らない。そのせいでこの一ヵ月、殺人的な激務に耐えたんだ。全部お前のためだ。だから約束してくれ、これからは何でも俺に話すと」

「ごめんなさい……。それと……ありがとう、隼人さん」

私のために、日本に帰ってきてくれる。愛されているのだという幸福感に心が満たされる。

「亜希」

そっと私の名前を呼んだ隼人さんは、私を膝の上に抱き上げて、キスの雨を降らせた。次第に深くなっていくキス。不意に止めた彼は、何かを企んだ笑みを浮かべる。

「……褒美をもらわないとな」

舌を絡め取られ、バスローブの合わせ目から手が滑り込んでくる。

「は、隼人さんっ！　だ、だめっ」

胸に触れる隼人さんの手を押さえて、私は首を横に大きく振った。

「なぜ？」

「だって、まだ話は終わっていないでしょう」

捏ねる。

ニヤリと意地悪そうな笑みを浮かべた隼人さんは、敏感になっている胸を長い指で

「っあ……」

「じゃあ、褒美をもらう前に、もう一度充電させろ。それとも罰を与えようかな？」

私の身体が一瞬宙に浮いて、ベッドの上に運ばれると、隼人さんが覆い被さってきた。顔の横に手をついた彼の瞳が、どんどん近づいてくる。

「ば、罰って……」

麗香の言葉を思い出したけれど、とぼける。

「俺から離れた罰だ。彼女から聞いているだろう？」

あと少しで唇が重ねられるところで、私には触れずにニヤッと笑う。そして隼人さんは顔を下に動かし、鎖骨に沿って舌を這わせていく。

「っあ……」

「おとなしく罰を受けるか？」

「な、何をすれば……いいの？」

キスをしてほしいのに、お預けされた気分で言っていた。

「そうだな。俺をその気にさせるダンスでもしてもらおうか」

「そ、そんなのできないっ。ダンスなんて無理っ」

大きく首を横に振る。

「できないから罰になるんじゃないか？」

私に覆い被さっていた隼人さんは、くっくっと笑って身体を離すと、ベッドから下りてどこかに行く。その一部始終をぼんやりと見ていると、彼が部屋の隅に置かれたボストンバッグを手に戻ってきた。

キョトンとしてそのバッグを眺めていると、中から白い布が取りだされる。

「あっ！」

私の目は驚きで大きく見開かれ、身体が固まる。隼人さんの手に、見覚えのあるベビードールが握られていたからだ。

「どうして……」

「せっかくプレゼントしたんだ。これを身につけて、俺をその気にさせること。それが罰だ」

薄いレースばかりのベビードールを押しつけられて、手元をじっと見つめる。純白のレースとオーガンジー素材のそれは、フロントの紐で結ぶタイプ。ひらひらとしていて、身につけても心許(こころもと)ない代物だ。こんなものを着せたがるなんて、悪趣味すぎる。

男の人の心理がわからない。見ているだけで恥ずかしくて、顔が火照ってくる。

「そんなの無理っ！　これが贈られたときだって、大変だったんだから。お義父様たちに見られて」

あのときは、顔から火が出る思いだった。

「だって、そのつもりで贈ったんだからな」

「え⁉」

やっぱり計画的犯行だったんだ。

「人が悪いですっ！」

私は、ぷいっと頬を膨らませた。

「これを亜希が着たら……似合うと思って買ったんだが」

「似合いませんっ。隼人さん、変態っ！」

ベビードールを、隼人さんの胸に押しつけて返す。

「変態で結構。そんなことで話が逸れると思ったら、大間違いだからな。それに、亜希の裸ならもう何度も見ているだろう？　それ以上のところも見ている。だから、今さら恥ずかしがらなくてもいいじゃないか」

「もうっ！」

「では百歩譲って、これを身につけただけでよしとしよう。あとは俺が楽しみながら脱がせる」

「また変態発言っ！」

「どれだけ俺が、お前に惚れていると思っているんだ？」

突然甘い微笑みを向けられ、胸がきゅんと締めつけられた。

本当に自分の魅力を知っている人……。

吐息が混じり合うほどの距離で微笑まれると、身体が蕩けそうになる。

「ベビードール……。着なくちゃ……だめ？」

私もいつになく甘い笑みを浮かべて聞く。

「期待しているよ」

私の甘える作戦は効かなかった。

「ほら、どこで着る？　ここでもいいぞ？」

隼人さんは意地悪そうな笑みを浮かべて、枕元のベビードールを再び私に差しだしてきた。

「バスルームに行ってくるっ！」

それをひったくるようにして手にすると、バスルームに駆け込んだ私だった。

私たちは会えなかった一ヵ月を取り戻すように、深く愛し合った。すごく幸せで、あのつらかった別れの時間が夢だったように思えてくる。

ゆっくりとした時間が流れ、再会から三日後の夕方、ふたりで紫藤家の自宅に帰った。隼人さんの本社勤務の生活は、昨日から始まっている。ニューヨークでの生活が好きだったはずなのに、私のために日本に戻ってくれて、愛されているのを実感する。

「フフッ」

頬杖をついて、麗香を待つカフェでひとり笑みを漏らした。どうしても顔がほころんでくるのが止められないのだ。

隼人さんに早く会いたいな……。仕事に行っている時間がとても長く感じる。

「親友の幸せそうな顔を見るのは構わないんだけれど、他の人が見たら敬遠するわよ」

その声に我に返り、対面のイスに座った麗香を見る。

「麗香っ！　いつの間に……。そんなに私の顔って、変だった？」

「それはもう、蕩けるほどの顔でヤバかったわよ。幸せそうで何よりだけど」

麗香が笑いながら言う。私は照れ隠しに、氷が溶けてしまったオレンジジュースをひと口飲む。同じくオレンジジュースを頼んだ彼女は、ウエイトレスが席から離れると口を開いた。

「電話では詳しく聞けなかったけど、細か～いところまで話すこと。いいわね？」

隼人さんが日本に来て紫藤家に帰ったことは、麗香に簡単に連絡していた。

「細かくって……一週間前、料理教室の帰りに隼人さんが実家の前で待っていてくれて……」

「うん、うん」

麗香は、にこにことしながら聞いている。

「エステルの自叙伝は出版されないって」

エステルが、たくさんの男性と関係を持っていたことを話した。力を尽くしてくれた麗香だから言うけれど、エステルの男性関係がどこかに漏れたら大変なことになってしまうから、つい端折って簡単になってしまう。

「あら、あら。そこまでいくとあっぱれだね」

「うん……。そういうこともあって、隼人さんはエステルを愛していなかったたって確信が持てた。自分以外の男性と彼女が関係を持っていたにもかかわらず、隼人さんの口調は淡々としていて、本当に身体だけの関係だったんだ……と思えたの。もし一時いって」

的には彼女を愛していたとしても、それはもう過去のことで、仕方ないと思うしかな
「まあ、嫌いだったらセックスしないでしょうよ」

「麗香っ！」

まわりの人に聞かれたのではないかとヒヤヒヤする。

「とにかく、亜希が幸せになってよかったわ」

オレンジジュースを再び飲んだ麗香は、思い出したようにショルダーバッグの中か
ら薄いピンクの封筒を出した。

「これは……？」

目の前に封筒を差しだされて、キョトンとする。

「招待状よ。来月の八日、空けておいてね」

来月の八日って、体育の日の祝日？

「運動会でもあるの？」

私のとんちんかんな言葉に、麗香がオレンジジュースを吹きだしそうになる。

「本当、亜希って天然なんだから……」

はぁ……と彼女がため息をついているのを見ながら封筒を受け取り、開いた。

「あ……結婚式……」

　相手はもちろん谷本さんだ。

「そうよ。ピンクの封筒で、運動会の招待状が渡されるわけないでしょう？」

　ツボにはまってしまったのか、都心にビルをいくつも所有している裕福な家庭のお嬢様とは思えない彼女の豪快な笑いがしばらく続く。

「麗香！　そんなに笑わないで。ごめんね。おめでとう！　喜んで出席させてもらうからね」

　笑いを止めてもらうように、氷の入った水のグラスを渡した。

「あんたって可愛いわ。もちろん、亜希を溺愛している隼人さんも一緒に来てね」

「でも、ずいぶん急だね。それとも黙っていたの？」

　ピンクの封筒の中へ、丁寧にカードを戻しながら聞く。

「フフ。デキ婚なの」

　今まで豪快に笑っていた麗香は、恥じらうような笑みを浮かべて言った。

「えっ！　本当に？　ますますおめでとう！」

　妊娠していたとは驚いたけど、幸せそうな笑顔の彼女を見て、すぐに嬉しくなった。

「ありがと」

ドット柄のチュニックブラウスに包まれた麗香の下腹部を、思わず見てしまう。

「今、何ヵ月なの？」

「二ヵ月だよ」

「麗香がママになるんだ〜。谷本さん、甘いパパになりそう」

妊娠している彼女が少し羨ましく思えた。

「亜希だって、すぐに妊娠しちゃうんじゃない？」

「そうだといいな」

私はにっこり答える。すると麗香が「おいで」と手招き。私が顔を近づけると、彼女が耳元で言う。

「で、週に何回しているの？　妊娠したいのなら頑張ってもらわないとね」

「えっ？」

なんて会話をしているのっ？　麗香の言葉に、頬がかぁーっと熱くなる。恐るべし女子トーク……。

「親友なんだから、それくらい教えてくれてもいいでしょ？」

「え……っと、ほぼ、ま、毎日かな……」

恥ずかしくて、視線をキョロキョロと動かしながら言う。

「はぁ～、ごちそうさま……。それじゃ、私の助言はいらないわね。隼人さんの体力に敬服するわ。せいぜい頑張ってもらいなさい」

こんな話も恥ずかしいけれど、幸せだ。これで本当に赤ちゃんができれば、もっと幸せ。

隼人さんから、体調を崩して私が実家に戻ったと聞かされていた義父母は、私が妊娠したと勘違いしてしまい、違うと知ったときはがっかりしていた……。

そんなふたりを見ていると、一日でも早く孫を抱かせてあげたいと思った。でも、別れるつもりだった私は隼人さんに、赤ちゃんは当分いらないって言っちゃったしな。

彼も、特に赤ちゃんを欲しがっているようには見えない。だけど今晩、話してみようかな。隼人さんに似ている赤ちゃんが欲しいって……。

この日の夜、母屋での夕食に珍しく誠也さんがいた。食事中の話題は、会社での隼人さんの人気ぶり。会社の中枢ともいえる経営企画本部の本部長として配属された彼は、早速女性社員たちの注目の的らしい。このあとも続く話を、私は不安な気持ちで聞いていた。

隼人さんが本社に勤務していたのは、大学を卒業してから半年ほど。そのあとはすぐニューヨーク支社に異動したため、今いるほとんどの社員は隼人さんのことを知らない。

　誠也さんが言うには、結婚指輪の効果はほとんどない状態で、次から次へとお茶やコーヒー、お菓子を持ってくる女性社員たちに困っているとか。隼人さんが女性の対応に困るなんて想像できない。最初の頃、私に見せていた横柄な態度はどこへいったの？と心の中で話を聞きながら思った。

「まあ、邪険に扱うと女性はあとが怖いからね。そこのところはさすがによくわかっているよ。でも亜希さん、隼人が愛している人は君だけだからね」

　誠也さんが何気なくフォローしてくれる。

　まったく、兄弟揃って調子がいいんだから。元はといえば、私の不安をかき立てたのは誠也さんなのに……。


「おかえりなさいっ」

　今日は新しい職場での歓迎会があって、隼人さんが帰ってきたのは二十二時過ぎ。飲んで帰ってくる時間には少し早いと思う。

「ただいま」

私の額にキスを落とす隼人さんは、お酒の匂いはするものの、特に酔っているように見えない。

「歓迎会だったんだよね？　どうだった？　帰りが早いけど」

「みんな上司といつまでも飲んでいたくないだろう？　一次会で抜けてきたんだ」

あぁ、そういうことか。自分の歓迎会だけど、社員から見た上司の立場をよくわかっているなと感心する。でも、あっという間に人気が出たと誠也さんは言っていた。洗練されたルックスと端整な顔立ちで、会社の女性にきゃあきゃあ言われているのが目に浮かぶ。きっと帰り際は、女性社員たちに引き留められたに違いない。

隼人さんはチャコールグレーのスーツの上着を脱いで、ネクタイを緩めている。

「お水でも飲む？」

彼の返事を聞かないでキッチンに向かう私の手首が、突然掴まれる。

「水より亜希が欲しい」

グッと引き寄せられて、抱きしめられると唇が重なる。ほのかにアルコールの匂いがするキスは、私を酔わせる。

「んっ……」

甘いキスをされながら、私の指は彼のワイシャツのボタンを外そうとしていた。

「一緒にシャワーを浴びよう」

髪をかき上げられ、うなじや肩、鎖骨へと、熱い舌がなぞるように動いていく。

ナイトドレスの紐が外されて、サテンの布から胸が零れた。先端を人差し指と中指の間で摘まれると、ビリビリした感覚に立っていられなくなる。崩れ落ちそうになる瞬間、唇が重ねられた。


初めてこの部屋に案内したとき、白は嫌いだと言った隼人さんだけれど、ここの寝室はシーツもベッドカバーも枕もすべて真っ白で、その中で私たちは愛し合う。

日本に帰ってきてすぐ、寝具を隼人さんの好きなダーク系に替えようと言うと、これでいいと彼は言った。その理由を聞くと、『何色にも染まっていなかった亜希みたいで、白が好きになったから』と、甘い笑みを浮かべながらキザなセリフを口にした。

そしてそう言ったあと、耳に唇を寄せて囁いた。『俺が亜希色に染められた』って。

どれだけ汚れた生活をしていたのか突っ込みたくなったけれど、『白が好き』イコール『私が好き』って言ってくれたわけだから、あえて聞かなかった。


「ねえ、隼人さん」

ベッドの上で、私の髪の毛をゆっくり梳いていた隼人さんが手を止める。

「何だい？」

「……赤ちゃんが欲しいの」

「親父たちを喜ばせたくてそう思うのなら、気にしなくていいんだぞ」

誠也さん夫婦に何年も赤ちゃんができないから、確実に義父母は私たちに期待している。

「ううん。私が心から欲しいと思っている。ニューヨークで言ったことは嘘なの。別れなきゃいけないと思っていたから……。隼人さんはどう思う？　赤ちゃん、欲しい？」

彼がどう思っているのか、私は食い入るように見つめる。

「あぁ。欲しいよ。亜希に似た可愛い女の赤ちゃんが」

「えっ!?　それはだめっ。隼人さんに似たカッコいい男の赤ちゃんを産むんだから」

「お前、赤ちゃんがカッコいいわけないだろ？」

呆れたような笑みを隼人さんは浮かべた。

「あ……。と、とにかく、赤ちゃんは賛成だよね？」

にっこり笑みを浮かべて尋ねると、腰に腕が回って、隼人さんの上に乗せられてしまう。彼に馬乗りになっているような状態だ。

「きゃっ！」

「いい眺めだ」

何も身につけていない胸を見られている。

「や！　エッチ！」

急いで両腕で隠そうとすると、バランスを崩して隼人さんの胸に倒れ込む。

「……誘っているのか？」

「そ、そんなんじゃ、ないっ」

隼人さんの胸の上で、頭を激しく振る。

「くっ。いつになったら俺を誘惑するようになるのか」

じっと見つめてくる瞳に、ドキッと胸を高鳴らせる。

「そんなのっ、恥ずかしすぎて一生無理」

「仕方ないな。お前はそのままでいいさ。俺が誘うから」

後頭部に手を置いた隼人さんは、私の頭を自分へと引き寄せると、唇を重ねた。

翌朝、ネイビーブルーの細かい模様の入ったネクタイを結んでいる隼人さんを見ていた。結んであげたいと思うけれど、私がやったら時間がかかってしまうだろう。彼は慣れた手つきで、あっという間に結び終える。

「どうした？」

じっと見ている私に気づいた隼人さんは、近づきながら聞いてくる。

「ネクタイ結ぶの、早いなって」

「毎日のことだからな」

顔をさらに近づけた彼は、私の唇の端に、ちゅっと軽くキスを落とした。

「私……結んでみたいな……」

これから出勤の隼人さんに、わがままを言ってみたくなった。きっとだめって言われる。そう考えていたのに、意外な言葉が返ってきた。

「じゃあ、取ろうか？」

彼はそう言うと、ネクタイの結び目に指をかけ、もう一度優しく唇を重ねる。朝の忙しい時間なのに、私のわがままに付き合うと言ってくれて嬉しかった。だけど、本当は出勤前に再びネクタイに時間を取られるのは、嫌かもしれない。

「……ううん、いいの。取らないで。今度、時間のあるときにやらせてね」

壁かけ時計を見ると、出かける時間だった。

「時間だよ？」

「……わかった」

隼人さんは私の髪を撫でると、玄関に向かう。

「会社に行ってくる」

軽く手を振って見送った。

隼人さんのスーツ姿は、自称スーツフェチの私をときめかせるけれど、不意に寂しくなって笑顔になれなかった。

ところが玄関のドアが閉まる寸前にいきなり開いて、隼人さんが戻ってきた。驚いて、目を見開く私。

「わ、忘れ物？」

「あぁ、キスを忘れている」

胸がトクンと鳴った。

「してくれないのか？」

「し、してくれないのかって……」

困惑していると、彼の手が私の後頭部を引き寄せる。

「あ……」

緩く唇を押しつけ、啄むようなキス……。気持ちが満たされ、うっとりと目を閉じてしまう。

「行ってくるよ」

いつの間にか唇を離し、口元に笑みを浮かべた隼人さんは、私の頬を手の甲で撫でて出ていった。


今日は麗香と谷本さんの結婚式。

挙式は、都内の有名な石造りの教会で行われた。マーメイドラインにレースがたっぷり使われたウエディングドレスを着た美しい麗香と、黒のタキシードをそつなく着こなした谷本さんが、祭壇の前で誓いの言葉を述べ、誓いのキスをする。その光景を、私はうっとり見ていた。

隣に立つ隼人さんは今朝、神戸の出張から帰ってきたばかり。すごく疲れていると思うけれど、大事な親友の結婚式に、大事な旦那様も一緒に出席できて嬉しい。

ブラックフォーマル姿の彼は相変わらず素敵で、ここでも女性から注目を浴びてしまっている。女性たちの反応に、思わずいらいらしたり不安になったりする私。

日本に帰ってきてから、隼人さんに群がる女性がすごく気になる。こんなに不安な思いをするくらいなら、ニューヨークにいたほうがよかったのかも……。

繋いでいた手に力が入ってしまい、ハッとする。慌てて隣の隼人さんを仰ぎ見ると、不思議そうに片方の眉を上げてから微笑んでくれた。その微笑みは、私を幸せな気分にさせてくれる。

パイプオルガンの音色が響き渡る中、教会の石畳に敷かれた真紅の絨毯（じゅうたん）の上で、ライスシャワーとバラの花びらを浴びせて、新郎新婦を見送った。

幸せそうなふたりの姿に見とれていると、隼人さんに手を引かれて、もう一度教会の中へ足を踏み入れた。気づけばここにいるのは私たちだけで、シーンと静まり返っている。これから披露宴会場のホテルに行かなければならないのに、もう一度教会に連れてきた隼人さんに困惑する。

「どうしたの……?」

不意に両腕が肩に回って、抱き寄せられる。額にふんわりとキスを落とされ、優しい瞳に見つめられると、心臓がトクンと高鳴った。

「そんなに戸惑った顔をするなよ。これから大切なことを言うんだから」

「大切なこと……?」

少し照れたような彼は、私の両手を包み込み、そっと胸のあたりまで持ち上げた。

「亜希、愛している」

はっきりと、その声は静まり返った教会に響き渡った。

「……隼人……さん？」

「この先もずっとお前を守り、幸せにする。だから亜希が不安になることはないんだ。俺には亜希しか見えていないから大丈夫」

隼人さんの言葉は、私の胸を熱くさせる。瞳が潤んでしまうのを抑えられない。泣きじゃくらないようにするのが精いっぱいで、言葉を発することができなかった。

「……行こうか」

少し照れたような表情の隼人さんは、私の目に白いハンカチをそっと当てる。

「……隼人さん……誓いの……キスして……」

甘えたかった。すると彼はとびきりの笑顔を浮かべて、私にキスをしてくれた。

「不謹慎だが……結婚式の間は苦痛だな」

いつもより低いトーンで言われた言葉の意味がわからずに、キョトンとする。

「ど、どうして？」

「早くふたりきりになりたいからに決まっているだろう」

「は、隼人さんっ！」

真剣な顔で見つめられて、全身が熱を帯びていく。

「でも、俺たちの恩人の結婚式だ。我慢するよ」

隼人さんの甘い言葉に蕩けそうになる。そのあまりの甘さに返事ができずにいると、握られている手の甲に、彼の唇がそっと触れる。

「もう一度誓うよ。亜希、お前を愛している」

いつになく真剣な瞳で私を見つめる隼人さんがいた。私はずっとこの瞳に囚われたままだろう。

「ずっと……そばにいてね……」

そっと隼人さんの胸に顔を寄せた。

憧れの隼人さんが私に微笑んでくれると、私は子どもながらに胸がドキドキしたのを今でも覚えている。

これから先も私は、あの頃と同じように、ずっと、ずっと……隼人さんの瞳を、微笑みを見るたびに、胸を高鳴らせることになるんだろうな。

そう思って瞳を閉じた。

特別書き下ろし番外編
幸せな未来

私と隼人は政略結婚から始まった。小学生の頃、何度か会って憧れていた人だった。でも、結婚式を挙げたのに隼人は赴任先のニューヨークから帰る気配もなく、そこで浮気を疑った私は彼の元へ向かった。

結婚前に隼人はスーパーモデルのエステルと別れていたけれど、彼女の想いはまだ彼にあった。愛し合う私たちにエステルは罠をかけ、私は別れる決心をして日本へ帰ってきた。

その事件からまだ半年も経っていないけど、懐かしい。あのときは苦しかったな。でも今は幸せで、そんなことも過去のこと。

ふと、隼人が私を抱いていないのに、私は妊娠したかもしれないと考えていた期間を思い出す。事実がわかったときは、号泣したほどがっかりした。隼人の子どもが欲しかったのだ。

「ただいま」

外の冷たい空気を身体にまとった隼人が、会社から帰宅した。

「おかえりなさいっ」

私は手を出して、隼人のビジネスバッグを受け取る。

彼はスリッパに足を入れて、後ろを歩く私に振り返った。

「今日は麗香さんと会ったんだろう？　もうお腹も目立っていたんじゃないか？」

親友の麗香は妊娠中期。隼人の言うとおり妊婦らしくなっていた。

「うん。お腹、大きくなっていたよ。産まれてくるのが楽しみ。早く赤ちゃんに会いたいね、って話していたの」

ダークグレーのコートを脱いだ隼人が、不意に私の腰へ腕を回す。

「ど、どうしたの？」

「俺も見たいな」

「えっ？」

私の親友の赤ちゃんを見たいと言う隼人に、キョトンとする。

「麗香の赤ちゃんが見たいの？　隼人って、そんなに子ども好きだった？」

首を傾げる私に、彼はフッと笑った。

「麗香さんの赤ちゃんでなく、俺たちの子どものことだよ」

「隼人……うん……。私も早く赤ちゃんができたらいいなと思っているの」

「まだ数年はふたりだけの生活もいいと考えていたが、俺も最近は街を歩いていても家族連れに目がいく。俺たちもあんなふうになりたいと思うようになったんだ」

隼人はにっこり笑う私にキスを落とす。

「早く大事な家族が増えますようにって、子宝神社にお祈りしてこようかな」

「それなら新年にお参りに行こう。あと十日も経てば新しい年になる」

「うん。子宝神社、ネットで調べておくね！」

頷いた彼はもう一度、唇を重ねる。それから頬にも、首筋にも。

「風呂上がりの石鹸の匂いに、今すぐ押し倒したくなるな。俺も風呂に入ってくるよ」

最後は私の鼻の頭に軽くキスをすると、バスルームへ向かった。


それから数日後のクリスマスイブの朝、私と隼人はスカイプレジデントホテルの最上階の部屋にいた。私の手がぬくもりを求めて、シーツの上を彷徨う。

隼人……？

目元をこすりながら、身体を起こして部屋の中を見回すと、彼はホテルのローブを身につけて窓辺に立っていた。

「隼人……おはよう」

小さく囁くようような声だったけれど、隼人は振り向いてくれた。

「おはよう。起こしたか？」

彼の手にスマホが握られている。

「ううん……電話？」

「あぁ。ニューヨーク支社からだ」

本社に異動になっても、ニューヨーク支社は隼人に頼っている、と誠也さんが言っていたのを思い出した。

「亜希、こっちに来て、外を見てごらん」

「外を……？」

私は足元に畳まれたローブを急いで羽織り、隼人に近づく。彼はカーテンを開けた。大きな窓から、白いものが舞い落ちるのが見えた。

「雪！」

眼下に広がるホテルの庭園。その向こうに見える橋は雪化粧されていた。

「いつから降っていたんだろう……。すごく積もっているね」

「夜半あたりじゃないか？　昨晩は今年で一番寒かった」

「うん。確かにそうだったね。でも、すごくきれい……。まさにホワイトクリスマスだね。正確にはイブだけど」

窓辺に腰かけると、隼人の腕の中でしばらく雪景色を見ていた。

誰も足を踏み入れていない庭園を上から眺めていると、ドアチャイムが鳴った。その音に振り返ると、彼が言う。

「ルームサービスだ」

隼人は私から離れ、ドアを開けに行き、すぐにワゴンを押して戻ってきた。私もワゴンに近づき、食器をテーブルに並べるのを手伝う。

「スープ、入れるね」

銀のスープポットの蓋を開けてカップに注ごうとしたとき、オニオンスープの匂いが胃を刺激し、急に胃液が込み上げてきて、吐き気を感じた。急いで口元に手をやると、隼人が驚いた様子で私を見ている。

「どうした？　気分が悪いのか？」

「うっ！」

私は彼の問いに答えられないまま、洗面所へと駆け込んだ。

座り込み、ひとしきり胃の中のものを吐きだすと、ぐったりと壁にもたれた。顔が冷たいタオルで拭かれる。

「熱は？　医者を呼ぼうか？」

心配そうな顔で、隼人は私の額に手を伸ばした。

どうして急に気持ち悪くなったんだろう……。

そのとき、生理が遅れていることに気づいた。もしかして……？

「隼人……赤ちゃんかも……」

思わず顔がほころぶ。

「赤ちゃん……？　妊娠したかもしれない……？」

彼がポカンとした表情になっている。

「うん。検査してみないとわからないけれど、たぶん……。どうしよう……本当だったら嬉しすぎる。小さい頃にクリスマスプレゼントをもらったときのような気分」

「帰りに病院へ寄ろう」

私の中に隼人との赤ちゃんがいると思った。絶対に。

帰る途中、自宅近くのレディースクリニックに行くと、私はやはり妊娠していた。

神様から本当にクリスマスプレゼントをもらったのだと感謝する。

自宅へ帰っても、ウキウキとした気持ちはまだ続いている。この子がお腹にいる限り、ずっとこんな気持ちなのかも。隼人も嬉しそうで、何かと気遣ってくれる。

私をソファに座らせた彼は、キッチンで温めたミルクの入ったカップを手にしてやってきた。

「熱いから気をつけろよ」

「ありがとう」

それを受け取り、ほんの少し口にする。そんな私を、隼人が優しい眼差しで見守ってくれている。カップをテーブルに置くと、私は聞いてみた。

「隼人。赤ちゃん、嬉しい？」

隼人の顔を覗き込むようにして見ると、「もちろんだ」と返ってくる。彼は私の肩を包み込むように抱き寄せてくれた。

「子宝神社、ネットで調べていたの。でも、もう必要ないよね？」

「ああ。あの話をしていたときには、もう命が宿っていたんだな。感慨深いよ」

私はコクッと頷く。

「亜希に似た女の子が楽しみだな」

「違うよ。隼人に似た男の子なの」

「それはだめだ。嫉妬の対象になるからな」

「えっ……自分の子どもに……？」

身体を起こして、呆気に取られながら隼人を見る。

「当たり前だろう」

「何を言っているのっ」

「だから、女の子にしよう」

彼はたっぷりと自信ありげな表情だ。

「女の子にしようって、まだわからないのに……」

「冗談だよ。大事な子どもだ。どちらでも構わない」

私たちは顔を見合わせて笑った。

これからもずっと笑みが絶えることはない。愛してくれる夫と、愛する子どもがいてくれるから……。


その日、母屋での全員が揃った夕食後。誠也さんが有名パティシエのクリスマスケーキを用意してくれており、形ばかりの聖夜を祝おうと女性三人でキッチンにいた。お手伝いさんは、今日と明日はお休みで不在。

「とても可愛いケーキね。ナイフを入れるのがもったいないくらいだわ。どう切りましょう……」

義母が、イチゴと生クリームたっぷりのホールケーキにナイフを入れようとした手を止める。

「ホールケーキは苦手なのよ。切ってしまうのが悪い気がして」

おっとりしている彼女は、眉をハの字にさせて困っている。

「お義母様、私が切り分けましょうか?」

隣にいる裕美さんが義母に尋ねる。

「ええ。お願い、裕美さん」

裕美さんは義母からナイフを受け取って、六等分に切り始めた。

私はコーヒーの用意をし、ふたりの会話を聞きながらもソワソワしていた。なぜかというと、まだ妊娠の報告をしていないせい。欲しいのになかなか子どもができない誠也さん夫婦の前では、躊躇してしまった。妊娠報告をする予定だった隼人もそう思っていたのか、夕食のときには話さなかった。

話せば、義父母が大喜びをするのはわかっている。でもその場に誠也さんと裕美さんがいるのは気の毒なのかも、とも思う。それは勝手な思い込みかもしれないけれど。

「まあ！　裕美さん、きれいに分けられたわね。亜希さん、コーヒーのほうは大丈夫？　あまりたくさん淹れると、途中でこぼれてしまうわよ」

裕美さんはケーキを皿にサーブしてから、運ぶための二段式のワゴンに載せていく。

「はい。少なめにしました」

私もコーヒーを淹れたカップを置いた。そこへ隼人がキッチンへ入ってきた。

「亜希、ちょっと」

「え？　はい」

何だろう、とポットを置くと、廊下に出ている隼人の元へ行く。

「どうしたの？」

壁に寄りかかっている彼を見る。

「明日、兄貴たちのいないところで親父たちに報告しよう」

「うん。わかった」

やっぱり隼人も気にしていたのだ、と頷いた。

彼は微笑んで、私の頭をポンポンと撫でてリビングへ入っていった。私もキッチンへ戻る。

「亜希さん、隼人の用事は大丈夫なの？」

義母がにっこりと聞いてきた。

「はい。大丈夫です」

「じゃあ、リビングへ行きましょう。きっと誠也が首を長くして待っているわ。ケーキが大好きだから」

義母は微笑んで歩きだし、私がワゴンに手をかけると、裕美さんが口を開く。

「亜希さん、私が押していくわ」

彼女が代わろうとしてくれた。

「大丈夫です。裕美さんも先に行ってください」

ワゴンは私がコーヒーをこぼさないよう慎重に押して、ふたりのあとをついていく。

リビングへ入ると、男性三人はいつものように仕事の話をしていた。

「私がやりますから、お義母様と裕美さんはどうぞ座ってください」

「じゃあ、亜希さん、お願いね」

義母と裕美さんはソファに腰を下ろす。

不意に隼人が立ち上がってやってきた。なぜやってきたのかキョトンとして見ていると、彼が私の持っているケーキの皿を取り上げる。

「亜希は座っていろよ。俺がやる」

「えっ⁉」

いつも自宅にいるときは自ら動いてくれる隼人だけれど、みんなの前では手伝ったりなんかしないのに。これじゃあ、不自然すぎるよ。

私が困惑していると、ソファに腰かけた義母が立ち上がる。もちろん義母も息子の珍しい行動に、目を見開いて驚いている。

「隼人ったら、いつもと違うじゃない」

「たまにはいいだろ」

隼人は手際よくケーキ皿をテーブルに置いていくけど、義母たちが不思議そうに眺めていた。

私も座ることができずに、コーヒーを配ろうと手を伸ばすと、それも隼人が止める。

「全部コーヒーなのか？　カフェインレスの飲み物はなかったのか？」

彼は私の耳元でひそひそと囁く。

「えっ？　なあに？　よく聞こえない……」

首を傾げて見ると、隼人は困った様子で、私にだけ聞こえる声で言った。

「コーヒーは飲んじゃだめだ」

「あ……」

コーヒーは妊婦によくないことをすっかり忘れていた。

「いったいどうしたの？」

私たちの会話に義母が割り込んでくる。

「ほら、貸しなさい。変な隼人ね」

義母がカップとソーサーを隼人から受け取り、義父の前に置きながら、まだ腑に落ちない顔をしていた。

「亜希の胃の調子が少し悪いんだ。コーヒーはよくないと思ってね」

隼人自身もおかしな行動だと思われたのがわかったようで、とっさに考えついたらしい理由を言っている。

「あらぁ、そうだったの？　亜希さん、大丈夫？」

義母は手を止め、心配そうに私を見た。

「た、たいしたことは……ないんです。ちょっと胃がムカムカと……」

いたわるような表情になった家族に向かって、身体の前で軽く手を振る。

「隼人さん。もしかして亜希さん、妊娠したの？」

裕美さんがいち早く気づいた。彼女の言葉に私の心臓がドキッと跳ねる。

けれど、ここで嘘をつくのも……。どうせわかってしまうことだし。

「そう……なんです」

私の戸惑いがちな答えに、義母が叫び声を上げる。

「それは本当なのっ⁉　亜希さんっ⁉」

彼女は信じられないような顔で私に近づいてきて、両手を握った。

「は、はい……」

私の返事は小さい。

「隼人⁉　これは現実なのね？　亜希さん、妊娠したのね？」

義母は私の言葉だけでは信用できないみたいで、コーヒーを何気なく配っていた隼人に聞く。

「隼人、確かなのか？　本当に孫ができるのか？」

隼人からコーヒーをソーサーごと受け取った義父も、息子に確かめていた。

「そう言っただろう？」

隼人さんはそっけなく肯定する。

「そうか！　母さん、嬉しいな！　いや、よかった、よかった」

義父は嬉しそうに義母を見る。

「隼人、亜希さん、おめでとう」

誠也さんは朗らかに笑って言ってくれたので、私の緊張が少し解けた。

「確かルイボスティーがあったわよね、裕美さん。妊婦にはコーヒーはだめだから」

義母はあろうことか、裕美さんに『淹れてきて』と言っているようだ。

「そうですね。淹れてきます」

顔に小さく微笑みを浮かべた裕美さんがリビングを出ていこうとするのを、私は止める。

「私がやります！　ルイボスティーの場所を教えてください」

「いいの。ひとりで大丈夫よ」

裕美さんにやってもらうわけにはいかなくて、一緒に行こうとすると、義母が私の手を掴んだ。

「あら！　亜希さんは座ったほうがいいわ。ずっと立っていたから疲れたんじゃないのかしら？　ほら、隼人、亜希さんを座らせて」

裕美さんはひとりでリビングを出ていった。

ずっと欲しかった孫に舞い上がってしまっている義母。こんなことになるのではないかと思っていたから、誠也さんたちのいないところで義父母に先に話しておきたかったのに。

つい私の身体を心配して動いてしまった隼人を見ると、彼も困った顔をしていた。

「亜希さん、俺たちのことは気にしないでいいんだよ」

仕方なく隼人の隣に腰を下ろした私に、誠也さんが言ってくれる。

「すみません……」

「ありがとう。俺たちに気を遣ってくれて」

優しい誠也さんに恐縮していると、隼人が口を開く。

「お袋、大げさにしすぎだよ」

「隼人が認めてくれたから、つい大喜びしちゃったのよ」

隼人のせいでもあるのに、義母はたしなめられて少し落ち込んだ様子だ。

「俺はカフェインレスの飲み物はないのか、小声で聞いただけだよ」

困るふたりに、誠也さんが真面目な顔をして自分の母親を見る。

「母さん、待望の初孫なんだから喜ぶのは当たり前だよ。裕美のことは気にしないでいい。それに、喜んであげなければ、亜希さんのお腹にいるベビーがかわいそうだろう？」

そこへ裕美さんが、少し赤みがかったルイボスティーを運んできてくれた。トレイに三つのカップが載っている。

「お義母様、ルイボスティーはアンチエイジングにもいいと言われているので、私たちにも淹れてみました。どうぞ」

「裕美さん、すみません」

私はルイボスティーの入ったガラスのカップが載ったソーサーを受け取る。渡すときに微笑んでくれた裕美さんは、寂しそうに私の目には映った。


母屋と同じ敷地内にある自宅に帰った私の口から、小さなため息が漏れる。

ソファに座ると、隼人が隣にやってきた。

「疲れたか？」

「ん……疲れたというより、裕美さんが心配で……」

「どっちにしろ、妊娠を隠すわけにはいかないんだから。それに兄貴も言ったとおり、喜ばないほうがおかしいだろ？　そうしないとこの子がかわいそうだ」

彼は、まだ膨らんでもいない私の腹部にそっと手を当てる。

「うん」

私は隼人の手を包み込むように自分の手を重ねた。

「これからは、食べるものにも気をつけなきゃだめだからな」

そんなことを言う隼人に、おかしい気持ちが込み上げてくる。彼はいつも、私が作る料理を何でもおいしいと言って食べてくれていて、私も隼人も特に食材やカロリーなどに気を遣っていなかったから。

「何で笑うんだ？」

笑いを堪えていると、彼が私の鼻を軽く摘む。

「だって、私が知らない隼人がこれからたくさん見られるのかなと思ったら、おかしくなっちゃったの」

「俺が？　どんなふうに？」

すでにお腹の子を溺愛しているのが、わかっていないらしい。

「隼人は子どもの言うことを何でも聞いちゃうパパになりそう」

「そうか？　でもそれではだめなんだよな。特にお袋たちが甘やかしそうだから、俺はそれなりに――」

「それなりって何？」

私は真剣に話す隼人を覗き込んで、にこっと笑う。

「飴と鞭を使い分ける。子どもも大事だが、一番愛しているのは亜希だからな」

両頬を大きな手のひらで包まれ、唇が重ねられた。

「んっ……」

ちゅっとキスをしてから、隼人は私を離した。

「風呂に入って寝よう」

「え？　もう？」

リビングの壁にかかっている時計を見ると、まだ二十一時。

「今日はいろいろあったから、疲れただろう？　亜希は早く寝たほうがいい」

「うん。わかった」

ソファから立ち上がって寝室に向かおうとするけれど、隼人は座ったまま。

「隼人、お風呂入らないの？」

時間があればいつも一緒に入っているから、動かない彼を振り返って首を傾げる。

「今日から別々に入ろう」

「どうして……？」

私が聞くと、隼人は額に手を置いて頭を左右に振る。

「それを聞くか？　一緒に入ったら、お前を抱きたくなるだろう？　安定期になるまで我慢するよ」

「安定期……うん、わかった！」

このとき、私は安定期がいつ頃かなんてまったく気にしていなくて、すぐに隼人と甘い時間が過ごせると思っていた。

寝室に入って、その先のバスルームに足を進めた。

バスタブの中で湯に浸かっていると、医師が安定期は五ヵ月から七ヵ月だと言っていたのを思い出した。

「ってことは……ずっと、ずっとあとじゃないっ⁉」

それまで隼人は我慢してくれるってこと？　それって、男性にとって酷な気も……。

俯いて、平らな腹部を見る。

安定期になったらお腹は大きくなって、隼人は私を抱く気も起こらないかもしれない。そうなったら……浮気？　既婚者なのに隼人は女性社員にモテまくっているって聞いたし。誘惑されたら……。

そう思うと不安に駆られた。

妊娠すると精神が不安定になる人もいる、とも医師は言っていた。いろいろ考え込まないように、と今日言われたばかりだ。

隼人は浮気なんてしない。

「お腹の赤ちゃんのためだし、隼人の愛は変わらないんだから、不安になんかなっちゃだめ」

私はそう呟くとバスタブから出て、身体を洗い始めた。

妊娠六週目。テレビなどで見ていた妊娠発覚後の吐き気などが、自分にも突然起こるなんて信じていなかった。だけどそれは本当にありえることだった。今朝も目を覚ました瞬間から、吐き気に襲われた。

横になりながら口元に手を当てていると、目を覚ました隼人が気づいてくれて、水とクッキーを持ってきてくれる。

「ありがとう」

「軽くお腹に入れたら横になっていろよ。起きなくていいから」

優しく微笑みを浮かべた彼は、寝室を出ていった。

一時間後。隼人が仕事に出かける時間になると悪阻も治まって、玄関で見送る。

「たぶんお袋がやってきて、いろいろ聞きたがるかもしれないが、付き合ってやって」

「うん。昨日ちゃんと話せなかったから、あれこれ聞きたいのは当然だよ。いってらっしゃい」

　隼人はそっと私の唇にキスをすると、仕事に出かけていった。

　彼の言ったとおり、三十分後に義母がやってきた。リビングのソファに腰を下ろしながら嬉しそうに話し始める。

「亜希さん、おはよう。体調はどう？」

　いろいろ聞きたくてうずうずしている顔だ。

「おはようございます。今、お茶を――」

「いいのよ、飲んできたばかりだから。それより座って」

　義母は自分の隣をポンポンと叩く。言われるとおり横に腰を下ろすと、両手を握られる。

「亜希さん、本当にありがとう。私、嬉しくてなかなか寝つけなかったのよ。今、何週なの？」

「六週目で、予定日は八月二十日だそうです」

「楽しみで、夏まで気持ちが落ち着かないわ～。お買い物も今からしたいくらいよ」

　義母は両手を合わせて、「買い物リストを作らなくちゃ」と言っている。

彼女が喜ぶ姿を見るのは嬉しい。それほど待望の孫の知らせだったのだと思う。

「悪阻はあるの？」

「はい。昨日の朝からで、今日も」

「体調に気をつけてゆっくり過ごしてね。赤ちゃんはどっちかしらねぇ。男の子でも女の子でも構わないわ。あ、でも女の子だったら、フリフリのエプロンドレスを着せてみたいわ～」

義母は男の子しか育てたことがないせいか、どっちでも構わないと言いつつも、女の子だったら……と願っているのかもしれない。

「次の診察はいつ？　私も一緒に行こうかしら」

そこで私は医師からもらった、豆粒にしか見えない超音波写真を思い出し、バッグの中から取ってきて義母に見せる。

「まあ！　これで、亜希さんのお腹に赤ちゃんがいるって実感が湧いたわ！」

「お見せするのが遅くなってしまって、すみません」

義母は超音波写真を見て顔を緩ませており、私も嬉しかった。

「妊娠初期はとても大事なの。無理しないでね。夕食は母屋で食べるのよ。あ、ご実家への連絡は？」

「いいえ、まだです」

「あら！　すぐにでも知らせなくては。亜希さん、電話をしましょう」

彼女は私が受話器を持ち上げるのを待っている。

私が実家に電話をかけて妊娠の報告をすると、もちろん母も電話の向こうで大喜び。

それから義母が電話を代わり、話し始めた。

十分ほどで通話を終え、義母は母屋に戻っていった。

あんなに喜んでくれているのは嬉しいけど、母屋で裕美さんが気にするようなことを言っていたりしないかな……。

義母がいなくなると、裕美さんのことが気になって仕方なくなった。昨日のルイボスティーの件も、淹れに行かせてしまって申し訳なく思っていた。

私が先に妊娠してしまって、裕美さんは落ち込んでいるかもしれない。裕美さんに会いに行こうか……どうしよう……。

そう考えていると、玄関のインターホンが鳴った。義母が何か言い忘れたことでもあったのかな、と玄関を開ける。

立っていたのは義母ではなく裕美さんで、私の中に一瞬緊張が走った。

「裕美さん」

「亜希さん、ちょっといい？」

彼女は笑みを浮かべており、私はホッと安堵する。

「はい。どうぞ、お入りください」

「これ、母屋から持ってきたの。まだ買っていないでしょう？」

差しだされたのは、ルイボスティーの入った缶だった。

「裕美さん、ありがとうございます」

リビングに入った私はキッチンへ行って、もらったルイボスティーを早速淹れる。

オーガニックの身体にいいお茶だ。

裕美さんの様子が気になりつつ、リビングへお茶を運ぶ。

「どうぞ」

「ありがとう」

ローテーブルにカップを置くと、彼女の対面に座る。

「亜希さん、昨日はごめんなさいね。嫌な態度だったでしょう？」

裕美さんに突然謝られてしまい、私は大きく首を横に振った。

「いいえ！　嫌な態度じゃありません。当然のことだと思います。私のほうこそ裕美さんを気遣えず、申し訳なくて……すみません」

「そんな謝らないで。赤ちゃんができたのは喜ばしいことだし、私たちが孫を見せてあげられないんだから、とってもありがたいことなのに」

彼女は『孫を見せてあげられない』というところで、そっと寂しそうに微笑んだ。

「私、この二年ほど不妊治療に通っていたの。でも結構つらくて、もう踏ん切りがついたからやめようと、昨晩誠也さんと話し合ったの。最初は愛する誠也さんの子どもが純粋に欲しかっただけなんだけど、だんだん会社の将来のことも考えてしまって」

裕美さんが不妊治療に通っていたのは初耳で、驚いてしまい、言葉が出てこない。

「あ、会社の将来を考えていたのは、あなたたちが結婚する前のことなの。隼人さんは結婚する気がなさそうだったから、いくらお義父様に言われたからって、すんなり結婚するとは思えなくて。でも、亜希さんと結婚してくれて、フッとプレッシャーはなくなったわ」

「不妊治療は大変だと聞きます……」

「ええ。それでも誠也さんの子どもが欲しかった。だけど、昨日ふたりのおめでたいニュースを聞いて、吹っ切れた気がしたのよ」

「裕美さん……」

私が隼人の子どもをずっと産めなかったら、どう思うだろう……。胸が張り裂けそ

「そんな顔をしないで。胎教に悪いわ。隼人さんと亜希さんの赤ちゃんは大変よ。溺愛する大人たちがたくさんいるんだから」

泣きそうな顔になった私に、裕美さんは茶目っ気たっぷりに、にっこり笑う。

「そう思います。わがままにならないよう育てないとねって、隼人と話したんです。でも、素敵な人たちに囲まれて幸せな子だと思います」

まだ悪阻だけで、お腹の中に赤ちゃんがいる実感はないけれど。

「双子だったらいいのに。紫藤家が一気に賑やかになるでしょう?」

裕美さんの言葉に、私も頷く。

「双子だったら、二倍の喜びですね。甘やかす人が多いのに、赤ちゃんがひとりでは物足りなさそうですし」

「亜希さん、お手伝いするから何でも言ってね」

裕美さんはすっきりした笑顔で、母屋へ戻っていった。


「ただいま」

二十一時を回って、隼人が帰宅した。

「おかえりなさい」

玄関でにっこり出迎えると、彼の手にスーパーの袋が握られていた。

「お買い物してきたの？」

「ああ。バナナとトマトを買ってきたんだ。それにクッキーも」

「バナナとトマト……？」

買ってきたものをキッチンに運ぶ隼人に、私はキョトンとした顔になる。

「調べたら、バナナには悪阻を緩和させるビタミンB6が入っていて、トマトは胃のむかつきを抑えるらしい」

「そうなんだ。ありがとう、隼人」

トマトを冷蔵庫の野菜室にしまってから身体を起こした隼人に、そっと抱きつく。

「今日ね、裕美さんと話したの」

「裕美さんと？」

「うん。裕美さん、二年間、不妊治療していたんだって。でも、もうやめるって言っていた」

彼女のことを考えると、胸が苦しくなる。

「私たちがお義父さんたちに孫を見せてあげられるからって言っていたけど、本当は違うと思うの」

「昨日の裕美さんの顔を見ていたら、亜希の言うとおりだと思う」

隼人は少し考えた様子で口にした。

「それでも、お手伝いするから何でも言ってねって、言ってくれたの」

「それがいい。自分ひとりで何でもやりすぎずに、頼るといい」

「うん」

隼人は神妙な面持ちの私を抱きしめる。

「えっ？」

「シャンプーの香りがして困るな」

「いや、何でもない。風呂に入ってくる」

彼は端正な顔に苦笑いを浮かべると、寝室へ入っていった。


あと三日経てば新しい年になる。昨日、隼人は仕事納めをして、今日は朝食が済むと自宅を大掃除してくれていた。

普段からこまめに掃除をしているから、それほど念入りにしなくてもいいけれど、私では届かない棚などを彼が拭いてくれている。

藍色のシャツの袖をまくっている隼人。広い背中に引きしまった腰。その後ろ姿を見ながら、彼の腕の筋肉の動きに、ずっと見とれてしまっていた。

「こんなもんか」

隼人は雑巾を手にして、ひとりごとを言っている。

「ありがとう、隼人。もう充分だよ。コーヒー淹れるね」

「サンキュー。手を洗ってくる」

彼は洗面所へ消えた。

私はコーヒーメーカーからカップにコーヒーを淹れ、洗面所から戻ってきてソファに座った隼人のところへ持っていく。

「ありがとう。亜希も座れよ」

キッチンを片づけていて、腰がそろそろ重くなっていたところだった。

「うん。私も飲み物を持ってくるね」

ところがキッチンへ向かい、シンクの前に行った途端、足を滑らせてしまう。

「きゃっ！」

「亜希っ⁉」

ペタンと床にお尻をつけた状態で座り込んでいると、隼人が駆けつけてくれる。

「亜希、痛みは？」

「だ、大丈夫……びっくりした……」

キッチンを拭き掃除していたから、床に水をこぼしてしまっていたようだった。私のスリッパの片方が、少し離れたところに飛んでいる。

立ち上がろうとする私を、隼人が抱き上げた。

「歩けるから、下ろしてっ」

「いや、だめだ。少しベッドで休んだほうがいい」

きっぱり言った彼は、寝室へ私を連れていくと、ベッドに大事なものを置くように横にさせてくれる。

「本当に痛みはないか？」

ベッドの端に座った隼人の心配そうな瞳に、うっかり失敗をしてしまった私はとても申し訳なくて、シュンとする。

「うん。痛みはないから。驚かせてしまってごめんなさい」

「昼食のことは気にしなくていいから、横になっていろよ」

隼人の手が、私の頬に優しく触れる。頬にかかる髪をそっと払ってくれる彼の手に、私は手を重ねた。

「隼人も……横になってくれる？」

とても甘えたい気分だった。

「そんな瞳で言われたら、拒否できないな」

隼人は私の鼻を軽く摘んでから笑う。

私の隣に身体を滑らせるように横たえた彼は、頭の下に腕を差し入れて、抱き寄せてくれる。

「さっき……掃除をしてくれているときに、私が何を思ったか聞きたい？」

「ん？　掃除が雑だったとか？」

彼の低く心地いい声が、私の耳をくすぐる。

「そんなこと思っていないよ？　この腕で抱きしめてほしいなって……」

私ったら、何を言っているんだろう。つい本音が出ちゃった。

「顔が赤くなった。亜希が甘いことを言うなんて、天変地異が起こるかもしれない」

隼人が唇に、ちゅっと軽いキスをする。

「んもうっ！　自分でも、すんなり言葉が出てくるなんて思ってもみなかったよっ」

「転んで動揺したせいかな？」

「動揺したついでに、もうひとつ……言っていい？」

こうなったら、言いたいことは言ってしまえと口を開く。

「何だい?」

「もっと……キスしてほしいの」

まさかそんなことを言われるとは思ってもみなかったのか、隼人は面食らった顔になってから、口元に笑みを浮かべた。

「仰せのままに。奥様」

彼は顔を近づけて唇を重ねると、徐々に深くなる、痺れるようなキスをしてくれた。


それから二ヵ月ほどして、妊娠十五週で悪阻がなくなってきた私の元へ、意外な知らせがやってきた。それはとても喜ばしく、驚くことだった。

日曜日、久しぶりにみんなが揃った母屋での食事のとき、誠也さんが嬉しそうに口を開いたのだ。

「実は、裕美が妊娠したんだ」

「まあ！　本当に?　なんて嬉しいんでしょう！」

真っ先に喜びを表したのは義母。裕美さんは恥ずかしそうに頬を赤らめている。

「おめでとう。兄貴、裕美さん」

隼人も嬉しそうで、祝福してから隣の私に目をやる。

「裕美さん、おめでとうございます。誠也さん、よかったですね」

「隼人と亜希さんのおかげだよ」

誠也さんの言葉に、私は小首を傾げる。隼人もわけがわからない、とばかりに誠也さんを見た。

「私たちの妊娠は、気持ちが吹っ切れて不妊治療をやめられたからに違いないと思っているの」

「精神的に楽になったのがよかったんだ」

裕美さんが誠也さんと目を合わせて微笑む。

「いやー、めでたい！　母さん、酒を出してくれないか？　今日は男たちで飲むぞ」

義父も満面の笑みで、本当に嬉しそうだった。

「あなた、明日は仕事ですから、ほどほどにしてくださいね。誠也たちも」

そう言いつつ義母は、お酒の用意をしにキッチンへ行った。足取りは弾んでいるように思えた。

自宅に帰ってふたりでソファに並んで座ると、隼人の手が、膨らんできたお腹にそっと当てられた。

まだ胎動は感じられない。あと三週経ったら感じ始めるという。そのときを私たちは楽しみにしていた。

隼人は顔を傾けて、唇を重ねてくる。

「んっ……」

いつもは軽いキスなのに、今日は舌がするりと入ってきて濃厚な口づけだ。彼は何度もキスをすると、私からそっと離れる。

「蛇の生殺し状態だな……」

そう言って笑うと、キッチンへ行って缶ビールを手に取り、私には温かい麦茶を持ってきてくれた。

「これから紫藤家が賑やかになるな」

裕美さんは妊娠七週目。私の赤ちゃんより約二ヵ月遅れて産まれてくる予定。

「うん。すぐ近くに同い年のいとこがいるって、楽しそう」

「ああ。楽しみだな」

輝く笑顔の裕美さんを見ていると、自分もそうなのだろうかと、ふと思った。

「隼人、お腹に赤ちゃんがいるせいか、裕美さんの笑顔が眩しかったね」

「お前もそうだよ。妊婦ってすごいと思う。お腹の中で人を育てているんだからな」

「私も輝いている？」

サラッと言われて、思わず聞き返すと、隼人の大きな手が私の頭をくしゃっとする。

「ああ。誰よりも輝いているよ」

「嬉しい。私、いいお母さんになるように頑張るから。赤ちゃん、どうか元気な顔を見せてね」

隼人に微笑んでから、自分のお腹を撫でた。

よちよち歩きの子どもの姿が、目に浮かぶ。

まだ先のこととはいえ、赤ちゃんに振り回される日がやってくるのも、あと半年後。

暑い夏にやってくる新しい家族が待ち遠しかった。

END

あとがき

こんにちは。若菜モモです。このたびは『ただ今、政略結婚中！』をお手に取ってくださり、ありがとうございました。

四月、五月と連続刊行で、皆様のお手元へ作品をお届けできることが幸せです。

『ただ今、政略結婚中！』は二〇一二年の十一月に『不自然な関係』というタイトルでベリーズブックスで発売したものですが、今回の刊行にあたり改稿しております。ブラッシュアップし、新しく別のお話の番外編も書かせていただきました。

編集作業をしながら、ある読者さんのコメントを思い出しました。

もう四年以上も前のものなのですが、コメントは『この話を読んで勇気が湧き、主人と話し合ってみます』というものでした。その女性は政略結婚で、隼人と同じく冷たい男性だったみたいです。私はこのような設定の話を書きますが、そのとき、本当に政略結婚があるのだと身近に感じることができました。そのあと、その方がどうなったかはまったくわからないのですが、この作品のように幸せになってくださっているといいな、と過去を振り返り、感慨深かったです。

この作品がベリーズ文庫になることでなにより嬉しかったのは、カバーイラストが念願のウエディングになったことです。以前から、一度はウエディングシーンの主人公たちが見てみたいと思っていたので、編集さんからラフ画をいただいたとき、感激しました。ベリーズブックスの隼人と亜希も好きですが、このふたりの幸せそうなウエディングが見られて、早く献本が手元に来るのが待ち遠しい日々でした。

最後に、この作品にご尽力いただいたスターツ出版の皆様、編集でお世話になっております三好様、矢郷様、いつもありがとうございます。素敵なふたりを描いてくださいました弓槻みあ先生、ありがとうございました。デザインを担当してくださいました根本様、この本に携わってくださいましたすべての皆様に感謝申し上げます。お買い求めくださる皆様、応援してくださる皆様のおかげです。感謝しております。

これからも小説サイト『Berry's Cafe』、そしてベリーズ文庫の発展を祈りつつ、応援してくださる皆様に感謝を込めて。

二〇一七年五月吉日　若菜(わかな)モモ

若菜モモ先生への
ファンレターのあて先

〒104-0031
東京都中央区京橋1-3-1
八重洲口大栄ビル7F
スターツ出版株式会社　書籍編集部　気付

若菜モモ先生

本書へのご意見をお聞かせください

お買い上げいただき、ありがとうございます。
今後の編集の参考にさせていただきますので、
アンケートにお答えいただければ幸いです。

下記URLまたはQRコードから
アンケートページへお入りください。
http://www.berrys-cafe.jp/static/etc/bb

ただ今、政略結婚中！

2017年5月10日　初版第1刷発行

著　　者　若菜モモ
©Momo Wakana 2017

発 行 人　松島 滋

デザイン　カバー　根本直子（説話社）
フォーマット　hive&co.,ltd.

D T P　説話社

校　　正　株式会社　文字工房燦光

編　　集　三好技知（説話社）　矢郷真裕子

発 行 所　スターツ出版株式会社
〒104-0031
東京都中央区京橋1-3-1　八重洲口大栄ビル7F
TEL　販売部　03-6202-0386（ご注文等に関するお問い合わせ）
URL　http://starts-pub.jp/

印 刷 所　大日本印刷株式会社

Printed in Japan

乱丁・落丁などの不良品はお取替えいたします。
上記販売部までお問い合わせください。
定価はカバーに記載されています。

ISBN 978-4-8137-0250-4　C0193

『腹黒エリートが甘くてズルいんです』

実花子（みかこ）・著

30歳、彼氏ナシ。人生停滞期のOL莉緒は、合コンで中学時代の同級生、酒井と再会する。しかも彼はあの頃よりもさらにかっこよく、一流企業の超エリートに変貌を遂げていた。ついに運命が!?と、ときめくもつかの間、彼の左手薬指にはキラリと輝く指輪があって…。

ISBN 978-4-8137-0251-1／定価：本体630円＋税

ベリーズ文庫
2017年5月発売

書店店頭にご希望の本がない場合は、書店にてご注文いただけます。

『ツンデレ社長の甘い求愛』

田崎（たさき）くるみ・著

しっかり者OLのかすみは敏腕だけど厳しくて怖いイケメン社長、今井と意見を衝突させる日々。ある日、今井に「お前みたいな生意気な部下、嫌いじゃない」と甘い笑みを向けられ…。以来、不意打ちで優しくしてきたり、守ってくれたりする彼にときめき始めて…？

ISBN 978-4-8137-0252-8／定価：本体650円＋税

『イジワル御曹司に愛されています』

西（にし）ナナヲ・著

取引先の営業マンとして寿の会社に現れた、エリートイケメン・都筑。彼は偶然にも高校の同級生。御曹司で学校一目立っていた“勝ち組”の都筑が寿は苦手だった。でも再会したら、まるで別人のイイ男!?イジワルながらも優しく守ってくれる彼に胸が高鳴り…!?

ISBN 978-4-8137-0248-1／定価：本体640円＋税

『冷酷王太子はじゃじゃ馬な花嫁を手なずけたい』

佐倉伊織（さくらいおり）・著

大国の王太子・シャルヴェに嫁ぐことになった小国の姫・リリアーヌ。冷酷と噂される王太子が相手といえど幸せな結婚を夢見る彼女は「恋をしに参りました」と宣言。姫を気に入った王太子は、時にイジワルに、時に過保護なほどに寵愛するが、とある事件が起きて…。

ISBN 978-4-8137-0253-5／定価：本体640円＋税

『ホテル王と偽りマリアージュ』

水守恵蓮（みずもりえれん）・著

地味OL・椿は、イケメン御曹司・一哉と結婚し、誰もがうらやむ現代のシンデレラに！けれどそれは愛のない契約結婚だった。反抗心しかない椿だが「君は俺の嫁だろ」と独占欲を見せる一哉にドギマギして、契約外の恋心を抱いてしまい……!?

ISBN 978-4-8137-0249-8／定価：本体630円＋税

『カタブツ皇帝陛下は新妻への過保護がとまらない』

桃城猫緒（ももしろねこお）・著

内気な公爵令嬢のモニカは、絶対的権力者である皇帝・リュディガーからある日突然求婚される。迎えた新婚初夜、モニカは緊張のあまり失敗してしまう。そんなウブな妻を甘やかす、彼の独占愛に戸惑うモニカだが、実は幼い頃に不慮の事故で記憶を失っていて…。

ISBN 978-4-8137-0254-2／定価：本体620円＋税

『ただ今、政略結婚中！』

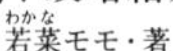

若菜（わかな）モモ・著

初恋相手である大企業のイケメン御曹司・隼人との政略結婚が決まった亜希。胸が高鳴るけれど、結婚式で再会した彼はそっけなく、勤務地のNYにすぐ戻ってしまう。愛されていないとショックを受けつつも隼人の元へ行った亜希に、彼は熱く深いキスをしてきて…。

ISBN 978-4-8137-0250-4／定価：本体650円＋税

ベリーズ文庫 2017年6月発売予定

書店店頭にご希望の本がない場合は、
書店にてご注文いただけます。

『社長の蜜な唇が』

砂川雨路(すながわあめみち)・著

Now Printing

圧倒的なカリスマ性をもつ強引社長・東弥と秘書の絹は仲のいい兄妹的な関係。ところがある夜、見栄で恋愛経験豊富な女を演じてしまい「それなら俺と試してみろよ」と東弥にキスされて…！ 以来、戸惑いつつも彼に惹かれるのを止められず…!?

ISBN978-4-8137-0267-2／予価600円＋税

『愛を誓いますか？』

滝井(たきい)みらん・著

Now Printing

桜子は、政略結婚するはずだった姉が式当日に逃亡し、代わりに花嫁役を演じることに。花婿である大手ホテルのイケメン御曹司・刹那に「期限内にお前の姉が戻らなければお前と結婚する」と迫られて!? 俺様だけど、実は優しい彼との甘い同居生活がスタート！

ISBN978-4-8137-0268-9／予価600円＋税

『初めましてこんにちは、離婚してください』

あさぎ千夜春(ちよはる)・著

Now Printing

家のために若くして政略結婚させられた莉央。相手はIT界の帝王・高嶺。互いに顔も知らないまま十年が経ち、莉央はついに“夫”に離婚を突きつける。けれど高嶺はなぜか離婚を拒否。莉央を強引に同居させ、「お前が欲しい」と熱っぽく愛を囁いてきて…!?

ISBN978-4-8137-0248-1／予価600円＋税

『さらわれた花嫁』

星野(ほしの)あたる・著

Now Printing

領主の娘の身代わりとして、不穏な噂が漂う王太子の元に嫁ぐことになった町娘レイラ。ところが、輿入れの途中出会った謎の騎士・サジが、花嫁の供としてレイラに同行することに。レイラは、危険が迫るたび華麗に助けてくれるサジに次第に心惹かれていき…。

ISBN978-4-8137-0269-6／予価600円＋税

『a mixed color』

春海(はるみ)あずみ・著

Now Printing

看護師の亜樹の勤める病院に、大学病院からイケメン医師が異動してきた。しかし彼は、亜樹が研修時代、冷たい彼の対応とぶつかり気まずい別れ方をしていた男だった。神野を避けようとする亜樹だが、彼の優しい本性を知るうちに、徐々に惹かれて…。

ISBN978-4-8137-0265-8／予価600円＋税

『男装の伯爵令嬢ですが、大公殿下にプロポーズされました。』

藍里(あいさと)まめ・著

Now Printing

とある伯爵家のお転婆令嬢ステファニーは、臆病な双子の兄のかわりに、城へ住み込みの奉公に行くことに。男装し意気揚々と城へ赴いた彼女を待っていたのは、超イケメン大公殿下!? ところがある日、うっかり大公殿下に裸を見られてしまい…。

ISBN978-4-8137-0270-2／予価600円＋税

『楽園で抱きしめて ～強引なアダムと意地っぱりなイヴ～』

岩長咲耶(いわながさくや)・著

Now Printing

大企業の面接で、社長の息子であるイケメン部長に即日採用された成実。わけがわからぬまま彼のプロジェクトに加えられ、強引で俺様な彼に戸惑うけれど、その完璧な仕事ぶりやさりげない優しさに惹かれてしまう。しかも部長の言動の裏には、実は甘い秘密があって…!?

ISBN978-4-8137-0266-5／予価600円＋税